L'ANNÉE

D'EXPIATION ET DE GRACE

1870-1871,

SERMONS ET ORAISONS FUNÈBRES

PAR

M. L'ABBÉ BESSON,

SUPÉRIEUR DU COLLÉGE DE SAINT-FRANÇOIS-XAVIER.

BESANÇON,

TURBERGUE, LIBRAIRE-ÉDITEUR,

Rue Saint-Vincent, 33.

—

1872.

L'ANNÉE

D'EXPIATION ET DE GRACE

1870-1871.

BESANÇON, IMPRIMERIE DE J. JACQUIN,

L'ANNÉE

D'EXPIATION ET DE GRACE

1870-1871,

SERMONS ET ORAISONS FUNÈBRES

PAR

M. L'ABBÉ BESSON,

SUPÉRIEUR DU COLLÉGE DE SAINT-FRANÇOIS-XAVIER.

BESANÇON,

TURBERGUE, LIBRAIRE-ÉDITEUR,

Rue Saint-Vincent, 3².

—

1872.

Les discours qui composent ce livre appartiennent tous à cette année si fameuse, 1870-1871, qu'un poëte a chantée en vers révolutionnaires sous le titre d'*Année terrible*, mais qu'il est plus juste d'appeler, dans notre langue nationale et chrétienne, l'*Année d'expiation* ou mieux encore l'*Année de grâce*.

Les uns sont des sermons, les autres des oraisons funèbres. Les sermons ont été prêchés à Besançon, au milieu du tumulte des armes, et comme pour raffermir nos cœurs dans les appréhensions d'un siége ou d'un blocus qui n'ont pas duré moins de cinq mois. Les oraisons funèbres ont été prononcées à l'Isle, à Cussey, à Ornans, à Héricourt, à Saint-Pierre-la-Cluse, sur le théâtre de nos combats, dans nos ambulances et dans nos hospices, en face des monuments qui ont été élevés par la reconnaissance à la mémoire de nos soldats.

Je publie ce livre pour faire mon devoir de prêtre et de Français.

Prêtre, j'ai pleuré, entre le vestibule et l'autel, sur les péchés commis par mon siècle et par ma patrie, montrant à mon siècle les voies ténébreuses où il s'enfonce, rappelant à ma patrie les traditions de sa vocation catholique, adjurant les familles de recommencer un autre siècle et de refaire une autre France, implorant le secours de nos vrais alliés, c'est-à-dire des justes qui habitent la terre et des saints qui sont déjà entrés dans la gloire, imposant enfin à chaque âme le devoir si méconnu du courage religieux et civil, sans lequel la grâce que Dieu nous a faite en nous éprouvant sera perdue, et le sang versé en expiation de nos fautes demeurera inutile.

Français, je viens rendre à l'armée française l'hommage de mon admiration. Les traits que j'ai recueillis sur nos champs de bataille sont tout l'ornement et tout l'intérêt de ces discours. Nos soldats n'ont rien désappris, rien oublié. Ils se battent comme au temps de Turenne et de Napoléon; ils meurent comme au temps de Duguesclin, de Bayard et de saint Louis. Nos mobiles ont valu en plus d'une rencontre nos vieux troupiers. Le courage, l'obéissance, le dévouement, l'héroïsme, n'ont manqué nulle part. Je proteste devant les hommes contre la fortune et contre la victoire; mais je m'incline devant Dieu et je le remercie de nous avoir fait cette année d'expiation et de grâce. L'armée, par ses glorieuses défaites, a expié les péchés du peuple; l'armée, par ses privations, par sa captivité, par son sang répandu, obtiendra le pardon de la France.

SERMONS.

LE PÉCHÉ DES NATIONS [1].

Justitia elevat gentes,..... miseros autem facit populos peccatum.

C'est la justice qui élève les nations ; c'est le péché qui les rend malheureuses. (*Prov.*, XIV, 33.)

EMINENCE [2],

La solennité qui nous ramène dans cette chaire au milieu des douleurs et du deuil de la France ne nous laisse pas le choix de nos sujets, tant ces douleurs sont vives, tant ce deuil est sombre, profond, accablant. Nous chercherions en vain à détourner de ce spectacle nos yeux et nos cœurs : tout le rappelle, tout nous y ramène comme malgré nous. La chaire n'est établie que pour instruire et pour consoler, et plus il y a d'épouvante dans les malheurs publics, plus notre voix doit en

---

(1) Ce sermon et les cinq qui suivent ont été prononcés, soit en 1870, soit en 1871, dans l'église métropolitaine, pendant l'octave de la fête de l'Immaculée Conception.

(2) Mgr le cardinal archevêque de Besançon.

1

être le fidèle écho en faisant retentir à vos oreilles ces grandes et terribles leçons.

Nous avons donc entrepris de vous raconter les jugements de Dieu. Je viens vous dire combien leur équité est profonde et combien leur miséricorde est merveilleuse. L'énormité du mal, la responsabilité particulière à la France, le vice capital et dominant qui se révèle dans les ruines de notre siècle, voilà de quoi expliquer toute la justice du Seigneur. Mais il ne tient qu'à nous de goûter la miséricorde dans la justice même. Il faut restaurer la patrie en restaurant la famille ; il faut lui assurer au ciel et sur la terre des alliés qui ne la trompent jamais ; il faut que chacun de nous apporte à cette œuvre tout son courage et toute sa persévérance. Voilà comment l'année de terreur deviendra l'année de grâce.

Parlons aujourd'hui de l'oubli de cette justice qui seule peut élever les nations ; parlons de ce péché qui suffit à les rendre malheureuses. L'oubli de Dieu et de sa justice, voilà le premier degré du mal ; la guerre faite à Dieu et à son Eglise, en voilà le comble et le dernier terme. Victimes du péché, il faut nous dénoncer nous-mêmes à nous-mêmes, et mesurer, du fond de l'abîme où nous sommes tombés, toute l'étendue et toute la hauteur du mal.

A vous, Marie, à vous, ma mère, ces larmes et ces gémissements. Qu'on s'en étonne, qu'on les accuse, qu'on les juge inopportuns et propres à

nous troubler plutôt qu'à nous rendre le courage,
ce n'est pas ainsi que votre cœur maternel daignera
les entendre. Nous nous confessons à vous, ô bienheureuse Vierge Marie, parce que nous avons beaucoup péché. L'Eglise, qui met sur nos lèvres ces
aveux redoutables, nous donne l'espérance qu'en
les faisant à vos genoux, à vos oreilles, à votre
cœur, nous obtiendrons, par votre intercession,
grâce et miséricorde auprès de Dieu.

I. Dieu, en créant l'homme, la famille et la société, a conservé sur eux une autorité souveraine.
Il s'en proclame l'auteur, il en demeure le maître,
il en veut être la fin suprême. Ni dans le monde de
la nature, ni dans celui de la conscience, rien ne
saurait échapper à ses regards ni se soustraire à sa
loi. Il juge les peuples selon l'équité ; tantôt il les
châtie, tantôt il les récompense, toujours il leur
fait sentir qu'il est leur maître aussi bien que leur
père. Il les frappe et il les guérit, il les perd et il
les ressuscite, il les laisse aller à la mort et il les
rappelle du tombeau. Il leur montre, en mille manières, qu'il tient du plus haut des cieux, comme
parle Bossuet, les rênes des empires et qu'il garde
tous les cœurs dans sa main ; enfin, quand au lieu
de reconnaître et d'adorer cette main paternelle,
les peuples, enivrés de leur vaine sagesse, s'adorent
et se divinisent eux-mêmes, un jour arrive où tout
se trouble et se confond, ils chancellent, ils tom-

bent, ils se brisent comme par morceaux ; grandeur, plaisirs, richesses, gloire humaine, tout s'écroule comme en un moment ; les trônes, les dynasties, les lois, les institutions, tout s'engloutit dans le même abîme, ce n'est plus qu'une ombre et un souvenir ; tout est évanoui, tout est échappé.

Telle est l'inévitable loi de ce gouvernement divin. « *Adorez le Seigneur et observez ses commandements* (1) : » à cette condition tout prospérera à vos légitimes désirs, car les peuples reçoivent en ce monde leur récompense. Mais si vous oubliez le Seigneur et si vous méprisez sa parole, cet oubli recevra dès ce monde son châtiment. Or, c'est la juste application de cette loi que toutes les nations subissent à leur tour et souvent toutes ensemble. Elle se fait à la France, à l'heure où nous sommes. La France ! je la nomme hautement, je la cite, je ne songe qu'à elle, et je ne crois pas que Dieu nous frappe si visiblement pour nous permettre de nous borner à des généralités vagues, propres à endormir la peur ou à rassurer le péché. Dieu nous frappe pour nous rappeler qu'il existe, qu'il vit, qu'il nous voit, qu'il nous entend, qu'il nous faut lui rendre compte de toutes nos prévarications secrètes et publiques. Dieu nous frappe parce que nous l'avons oublié.

L'oubli de Dieu se trahit partout dans notre siècle,

---

(1) *Joan.*, XIV, 15.

et c'est ce triste et lamentable oubli qui caractérise la misérable civilisation dont nous nous vantions encore hier, et dont nous sommes aujourd'hui les victimes. Creusez cette plaie, sondez-la, pénétrez-en toute la laideur, vous serez pleins d'épouvante et de tremblement. Il faut là-dessus interroger les intelligences et les cœurs, les livres et les lois, les chefs des armées et les législateurs, il faut prendre à partie tout Israël, tout le siècle, et lui dire : « Qu'as-tu fait de ton Dieu ? »

Qu'avez-vous fait de Dieu dans votre intelligence ? Dieu vous gêne, vous l'avez banni, et votre esprit humilié s'est rétréci jusqu'à ne plus se connaître : il abdique, il doute de lui-même, il se distingue à peine de la chair. Qu'avez-vous fait de Dieu dans votre cœur ? Cet amour de père, d'ami, d'époux qu'il vous offrait, vous l'avez méprisé, vous vous êtes alliés avec la matière, vous avez rêvé d'indignes plaisirs, vous vous êtes consolés de l'avilissement par l'ivresse. C'est avec cet esprit constamment détourné des choses d'en haut, avec ce cœur profané par des amours si grossières, que vous avez déclaré la morale indépendante de la religion, que vous avez interdit à l'Eglise l'étude et la solution des questions sociales, que vous avez mis Dieu en dehors de vos desseins, de vos espérances, de toute votre vie, et qu'il s'est formé une sorte de conspiration universelle pour exiler sans retour le Créateur loin de son ouvrage, le maître

universel loin de son école, le père commun loin
de ses enfants. « O Israël, qu'as-tu fait de ton
Dieu ? »

Qu'avez-vous fait de notre Dieu, philosophes et
poëtes du xixe siècle ? Platon reconnaïssait Dieu
aussi bien qu'Aristote, Cicéron aussi bien que Sénèque ; Bossuet, Fénelon, Descartes, Malebranche,
en avaient fait le thème de leurs plus beaux ouvrages ; le xviiie siècle lui-même lui avait rendu
hommage par les deux coryphées du jour : Voltaire
doit à ce dogme ses meilleurs vers, Rousseau ses
pages les plus émues. Ce n'est qu'à partir de notre
siècle qu'il y a eu comme un mot d'ordre dans
l'économie politique, dans la philosophie, dans la
littérature, dans les écoles, pour substituer partout
l'homme à Dieu et pour le proclamer à jamais
affranchi et indépendant de toute puissance supérieure, parce que la science suffisait à lui faire des
destinées heureuses. La science, voilà l'idole commune de tous ceux qui faisaient métier de penser
pour les autres et qui s'en vantaient. Et nos poëtes,
qu'adorent-ils ? Homère et Hésiode avaient chanté
leurs dieux à la Grèce naissante, Job avait glorifié
le vrai Dieu parmi les palmes de l'Idumée et sur
les hauteurs du Sinaï ; nos forêts encore vierges
l'avaient entendu bénir par la voix des druides ;
l'Amérique, jusque-là inconnue au reste du monde,
le saluait déjà dans sa langue sauvage ; et quand
la France égarée du dernier siècle n'avait plus ni

lois, ni juges, ni mœurs, il lui resta du moins un
poëte pour dire aux victimes : Dieu vous vengera !
aux bourreaux : Dieu vous jugera ! Ce Dieu vivant
et véritable, poëtes, qu'en avez-vous fait ? Le dieu
des bonnes gens qui excuse tout, comme dans Bé-
ranger. Le dieu de la nature qui se mêle avec elle,
comme dans Lamartine. La science et la nature
ont fait oublier Dieu, et le nom divin répugne à nos
lèvres trempées du venin de la mauvaise philosophie, à nos oreilles séduites par une poésie
menteuse : « O Israël, qu'as-tu fait du Dieu de tes
pères ? »

Il fut un temps où les soldats l'imploraient avant
la bataille et où les vainqueurs lui rendaient grâces
après la victoire. Le roi de Tyr le bénissait aussi bien
que Salomon. Balthazar tremblait devant sa main, et
Cyrus se faisait l'exécuteur de ses vengeances. Pha-
raon s'avouait vaincu par ses prodiges. Alexandre vé-
nérait sa majesté empreinte sur le bandeau du grand-
prêtre. Les premiers héros francs se demandaient
avec effroi, à leur dernier soupir : Quel est donc ce roi
du ciel qui fait ainsi mourir les rois de la terre ? Clovis, Charlemagne, Philippe-Auguste, saint Louis,
lui ont donné leur épée à bénir et leur couronne à
porter. Louis XIV et Napoléon se sont humiliés sous
sa main à l'heure de leur mort. Genséric et Attila, se
sentant poussés par un souffle venu du ciel, se sont
dits les fléaux de Dieu. Et puisqu'il nous faut recevoir
des leçons d'un étranger, d'un ennemi, c'est à Dieu

qu'il rend grâces, c'est à Dieu qu'il renvoie la gloire
dont il est comblé, ce roi fameux qui parcourt nos
provinces en vainqueur et qui dévore notre pays sous
nos yeux. Et nous, avant la bataille, après la défaite, nous, malgré quatre mois d'épreuves, d'humiliations, de leçons réitérées, ce n'est pas le nom
de Dieu que nous entendons implorer sur nos têtes.
C'est le Destin, c'est la Fortune, c'est la Nécessité.
Conducteurs d'Israël, ne soyez donc plus surpris
que les rênes de l'Etat soient si lourdes à vos
mains. Qu'avez-vous fait du Dieu de nos pères?

Citez-moi un peuple qui n'ait pas inscrit ce nom
en tête de ses lois. Numa, Solon, Lycurgue, l'ont
invoqué aussi bien que Moïse. Dieu est Dieu, disait
Mahomet en commençant la lecture du Coran, et
afin que rien ne manque à l'unanimité de ce témoignage, la Terreur, effrayée de ses propres crimes, s'est arrêtée un jour entre deux échafauds
pour prendre le temps d'écrire sur les portes des
temples qu'elle venait de fermer : *Le peuple français reconnaît l'existence de Dieu et l'immortalité de
l'âme.* Eh ! bien cette déclaration des plus mauvais
jours, on hésite à la faire, on veut se passer de
Dieu. Les décrets pleuvent par milliers, ils décrè-
tent tout, tout excepté la foi de l'ancienne France ;
ils demandent tout, tout excepté le secours de Dieu.
Magistrats d'un grand peuple, qu'avez-vous fait du
Dieu de nos pères ?

Ah ! cet oubli ne date pas d'hier, ce péché énorme

est le résultat des mœurs publiques ; on le commet
dans la famille, on le propage et on l'impose dans
l'école, et l'indifférentisme le plus absolu est devenu, par une conséquence logique, mais affreuse,
la religion de l'Etat. O France, ô ma patrie, ô fille
aînée de l'Eglise, qu'ont-ils fait de toi ? Te voilà la
seule qui n'invoque et qui ne prie pas Dieu publiquement, la seule qui n'implore plus le Dieu des batailles, le Dieu des nations, le Dieu de la justice.
On a vu l'Allemagne luthérienne décréter la prière,
l'Angleterre schismatique imposer le jeûne, l'Amérique aux mille sectes, cette terre si vantée pour
sa liberté parfaite et sa parfaite indifférence, sortir
de cette indifférence même à la veille des grandes
batailles et invoquer dans ses congrès, par la bouche de ses représentants, Celui qui donne la victoire. Et nous, rien ne nous réveille de notre as-
soupissement, rien ne semble nous instruire, pas
même les défaites et les revers. Je cherche le Dieu
de la France, et je vois qu'on le chasse partout au
lieu de le rétablir. C'était peu d'avoir banni de
nos écoles les livres qui apprenaient à le bénir, on
efface aujourd'hui, à Lyon, à Marseille, à Paris, jusqu'à l'image de ce Christ, on impose aux maîtres
de n'en plus prononcer le nom, on veut une éducation sans Dieu, et c'est ce peuple sans Dieu qu'on
veut mener à la bataille ! Mais si j'entre dans les
foyers, qu'y vois-je encore, sinon la négligence de
la prière commune, l'absence de tout signe reli-

gieux, l'oubli de Dieu parmi des parents qui ne commandent plus en son nom, l'oubli de Dieu parmi des enfants qui n'obéissent plus pour lui plaire, l'oubli de Dieu aussi coupable dans les maîtres que dans les domestiques, partout l'oubli de Dieu !

Dieu s'est réservé depuis le commencement du monde un jour pour sa gloire et pour son service ; c'est le jour du repos et de la prière. Les juifs, les musulmans, les païens de la Guinée et de la Chine le vénèrent et l'observent. L'Angleterre, l'Allemagne, la Suède, ces victimes séculaires du schisme et de l'hérésie, ont conservé le dimanche avec une sainte obstination parmi leurs croyances en ruine et leurs pratiques abolies. Seule, la France l'a oublié et chaque jour elle l'oublie davantage, malgré les avertissements qu'elle a reçus, malgré les fléaux qui sont venus de vingt ans en vingt ans fondre sur elle comme sur une proie. Il y avait dans nos lois une loi qui assurait le repos public du dimanche, on l'a laissée avec une sanction dérisoire, à l'état de lettre morte, et comme pour attester l'impuissance des lois à réagir contre les mœurs. L'Etat, gardien des lois, devait du moins donner l'exemple de les observer, et c'est l'Etat qui a donné l'exemple de les enfreindre. Ils sont montés vers le ciel, au mépris de la loi du dimanche, ces tours, ces forteresses, ces murs, ces palais élevés au génie de la danse et de la musique, ces édifices rebâtis avec tant de luxe dans ce Paris transformé en si peu de jours. Les voilà aujourd'hui sous le feu du canon, et je tremble pour eux, je tremble pour ceux qui les habitent. O ville fameuse, de quel nom t'appellerai-je ? Babylone ! non, c'est le langage de nos ennemis. Jérusalem ! ah ! ce fut la ville des saints et des prophètes. Mais un jour le Seigneur se lassa de ses profanations et vengea sur elle son Christ oublié et méconnu. Jérusalem ! Jérusalem ! le jour suprême est-il donc arrivé pour toi ?

Et dans ces campagnes qui l'enveloppent, quel oubli de la loi de Dieu et du dimanche, mais aussi quels ravages, quels désastres, quelles calamités sans mesure, sans nom et sans remède ! Le temple, qui n'était plus fréquenté par les fidèles, est devenu la proie de l'ennemi. Ailleurs il a paru propre à tous les usages, parce qu'il était vide. Ailleurs les chevaux triomphants de l'étranger sont venus y prendre leur demeure, après les animaux humiliés chassés de nos étables. Leçon terrible que votre indifférence ne comprend pas encore. Remplissez les églises, célébrez-y le Seigneur, sanctifiez le dimanche, et c'est vous qui garderez cet asile sacré, c'est vous qui en démontrerez la nécessité et l'usage, c'est vous qui le ferez juger inviolable. C'est vous qui sauverez vos cloches et vos églises, vos cloches en répondant à leur appel, vos églises en les transformant en lieux de refuge, plus nécessaires que jamais au recueillement de la patrie, aux larmes des mères, aux prières et aux généreuses résolutions du soldat.

Il faut achever cette confession, il faut montrer jusqu'où vous aviez poussé l'oubli de Dieu et de son dimanche, jusqu'où Dieu a poussé le châtiment de sa justice. Vous aviez fait de ce jour sacré un jour de fête profane, un jour plein d'oubli et d'irréligion, Dieu en a fait un jour de deuil, un jour de triste et cruel souvenir. Vous n'avez pas voulu comprendre la bonne nouvelle du repos hebdomadaire, de la joie pure, chrétienne et sanctifiante. Eh bien ! Dieu vous a donné en échange la mauvaise nouvelle, la nouvelle de la défaite et de l'humiliation. C'est le jour à jamais néfaste où vous avez appris que nos armes venaient d'être en même temps battues à Frœschwiller et à Forbach ; c'est le jour plus néfaste encore où la capitulation de Sedan a éclaté comme un coup de tonnerre ; c'est le jour de honte et d'effroi où nous avons appris que Metz était tombé, avec toute une armée, au pouvoir de l'ennemi. O dimanches funèbres ! ô jour béni tant de fois profané ! ô glaive de mon Dieu, vous lèverez-vous encore pour nous frapper, ce jour-là, d'un nouveau coup de votre justice ?

Voyez ces embarcadères et ces gares, autrefois pleins de foule et de joie, versant à vingt lieues à la ronde tout un peuple las des affaires, mais affamé de distraction et de plaisir. C'étaient des lieux plus fréquentés que les églises, et les voilà devenus mornes, silencieux, déserts, comme si la foudre les avait frappés. Vos magasins s'ouvrent, mais les marchandises qu'ils étalent n'attirent pas même le regard du curieux. Vos théâtres se ferment ; vos toilettes se réforment ; vous peuplez d'une foule attristée, errante, fatiguée de loisirs, vos rues et vos places. C'est le spectacle d'un monde où il a fallu dire adieu aux fausses joies, aux voyages inutiles, aux plaisirs coûteux, et vous manquez de bonne foi, d'énergie, de courage, pour reprendre le chemin de l'église, le chemin de la messe, et pour venir humilier vos fronts dans nos temples en reconnaissant vos fautes. Cruel orgueil, qu'il t'en coûte d'être humilié et confondu ! que vos mains sont lentes à frapper vos poitrines ! que vos lèvres sont lentes à s'ouvrir pour dire au Seigneur : « *Mon père, je vous ai oublié, j'ai péché contre le ciel et contre vous* (1). » Attendons-nous le dernier coup et le dernier désastre ?

II. Ce n'est pas seulement l'oubli de sa justice et de ses commandements que Dieu venge et punit d'une façon si exemplaire ; nous lui faisons la guerre, et à cette guerre impie il répond en déchaînant des fléaux vengeurs.

La guerre à Dieu, voilà le mot le plus propre à caractériser le grand péché des nations, le péché

(1) *Luc*, xv, 18.

qui se commet aujourd'hui, sans voile et sans mystère, le péché qui lève la tête, qui parle haut, qui
marche contre l'Eglise le blasphème à la bouche,
le fer et la sape à la main, et qui n'a plus qu'un
pas à faire pour mettre les pieds dans le sang.

Longtemps discrète et presque timide, l'impiété
s'est voilée sous des formules scientifiques, sous
des marques de respect ou du moins sous le nom
d'une indifférence si profonde en apparence, si
bien calculée en réalité, qu'elle a trompé le siècle
tout entier. On se croyait encore au siècle de l'indifférence, on était déjà revenu au siècle de l'impiété.

Il y a dix ans cependant que l'impiété a levé à
demi ce masque trompeur et qu'il n'est plus permis
de s'y méprendre. La guerre d'Italie, de funeste
mémoire, a remué, d'un bout à l'autre de la pé-
ninsule, les fibres les plus corrompues des sociétés
secrètes, et elle a exalté dans le reste du monde
les espérances de tous les méchants. On se faisait
illusion, l'illusion est si facile, elle est si chère aux
honnêtes gens, elle s'accommode si bien à leurs
petites vertus, elle est si nécessaire à leur bien-
être ! La spoliation du saint-père a ouvert les yeux
de plusieurs, mais l'impiété s'était arrêtée, elle
avait laissé au pape une motte de terre, elle avait
permis à la France d'y planter son drapeau ; la
justice et le droit furent oubliés ; on invoquait déjà
la prescription comme si dix ans suffisaient pour

prescrire contre le pape; on se flattait d'avoir endormi encore une fois le monstre de l'impiété.

En attendant le jour où la spoliation s'achèverait, la plume a remplacé le fer, et la guerre impie a pris, dans les journaux, dans les revues, dans toute la presse, des proportions épouvantables. Le matérialisme hautement professé dans certaines écoles de médecine, l'immoralité débordant avec un cynisme nouveau de tous les romans à la mode, l'existence de Dieu mise en question dans les clubs et dans les congrès, Dieu, l'Eglise, le prêtre, déchirés avec une rage toujours croissante, voilà quelques traits de cette guerre à laquelle nous assistons depuis dix ans, et qui nous a à peine effrayés.

On voulait dormir, et dormir à tout prix aux bords de l'abîme. Je n'en veux d'autre preuve que ce livre fameux, cette *Vie de Jésus* dont la réfutation, si nécessaire à la foi et à la raison, a paru un scandale à la prudence. Misérable ouvrage, le produit le plus audacieux, le plus frivole et le plus coupable à la fois de cette impiété qui avait revêtu des formes élégantes et qui avait ainsi obtenu grâce dans un monde si fertile en ressources, en formules, en efforts, pour composer avec l'erreur et avec le mal. Son triomphe principal fut d'avoir paru honnête et presque chrétien à ceux qui l'ont lu, en laissant croire que c'était un danger pour la religion de le réfuter, un danger au moins égal à celui de l'avoir écrit, en sorte qu'aux yeux du monde, l'apo-

logiste de Jésus-Christ, ç'a été l'auteur de cet odieux
roman, mais l'ennemi de Jésus-Christ c'était l'im-
prudent, l'indiscret qui a osé s'étonner, s'indigner
et se plaindre d'un tel scandale !

Pendant que la guerre déclarée à Dieu faisait
ainsi son chemin dans les âmes et qu'elle détachait
du parti de l'honneur, de la vérité, de la vertu, des
femmes, des jeunes gens, les esprits légers, les
amateurs aveugles de toute nouveauté, les adorateurs sacriléges de tout succès, une entreprise non
moins populaire est venue recruter pour l'armée
du mal une foule immense de bras, de cœurs, de
noms, dans tous les cabarets et dans tous les bouges
de notre malheureuse France. Pendant cinq ans,
un journal bien connu pour son impiété et pour
son influence sur la foule ignorante, a quêté et
obtenu sou par sou, blasphème par blasphème, des
centaines de mille francs pour élever une statue à
Voltaire. Voltaire, l'ennemi de la France, l'admira-
teur de la Prusse victorieuse, le flatteur des Cathe-
rine et des Frédéric, l'insulteur de Jeanne d'Arc, le
blasphémateur du Christ, Voltaire, l'auteur de la
guerre la plus acharnée et la plus savante qui ait
été faite à Dieu, Voltaire prévoyait donc ce triomphe
posthume quand il disait : « Dans cent ans Dieu
verra beau jeu. » Vous m'en êtes témoin, chaire
sacrée; autels saints, j'invoque vos échos ; assemblée
de prêtres et de fidèles, j'invoque vos souvenirs. Il
y a trois ans, du haut de cette chaire, je vous dé-

nonçais ce scandale effronté. Je disais avec la conscience de remplir un grand devoir et de signaler un grand péril : « Non, il n'y a point de place parmi tant de grandes figures qui peuplent nos cités pour l'écrivain qui a été si prodigue de science perverse, si léger de science utile, si avare de vraie science ; pour le mauvais chrétien et le mauvais Français qui a attaqué la religion et raillé la patrie, pour le catéchiste du mensonge, de la flatterie et de l'impureté. O vierge de Vaucouleurs, lève-toi et descends de ton piédestal si l'impie y monte à tes côtés. O France, secoue ton sol indigné plutôt que de souffrir un tel monument (1).»Eh bien ! ce monument s'est élevé, et une place de Paris, le square Monge, a reçu la statue impie. Et c'est au lendemain de Frœschwiller et à la veille de Sedan, c'est entre ces deux journées de si triste mémoire, la veille de la fête de l'empereur, présage affreux, la veille de la fête de la sainte Vierge, affreuse impiété, c'est le 14 août 1870, que la statue impie a été inaugurée et saluée par les cris de *Vive Voltaire !* au lever du rideau qui découvrait la face railleuse de l'ami de Frédéric, de l'insulteur de Jeanne d'Arc, du héraut précurseur de toutes les révolutions ! Mais attendez un peu ; la statue de Voltaire n'aura pour base qu'une grande ruine, il

(1) *Le Décalogue ou la Loi de l'Homme-Dieu*, conférences prêchées en 1867, t. I, p. 360.

faut un grand châtiment à cette grande impiété.
Vingt-un jours après, dimanche pour dimanche,
ce tremblement de la terre indignée que je vous an-
nonçais a eu lieu dans Paris et dans toute la France.
Dimanche pour dimanche, le 4 septembre, le sol
de Paris a tremblé et s'est entr'ouvert sous le poids
de la statue impie. Dieu a entr'ouvert encore une
fois ce sol tant remué et désormais incapable de
consistance, il y a englouti un empire et une dynastie, mais il a laissé debout et railleuse au bord
de l'abîme encore béant, l'image de cet homme
qui avait félicité le roi Frédéric après les journées
de Crevelt et de Rosbach, et que Paris venait de
remettre, comme tout exprès, sur un piédestal pour
applaudir aux journées de Sedan et de Metz.

Voilà les provocations de la terre, voilà les vengeances du Ciel. Elle continue, cette guerre impie;
elle a traversé les monts, elle est allée, avec la force
la plus brutale et l'hypocrisie la plus odieuse, attaquer sur son trône le saint-père que nos armes ne
protégeaient plus. A la suite d'un roi enchaîné par
d'affreux serments aux volontés des sociétés secrètes, une horde de sicaires s'est précipitée de
toutes parts sur la ville éternelle; le blasphème,
le vol, l'assassinat, ont souillé les sept collines;
Pie IX, enfermé dans son palais comme dans une
prison, séparé du reste du monde, attaché plus
que jamais à la croix qui symbolise son règne et la
fureur de ses ennemis, n'a plus la liberté de com-

muniquer avec ses enfants. La trahison est victorieuse, le parjure triomphant, le sacrilége est con-
sommé. O Satan, regarde, parcours la terre,
assemble et félicite tes séides, le péché règne,
l'impiété monte et va s'asseoir sur le trône que tu
lui as promis.

Que ces espérances sont belles ! Plus de frein à
la licence, les lois méconnues, la majesté des
autels violée par des attentats que les Vandales
n'auraient point commis ! Des missionnaires et des
évêques accoutumés aux barbaries raffinées de la
Chine forcés de regretter, à Marseille, à Lyon, à
Bordeaux, les idolâtres qui les poursuivent sous un
autre ciel, tant il leur a paru dur de tomber entre
les mains de ces chrétiens enivrés par le vin d'une
nouvelle révolution ; des couvents fermés dans
plus de trente villes au nom de la liberté qui pré-
tend renaître ; des religieux chassés et dépouillés
au nom de l'égalité qui devrait assurer à tous les
citoyens une égale protection ; les prêtres menacés
tous les jours par la presse, insultés dans les rues
et sur les places, marqués d'avance comme pour
l'exil et le supplice au nom de la fraternité qui s'affirme et se vante plus haut que jamais ! O honte !
ô désastre plus humiliant que toutes nos défaites !
ô opprobre ajouté à toutes nos calamités. Ah ! déclarer la guerre à Dieu, en pleine paix, c'est un
attentat. Mais la continuer sous l'étreinte de l'ennemi, la faire au pape, aux prêtres, aux religieux,

à tous ceux qui bénissent les soldats mourants, qui pansent les blessures des combats, qui portent des consolations et des secours aux prisonniers, mais traiter en suspects et emprisonner encore les meilleurs amis de la patrie, c'est à la fois pour cette patrie déchirée une honte, un crime, un suicide ; c'est la plus lâche des trahisons ! Prenez garde, la guerre faite au bon Dieu vous portera malheur. Ne bravez pas, n'insultez pas Celui qui seul peut vous sauver, Celui qui a dit de lui-même : Le salut, c'est moi : *Salus tua ego sum, dicit Dominus* (1).

Oh ! cette parole, je la recueille et je l'emporte comme une sainte et patriotique espérance. Vous l'avez dit, Seigneur, le salut, c'est vous ; vous qu'on oublie, vous qu'on poursuit et qu'on insulte. Ah ! j'en crois cette parole qui ne trompe jamais : *Le salut, c'est moi !*

Nous avions mis notre espérance dans la réputation de nos armes, et cette réputation est flétrie ; dans la vitesse de nos coursiers, et ils n'ont pas même pu assurer notre fuite ; dans le talent éprouvé de nos généraux, et ceux qui n'avaient connu que la victoire ont appris ce qu'il en coûte d'être vaincus, puisqu'on veut soupçonner à tout prix ou leur fidélité, ou leur courage, ou leur mérite ; dans la fougue naturelle à nos soldats, et cette fougue se

(1) *Psal.* xxxiv, 3.

brise maintenant au premier choc; dans nos citadelles, et ces citadelles tombent les unes après les
autres avec un fracas effroyable. O France! un
regard enfin pour Celui qui a dit de lui-même:
Votre salut, c'est moi.

Mais plutôt que de le regarder, on cherche
partout un sauveur, excepté dans le ciel. On
improvise les chefs et les armées; on demande des
miracles de stratégie à ceux qui ont été jusqu'ici
les plus étrangers à l'art militaire; l'étranger lui-
même est appelé un sauveur, et quel étranger,
grand Dieu! Son nom répugne à mes lèvres, et son
commandement à nos vrais soldats. C'est l'ennemi
du pape et des prêtres, ce ne saurait être le sauveur de la France. Quelle folie d'attendre de lui le
moindre secours! N'est-ce pas renoncer au secours
de Dieu et l'éloigner de nous à tout jamais? Cependant Dieu seul a dit, Dieu seul peut dire de lui-
même: *Votre salut, c'est moi.*

Sauvez-nous, ô mon Dieu, car nous périssons.
Grâce! pitié! pardon pour tant d'oublis! Grâce!
pitié! pardon pour tant de folles impiétés! Votre
main est sur nous; elle pèse, elle s'allonge sur
notre tête, elle nous courbe et nous anéantit dans
l'humiliation. Vous voilà, Seigneur, avec toute
votre justice, devant la France anéantie comme
la pécheresse de l'Evangile. Pauvre France! plus
accusée que ne fut la femme adultère! plus con-
vaincue et plus humiliée par les nations voisines

que ne furent les pharisiens dispersés par le regard
de Jésus. Ah! mon sauveur et mon Dieu, chassez,
dispersez, confondez aujourd'hui ces pharisiens
qui nous accusent. Laissez la France seule avec
vous, rendez-la à elle-même, mettez son immense
misère en face de votre immense miséricorde;
délivrez-nous, Seigneur, délivrez-nous, et j'en jure
par votre bonté, nous mériterons d'entendre cette
consolante parole : « *Allez, ne péchez plus.* »

LE PÉCHÉ DE LA FRANCE.

———— ————

*Fundamentum aliud nemo potest ponere præter id quod po-
situm est, quod est Christus Jesus.*

Personne ne peut poser d'autre fondement que celui qui a
été posé ; ce fondement, c'est Jésus-Christ. (*I Cor.*, cap. ii.)

Dieu, qui est le principe et la fin de toutes choses, ne permet pas plus aux sociétés qu'aux individus de l'oublier, et encore moins de lui déclarer
la guerre. Quand on l'exile, le vide qu'il fait en se
retirant ne peut être comblé que par des ruines ;
quand on se lève contre lui, les fléaux, ministres
de sa vengeance, se déchaînent de toutes parts,
et l'homme, impuissant à les combattre, est forcé
de trembler sous le juge redoutable en qui il n'a
pas voulu reconnaître un père miséricordieux. Mais
il y a des nations dont l'infidélité est plus criante
et dont le châtiment est plus terrible. Dieu les avait
prédestinées et bénies, Dieu leur avait donné une
mission ; une fois que cette bénédiction est négli-

gée et ce rôle méconnu, Dieu les frappe avec plus
de rigueur pour les ramener d'un mouvement plus
rapide et plus vif dans les voies de sa justice et de
leurs immortelles destinées.

Telle est aujourd'hui la France entre toutes les
nations de l'univers. Vaincue et humiliée, elle respire à peine au bout de la plus affreuse secousse
qu'elle ait ressentie depuis quatre siècles; elle regarde, elle cherche, elle se demande comment elle
pourra reprendre son assiette tranquille et sa place
légitime. Les politiques dissertent sur nos maux,
sur nos plaies, sur nos remèdes, avec plus de facilité que de profondeur. Les uns s'alarment plus
que jamais, les autres s'abandonnent aux moin-
dres espérances avec une incroyable naïveté, chacun parle de notre ruine sans en déterminer la
cause et de notre salut sans en comprendre les
conditions ; enfin presque tout le monde oublie
qu'il y a pour la France une vocation, que nous
l'avons oubliée et qu'il faut la remettre à l'étude
pour la comprendre et la suivre.

O Vierge Immaculée, vous êtes, après Dieu, notre unique espérance. Jetez un regard de pitié sur
cette terre que nous appelons votre royaume, et
les ténèbres qui la couvrent seront dissipées. J'en-
treprends de faire voir, sous les ruines mêlées à
ces ténèbres affreuses, quel est le vrai et solide
fondement de la nation française. Ce fondement
méconnu, c'est la foi catholique, c'est Jésus-Christ.

Ecoutez donc sur ce sujet la leçon de l'histoire et de la raison. C'est par Jésus-Christ que la France s'est établie ; c'est loin de Jésus-Christ que la France s'est perdue ; c'est en revenant à Jésus-Christ que la France restaurera sa grandeur et sa gloire : *Fundamentum aliud nemo potest ponere, præter id quod positum est, quod est Christus Jesus.*

I. Il y a quatorze siècles, au lendemain de la chute de l'empire d'Occident, presque à la veille du jour où l'empire d'Orient allait se relâcher dans la foi et préluder par l'orgueil à l'apostasie, Dieu, cherchant parmi les peuples nouveaux un bras toujours prêt à défendre son Eglise, arrêta ses regards sur le chef encore païen d'un petit royaume resserré jusque-là entre la Seine, l'Escaut et la Meuse. Ce barbare était venu ce jour-là disputer aux Allemands les bords du Rhin, avec le pressentiment de ses hautes destinées et l'ambition de régner dans l'ancienne Gaule partout où avaient régné les aigles romaines. Ses troupes allaient céder. Il se souvint que son épouse adorait Jésus-Christ, demanda la victoire à ce Dieu étranger, l'obtint, et lui en fit hommage en recevant le baptême. Ce chef, c'était Clovis, cette victoire fut celle de Tolbiac, ce baptême fut celui de toute une nation, cette nation c'est notre France.

A peine assis sur la pierre sacrée de la foi, l'hérésie tente de nous en arracher, et il faut lutter

avec Arius, c'est-à-dire avec l'hérésie mêlée de
violence et d'intrigues. Jamais erreur n'avait paru
plus triomphante. Arius charmait l'esprit subtil
des Grecs, la haute raison des Romains s'en défendait à peine, les barbares mal instruits l'accueil-
laient sans défiance, le monde s'étonnait de devenir arien. Les Gaules allaient avoir le sort commun,
car les Burgundes à l'est et les Visigoths au sud
s'étaient faits les apôtres armés de l'hérésie. Voilà
donc la vérité à l'abandon. Non, il reste les Francs,
et les Francs ne seront pas ingrats. Clovis fait bénir
ses armes au tombeau de saint Martin, et l'hérésie
est battue à Vouillé comme le paganisme l'avait
été à Tolbiac. Clovis triomphe partout avec Jésus-
Christ, la vocation de la nation franque se révèle
chaque jour, et ses destinées s'agrandissent en
même temps que sa foi s'éclaire. Appelez-la maintenant du titre de fille aînée de l'Eglise, donnez à
ses rois le nom de très chrétiens, écoutez comment
saint Grégoire le Grand déclare la couronne de
France aussi élevée au-dessus des autres couronnes que la condition royale l'est au-dessus des
conditions particulières : tous ces témoignages attestent assez haut que notre mission est connue
dans le monde et que la France tient le premier
rang dans l'héritage du Fils de Dieu.

Les musulmans succèdent aux ariens, mais le
sort des combats ne change pas. La victoire demeurera fidèle à nos pères, parce que nos pères demeu-

reront fidèles à Jésus-Christ. L'Asie, l'Afrique, l'Europe, ruissellent partout du sang chrétien ; la Sicile et l'Espagne sont mises sous le joug ; l'Italie est insultée sur toutes ses côtes ; les Pyrénées sont franchies, et le torrent de la corruption et de l'erreur, remontant les grands fleuves du midi au nord, coule avec la Saône jusque dans la Haute-Bourgogne, avec la Garonne jusqu'au fond de l'Aquitaine ; Bordeaux succombe, Tours est menacé. C'en est donc fait des anciennes Gaules et de la chrétienté tout entière. Non encore une fois, les Francs sont là et Charles Martel avec les Francs. Charles Martel arrête les musulmans entre Tours et Poitiers et les refoule au delà des monts. C'est assez pour sa gloire, ce n'est pas assez pour celle de son peuple. Les siècles suivants ne font qu'agrandir le rôle de la France. S'il faut porter la guerre à Mahomet jusque dans les lieux saints, souillés par sa présence, qui prêchera les croisades avec tout l'ascendant de l'éloquence et de la sainteté ? Un pape français, Sylvestre II ; un pèlerin français, Pierre l'Ermite ; un apôtre français, la gloire de sa nation et de toute l'Eglise, saint Bernard. Qui illustrera les croisades à force de courage, d'abnégation et de gloire ? Toujours des Français, toujours des héros. Godefroy de Bouillon les inaugure, saint Louis les termine, et les grands coups d'épée qui les signalent pendant deux siècles, à Jérusalem, à Antioche, à Tibériade, à la Massoure, attestent sur tous les

champs de bataille le cœur, la main, la foi de la
nation française.

La vaillance et la foi! Non, vous ne séparerez pas
ces deux mots d'un bout à l'autre de notre histoire.
Ils se complètent l'un par l'autre, ils donnent comme
le secret de notre caractère national, de nos mœurs,
de nos institutions, de nos lois, de tout notre
passé; ils expliquent toutes nos grandes œuvres,
les missions, les conquêtes, les fondations de notre
zèle et de notre charité. La vaillance et la foi! c'est
tout notre génie, c'est la France dans tous les
temps, mais surtout dans ces temps difficiles où il
faut qu'elle s'élève au-dessus d'elle-même et qu'elle
devienne héroïque. Geneviève, Clotilde, Jeanne
Hachette, Jeanne d'Arc, l'ont personnifiée aussi
bien que Clovis, Charlemagne, saint Louis, Bayard
et Duguesclin. Tout sexe, tout âge, toute condition est propre à la représenter, à la sauver, à
l'agrandir, tant qu'elle demeure la nation sainte, la
race choisie, la fille aînée de l'Eglise.

La France, sauvée par Jeanne d'Arc dans le xv\ :superscript:`e`
siècle, sauva la foi dans le siècle suivant. Quel péril! quel service! quelle gloire! L'Allemagne avait
rompu la première le lien sacré de l'unité; la Suède
et le Danemark s'étaient donnés tout entiers à la
réforme; la Suisse lui avait livré ses grandes villes,
et il n'y restait guère pour la vérité religieuse d'autre asile que le berceau modeste de la liberté politique; l'Angleterre, plus infidèle encore, n'avait plus

pour la religion proscrite que des menaces, des prisons et des échafauds. Dans cette défection universelle, que fera la nation française au centre de l'Europe ? Elle est plus battue et plus ébranlée par les vents de l'erreur que ses côtes ne le sont par les tempêtes des deux mers qui l'enveloppent. Eh bien ! malgré ces secousses qui se communiquent d'un peuple à l'autre, malgré le fatal exemple donné dans quelques provinces, malgré la révolte d'une partie de la magistrature et de la noblesse, malgré les plaies et les scandales étalés dans le sanctuaire, la France demeura le soldat du Christ et de l'Eglise, et, refusant de se séparer de la pierre angulaire et fondamentale, elle imposa à Henri IV l'obligation d'être catholique pour mériter l'honneur d'être roi. Ce roi ne reçut les serments de ses sujets qu'après avoir lui-même prêté serment au Dieu de Clovis, de Charlemagne et de saint Louis.

Ce n'est pas assez pour la vocation de la nation française qu'elle demeure attachée à la pierre angulaire et fondamentale. Dieu lui a fait plus d'honneur encore. Il veut qu'elle aille avec Pepin fonder à Rome la domination temporelle des papes, qu'elle l'agrandisse avec Charlemagne, qu'elle la garde et qu'elle la soutienne par ses soldats, par ses aumônes, par l'épée de ses rois et la plume de ses écrivains, et que ce glorieux service se prolonge, d'âge en âge, pour devenir, jusque dans le siècle où nous sommes, la question la plus

vivante des temps modernes, la pierre de touche
à laquelle on va reconnaître si la France est fidèle
à ses traditions et si elle mérite encore d'être appelée la fille aînée de l'Eglise. C'est à elle qu'il sera
donné non-seulement de comprendre, mais de faire
comprendre au monde que Rome est une ville choisie
entre toutes les villes, une ville qui ne doit être qu'à
Dieu et à Jésus-Christ dans la personne du pape.
« Là, dira la France, le pape sera non-seulement
libre, mais indépendant, mais souverain. Là je serai
son bras tutélaire ; là j'accourrai continuellement à
son secours ; là je le protégerai et je le vengerai ; là
je le replacerai si on le renverse ; là je le ramènerai
si on l'exile ; là je veillerai avec une fidélité, un
honneur et un désintéressement qui seront jusqu'à
la fin des siècles la marque éclatante de ma vocation. » Ce langage, il faut que la France le tienne,
non-seulement au moyen âge, mais dans les temps
modernes, non-seulement avant la révolution, mais
après, mais en plein dix-neuvième siècle, mais sous
la république comme sous la monarchie, mais avec
les Bonaparte comme avec les Bourbons. Et tant
qu'elle sera la France, elle forcera son gouvernement à protéger, malgré lui, le pape, notre client,
fût-il abandonné du reste du monde, et à défendre
le patrimoine du pape, n'en restât-il plus qu'un
dernier lambeau. Clovis, notre premier roi, s'écriait
au récit du crucifiement du Calvaire : « Que n'étais-
je là avec mes Francs ! » Malheur au successeur de

Clovis qui laissera crucifier à Rome le vicaire de
Jésus-Christ, et à qui l'histoire pourra dire : Où
sont les Francs, où est Clovis, où est la sentinelle
française qui doit monter la garde au pied du
Vatican pour le service de saint Pierre et de toute
la chrétienté ?

Que la France était belle à voir dans ce glorieux
service ! Et comme elle marchait dignement en tête
des nations ! Par la plume et par l'épée, elle commandait au monde, et le monde s'inclinait devant elle.
Chaque fois que son glaive était tiré pour la bonne
cause, tout l'univers était éclairé aux lueurs dont
il étincelle. L'Europe nous a suivis à Jérusalem, à
Nicopolis, à Navarin, à Rome. Nous avons, par la
conquête d'Alger, rendu l'Afrique à Jésus-Christ et
à l'Eglise, au commerce et à l'industrie. Nous avons
relevé la croix à Pékin, nous l'avons affranchie à
Constantinople, nous l'avons plantée chez tous les
peuples, des cimes de l'Atlas aux rives du Bos-
phore, du Gange à la Tamise, et les fleuves de la
Cochinchine infidèle, ces chemins qui serpentent
et qui marchent, ont été illuminés par cette double
et magique puissance attachée au nom français et
au nom chrétien. Notre plume était un autre sceptre. C'est par elle que notre Bossuet règne dans
toutes les chaires, Racine et Corneille dans tous les
théâtres, Descartes et Pascal dans toutes les écoles,
le siècle de Louis XIV sur tous les siècles de l'antiquité et des temps modernes. La parole éclose sur

nos lèvres avait je ne sais quoi de pur, de net et
de précis, qui avait fait de notre langue la langue
des affaires. Elle portait en elle je ne sais quoi
d'attrayant, de communicatif et de contagieux, qui
en avait fait la langue universelle. C'était, parmi les
royaumes chrétiens du monde, une pensée commune que l'initiative des grandes entreprises nous
appartenait et par droit de naissance et par droit de
conquête. La France, en un mot, était saluée partout comme la fille aînée de l'Eglise. Elle revendi-
quait ce titre, elle le justifiait; on l'appelait, avec
un amour mêlé de crainte, la grande nation. Voilà
jusqu'où la foi avait élevé notre rôle, voilà ce que
l'on gagne à servir Jésus-Christ. Voyons ce que
l'on perd à s'éloigner de lui.

II. Deux fois dans quatorze siècles la France a
trahi son histoire et sa mission, deux fois la France
a perdu tout ensemble et la gloire et la foi.

Ce fut d'abord l'œuvre de la philosophie, c'est
aujourd'hui l'œuvre de la révolution. Je vous dé-
nonce hautement et clairement ces deux mortelles
ennemies de la France et du christianisme.

Il y a cent ans un homme achevait à Ferney sa
longue et fameuse carrière. Il avait tourné en ridicule les plus saintes choses : Dieu, Jésus-Christ,
la Bible, l'Evangile, la France; son rire contagieux
passa sur toutes les lèvres et ébranla, en se propa-
geant, les trônes et les autels. Il flétrit les plus

tendres fleurs, les femmes et les jeunes gens. Il dessécha au fond des plus grandes âmes la noblesse, la générosité, le patriotisme. Tout se courba, tout périt sous ce souffle glacé : la royauté s'abaissa, la noblesse perdit son prestige, le clergé son autorité, la nation son rang et son honneur. Quand Voltaire mourut, la comédie touchait à sa fin. Mais quel réveil ! quel dénouement ! quelles tragiques fureurs ! La France n'a plus ni roi ni juge, parce qu'elle n'a plus de Dieu. La victoire l'a abandonnée partout, ses temples sont fermés, ses autels en ruines, ses princes en exil, ses prêtres au fond des prisons ou sur les marches de l'échafaud. La grande nation était évidemment arrachée de ses antiques fondements. Elle avait tout perdu en perdant le Christ.

Dieu pouvait la laisser périr, il la sauva. Depuis soixante-dix ans qu'elle s'était relevée, elle avait donné des gages à la foi, elle s'efforçait de retrouver ses assises, elle avait repris le service du Christ et de l'Eglise, elle avait paru comprendre de nouveau sa vocation. J'en atteste la Propagation de la Foi, cette association commencée à Lyon et étendue dans toutes les contrées de l'univers ; la société de Saint-Vincent de Paul, dont Paris fut le berceau et qui, sortant de Paris, a fait faire à la charité le tour du monde ; les archiconfréries réparatrices instituées de toutes parts pour fléchir la colère de Dieu ; les missions agrandies et florissantes, grâce au courage et au dévouement de nos prêtres ; les Enfants de saint Bruno, de saint Ignace, de saint François et de saint Dominique rapportant les exemples de la prière commune, de la pauvreté volontaire et du zèle apostolique. J'en atteste le pape trois fois secouru ou restauré, en 1814 par la diplomatie de la France, en 1849 par une expédition nationale, en 1867 par une poignée de braves sur le front desquels flottait à peine l'ombre de nos drapeaux.

C'étaient là de nobles gages donnés à la religion, c'étaient pour notre patrie de belles espérances. Mais à côté de ces signes de salut éclataient des signes d'impiété, le mal se mêlait au bien dans des proportions effrayantes, et la révolution faisait son œuvre. La révolution, avec ses faux principes et ses fausses doctrines, ne doit pas être confondue avec le besoin naturel et raisonnable de réformes politiques et d'améliorations sociales, qui sont la force même de toute nationalité chrétienne. Qu'en 1789, ce besoin ait été plus général et plus impérieux qu'auparavant ; qu'une foule d'institutions altérées ou inutiles aient dû changer ou disparaître, personne ne songe à le nier. Mais qu'il y avait loin des réformes salutaires appelées par les gens de bien à cette révolution qui a commencé par l'oubli des droits de Dieu et des devoirs de l'homme, et qui continue à semer, sous le nom de bienfaits, la désobéissance envers tous les pouvoirs, le mépris de toute loi, de tout ordre et de toute religion ! Malgré quatre-vingts ans d'expérience et de ruines, il y a des hommes d'esprit, des hommes de cœur, qui se succèdent de génération en génération, fermant les yeux à l'évidence, acclamant les principes destructeurs, buvant et faisant boire autour d'eux ce venin révolutionnaire qui a empoisonné les meilleures sources. Que n'a-t-on pas accrédité ou toléré au nom des libertés publiques? Sous le nom de lumières, quelles ténèbres n'a-t-on pas amassées dans la conscience des peuples? Grâce à cet esprit révolutionaire, Jésus, notre maître et notre Dieu, n'est-il pas devenu étranger aux uns, suspect aux autres, odieux à plusieurs? Ne l'a-t-on pas tantôt banni, tantôt foulé aux pieds, presque toujours relégué loin des affaires publiques? Dans l'ancienne société française, Jésus-Christ s'était mis partout à notre tête; mais, depuis quatre-vingts ans, on lui a disputé partout le terrain, on a effacé son nom, on a rétréci sa part, on a fini par rompre avec la tradition, et on est sorti, par toutes les portes, de cette vocation à la fois chrétienne et nationale, qui n'est autre chose que la vocation française. Le blasphème n'excitait plus d'horreur; la profanation du dimanche était tellement passée dans nos mœurs que les lois se déclaraient impuissantes à la prévenir; le théâtre ne connaissait plus de loi, les modes scandaleuses n'avaient plus de frein, la danse la plus coupable réclamait, obtenait partout le droit de tout

dire et de tout voir ; on bafouait les prêtres dans
les romans, un roman plus audacieux que les autres
alla jusqu'à bafouer Jésus-Christ, la statue de Voltaire fut relevée avec éclat, et la cause du pape
abandonnée avec autant d'aveuglement que de lâcheté !

C'est là que l'ennemi nous attendait. Voyant par
ce dernier trait que la France était sortie de ses
assises et qu'elle rejetait Dieu, le Christ, l'Eglise et
le pape, il a fondu sur nous comme Attila et comme
Genséric ; il nous a surpris parce que nous étions
dans les ténèbres ; il nous a battus parce que nous
n'avions plus ni de protecteur au ciel, ni d'alliés
sur la terre ; il a séparé de la grande nation deux
provinces dont il a fait sa proie ; et le voilà encore
le front penché sur nous, l'œil au guet, l'oreille
tendue, attendant, pour continuer ses conquêtes,
que quelque crime nouveau lui donne aux yeux de
l'Europe le droit d'y prétendre, aux yeux de Dieu le
droit d'y réussir. Ah ! pourquoi tairais-je ici mes
patriotiques appréhensions ? Pourquoi ne nous se-
rait-il pas permis de mieux sentir que d'autres les
périls de l'avenir et de les signaler d'une voix plus
forte ? Nous sommes devenus la frontière de la
patrie, et si le glaive de la justice est tiré encore
une fois, si le bras de Dieu va prendre encore une
fois la main des Allemands pour l'appesantir sur
notre tête, ô ma chère Comté, ô mon noble pays,
tes montagnes seraient-elles assez fortes pour

arrêter le cours de cette vengeance qui vient de si haut et qui porte si loin? O Ferréol, ô Ferjeux, fléchiriez-vous encore en faveur de cette cité le courroux du Seigneur? Guillaume s'est incliné devant Dieu qui l'avait élu; il a renvoyé au ciel la gloire que le ciel lui envoyait; il s'est déclaré, avec son armée et ses alliés, le tributaire du Seigneur et l'instrument de sa volonté. Au premier mot tombé d'en haut, à la première goutte qui ferait déborder encore sur la terre la coupe où bouillonne la colère éternelle, ô Église de Besançon, héritage des saints, n'est-ce pas toi qui serais frappée? J'en tremble, mes frères, j'en frémis de honte autant que de crainte. Je m'adresse à Dieu, je m'adresse à Marie, je m'adresse à vous-mêmes, je me demande, je vous demande avec toute la liberté de la parole sainte, avec toutes les alarmes du patriotisme le plus pur, sommes-nous convertis et méritons-nous d'être sauvés? Où sont nos larmes, nos pénitences, nos bonnes œuvres? Avons-nous repris le chemin du bercail, et faut-il que le sceptre de ce roi étranger nous courbe, comme le bâton du berger mercenaire, sous le joug de ce grand Dieu que nous ne voulons pas reconnaître encore? La foi nous avait élevés; c'est pour avoir perdu la foi que nous nous sommes perdus; la foi seule peut nous sauver.

III. Cherchez maintenant, parmi nos ruines, ce

vrai et solide fondement sur lequel il faut rasseoir
la nation ébranlée et rebâtir l'édifice de l'avenir. Ce
fondement, quel est-il ?

Est-ce la science profane, la politique, la discipline militaire ? La science profane ! En vérité, on
semble le croire en voyant avec quel aveuglement
et quelle ferveur on parle de la science. Et quelle
science ? On la veut gratuite, obligatoire, laïque, et
s'il lui manque une de ces trois qualités, la voilà
frappée d'une suspicion éternelle. Et c'est avec ces
trois mots de passe, avec cette indigne et misérable
piperie, qu'on flatte les masses, qu'on leur cache
leurs vrais intérêts, qu'on leur inspire d'affreux
préjugés, qu'on les mène, à peine sorties d'un
abîme, à des abîmes plus profonds encore ! Mais
en quoi, je vous prie, des peuples instruits par des
laïques sont-ils par cela même plus éclairés que des
peuples instruits par des congréganistes ? L'alpha-
bet est-il plus difficile à lire entre les mains du
prêtre qu'entre celles du fidèle ? Suffit-il de mettre
un froc pour perdre le don de l'enseignement, ou
de l'ôter pour devenir tout à coup un grand maître ?
Lire, écrire, compter, c'est le rêve que vous faites
pour toute la France de l'avenir. Quelle misérable
espérance ! quelle triste perspective ! En serez-vous
plus honnêtes, en serez-vous plus braves ? Si vous
ne lisez que les journaux et les revues de la licence,
vous périrez encore dans la mollesse et la corruption ; si vous n'apprenez à écrire que pour distiller

de votre plume l'impiété et le blasphème, cette plume ne sera pas une bien vaillante épée, et l'ennemi l'achètera à peu de frais ou la brisera du premier coup ; si vous n'apprenez que ce qui se pèse et ce qui se compte, votre arithmétique ne vous sauvera pas. Il nous faut des calculateurs qui ne comptent ni leurs pas ni leurs peines ; il nous faut des Tacites qui consentent à écrire, non de leur encre, mais de leur sang, les pages d'une nouvelle histoire ; il nous faut un peuple qui sache surtout épeler et lire le nom de Dieu, qui connaisse, qui bénisse et qui loue le Dieu de nos pères et de nos ancêtres : voilà la vraie science ; cette science, c'est la foi.

Vous demandez de nouvelles lois et une nouvelle constitution. Autre illusion : si ces lois ne sont pas imprégnées d'un esprit chrétien, elles seront emportées comme la feuille légère que le vent chasse devant lui. Si cette constitution n'a pas pour base les droits de Dieu et les devoirs de l'homme, elle périra plus vite encore que celles qui l'ont précédée, et vous descendrez encore quelques degrés de plus dans l'abîme que la révolution a creusé sous vos pas. Quoi ! ne sommes-nous pas las de bâtir sans cesse et de ne rien fonder ? Ne voyons-nous pas que la France a vécu quatorze siècles avec l'esprit et les lois de Jésus-Christ, et qu'elle agonise depuis quatre-vingts ans avec l'esprit et les principes de la révolution ? Ces principes que vous déclarez im-

mortels vous donnent la mort. Cette révolution
que vous adorez comme une idole a fait banque-
route ; les socialistes en pressent la liquidation ;
tout ce qui en était resté aux mains des classes
moyennes passe aux mains de la foule, l'influence,
la fortune, le maniement des affaires ; tout croule,
tout s'abîme, tout s'évanouit, et vous voilà toujours
ramenés en présence de la pierre angulaire et fondamentale sur laquelle il faut élever l'édifice, si
l'on veut qu'il se conserve et qu'il dure. Le seul
principe, c'est Dieu ; la vraie politique, c'est la politique chrétienne.

Vous demandez plus de discipline militaire, et
vous affirmez que c'est là le seul fondement qui
fasse défaut à nos assises. Encore une illusion ! Je
suis de ceux qui croient que nos champs de bataille
n'ont pas enseveli notre honneur, et que nos braves
sont tombés comme des hommes de cœur devant
l'ennemi. Non, ces batailles qu'on croyait gagnées et
qui se trouvèrent perdues ; ces contre-temps inat-
tendus où la faim, le froid, la maladie, la fatigue,
sont venus troubler les calculs les plus habiles ;
cette fortune si fidèle aux drapeaux de l'ennemi
et si obstinée à fuir les nôtres ; ces siéges fameux
de Sedan, de Metz et de Paris, où, sous le même
climat, la mort a frappé la France et épargné
l'Allemagne ; ces grandes armées immobilisées dans
les places fortes, et à qui leur élan n'a pu frayer
un passage ; tant de coïncidences malheureuses,

tant de revers et de désastres, tant de disgrâces
en six mois, et l'extrême humiliation devenue le
châtiment de l'extrême confiance ; non, tout cela
n'est pas l'unique fruit de la discipline oubliée ou
méconnue ; non, nos soldats n'avaient pas désappris l'art de souffrir, de se battre, de mourir ou de
vaincre, et après la conquête de l'Algérie, après
les campagnes si périlleuses de la Crimée, de
l'Italie, de la Chine et du Mexique, ce n'est pas en
si peu de jours que l'on descend de si haut et que
l'on tombe si bas. Organisez donc les troupes les
plus brillantes, variez-en l'instruction, agrandissez-
en les cadres, déployez sur leurs ailes une cavalerie
formidable, couvrez-les du bruit et de l'éclat de dix
mille canons qui tonnent avec une voix plus
effrayante que ceux de la Prusse, assujettissez à
une meilleure discipline les officiers et les soldats,
mettez, s'il le faut, toute la France sous les armes,
que faudrait-il encore pour tout déconcerter et tout
perdre ? L'indécision d'un chef, un mot mal lu, un
ordre mal donné ou mal compris, l'hiver, le vent
du nord, le souffle d'en haut, le souffle de Dieu, et
il faudrait bien s'écrier encore : Le doigt de Dieu
est ici : *Digitus Dei hic est !* C'est l'alliance de Dieu
qu'il nous faut, c'est la discipline sévère de son
décalogue qu'il faut imposer à vos convoitises,
c'est sous ses yeux qu'il faut faire marcher, non
pas seulement le soldat qui vous défend, mais votre
maison, vos familles, vos domestiques ; c'est à votre

cœur qu'il faut une règle, à votre esprit qu'il faut une lumière. D'où sort l'armée, sinon des entrailles mêmes de la nation ? Quelle est sa première école ? Le foyer. Quel est le premier sergent instructeur du jeune soldat ? Son père. Quelle est sa première caserne ? Le giron maternel. Notre armée redeviendra invincible, quand la France qui la donne sera redevenue chrétienne.

Les esprits qui rampent à terre et qui jugent sur les apparences, opposent aux abaissements de la France catholique les triomphes de l'Allemagne protestante, et ils blasphèment contre le vrai Christ et la vraie Eglise en leur reprochant nos défaites : comme si c'était pour avoir été trop croyants que nous avons été vaincus ! comme si l'ennemi nous avait surpris jeûnant, priant, remplissant les temples et faisant retentir les airs de nos cris de componction et de repentir ! comme si l'esprit révolutionnaire n'avait pas cherché, malgré les malheurs publics, bien plus à perdre la foi qu'à sauver la France ! Comme s'il n'était pas venu fondre sur nous, du fond de l'Italie affolée et pervertie, poussant contre les prêtres et contre l'Eglise le cri de la rage, déployant contre les couvents, les temples, la société chrétienne, une armée sans courage, sans force ou sans tactique devant l'ennemi, et nous laissant pour adieu des malédictions contre le pape et contre l'Eglise. Oui, la France est vaincue, mais ce n'est pas la France de Clovis, de Charlemagne et de saint Louis, c'est la France de Voltaire. La France est abaissée, mais ce n'est pas pour avoir prêché la croisade en faveur du pape, c'est pour avoir abandonné le pape, fusillé un pontife, mêlé dans une hécatombe affreuse le sang du prêtre, du magistrat et du soldat ! La voilà, notre France, telle que la révolution nous l'a faite. Ce n'est plus la France, c'est la Commune. Qu'elle garde ce nom dans l'histoire; mais n'allons pas croire qu'il y a là une excuse pour notre lâcheté. A tous et à chacun sa responsabilité dans cette nouvelle Terreur : aux écrivains qui ont réhabilité la révolution, aux poëtes qui l'ont chantée, aux politiques qui y ont concouru sans le savoir, à notre faiblesse et à notre indulgence ; et c'est ici tout le pays qui est coupable, car avec nos caractères effacés et nos consciences faciles, devant les excès et les horreurs de la Commune, nous n'avons pas senti comme nous le devions, comme on l'a vu en 1848, devant un spectacle mille fois moins affreux,

> Par un effet contraire
> Nos fronts pâlir d'horreur et rougir de colère.

Littérature, poésie, beaux-arts, lois affaiblies, mœurs corrompues, tout ici a sa responsabilité, tout, excepté la foi. Nous avons acclamé et servi tous les maîtres, excepté Dieu. Nous nous tournons et nous nous retournons, comme un malade agonisant, en cherchant la pierre sur laquelle nous pourrons nous reposer. Mais cette pierre, c'est Jésus-Christ, Jésus-Christ est la pierre fondamentale de la société française. La prospérité nous l'avait fait oublier, que tardons-nous d'y revenir, après tant d'adversités et de malheurs ? Jésus-Christ ! ah ! que ce nom qui gagne les batailles soit un cri de ralliement pour tous les gens de bien, tous les amis de l'ordre, tous les défenseurs du pays. Jésus-Christ ! prenez-le pour maître, et vous échapperez enfin aux docteurs du mensonge ; prenez-le pour chef et pour guide, et vous prendrez votre revanche dans un autre Tolbiac contre les Allemands victorieux ; prenez-le pour juge et pour roi, il prononcera sur ceux qui le serviront une sentence de grâce, et tous ses soldats, quel que soit leur âge, leur profession, leurs rangs, trouveront au delà de la mort la couronne de l'immortalité.

LE PÉCHÉ CAPITAL DU XIXe SIÈCLE.

Invidiâ autem diaboli mors introivit in orbem terrarum.
C'est par l'envie du démon que la mort est entrée dans le
monde.   (*Sap.*, ii, 24.)

C'est un grand péché d'oublier Dieu et de lui
déclarer la guerre : les nations qui s'en rendent
coupables attirent sur leur tête les fléaux vengeurs.

C'est un grand péché d'oublier sa vocation : la
France, qui a été créée et mise au monde pour servir l'Eglise, n'a pu délaisser son rôle, même un
seul jour, sans encourir le reproche d'ingratitude
et d'infidélité. Elle est punie avec d'autant plus de
rigueur qu'elle a été élevée plus haut dans les desseins providentiels.

La leçon n'est pas finie. Il y a dans l'histoire de
nos malheurs une page qu'il faut faire lire non-
seulement à la France, mais à tout notre siècle. Il
y a un péché que l'on peut appeler le péché dominant de notre âge, et qui compte parmi les pé-

chés capitaux. Ce péché, c'est l'envie. Je viens vous
le dénoncer par son nom et vous en peindre toute
l'horreur. Il se cache sous le manteau du progrès
social, et comme on a cessé de le combattre, il n'a
plus de bornes dans ses ravages. Apprenons d'abord
à démêler parmi les sentiments de notre siècle ce
sentiment pervers ; montrons ensuite jusqu'à quel
point il a gâté et perverti la société moderne. .

I. L'envie est aussi vieille dans le monde que
Satan, et pour en trouver la première trace, il faut
remonter jusqu'au premier meurtre qui souilla la
terre, jusqu'à la révolte même qui troubla le ciel.
Saint Chrysostôme l'appelle l'invention du démon (1), saint Grégoire de Nysse, la mère de la
mort, la première porte du péché, la racine des
vices (2) ; saint Basile, le chemin de l'enfer (3).
Ecoutez saint Augustin : « C'est l'envie qui a chassé
l'ange du ciel et l'homme du paradis terrestre ;
c'est elle qui a tué Abel, qui a armé les frères de
Joseph contre lui, qui a jeté Daniel dans la fosse aux
lions, qui a pendu Judas, et qui a crucifié Jésus-
Christ. O mes frères, prêchez sur les toits que l'envie est une bête féroce, qui enlève la foi, détruit
la concorde, anéantit la justice et engendre tous

(1) *Homil.* XXII *in Gen.*
(2) *Homil. in Gen.*
(3) *Homil. de Invid.*

les maux. C'est elle qui a renversé les murs de Jérusalem, dépeuplé Rome, rasé Carthage, dévasté
Troie (1). » Que n'ajouterions-nous pas à ce tableau, tracé dans le ive siècle de l'ère chrétienne
par la plume de l'évêque d'Hippone ! Depuis l'Italie
et l'Afrique, où les Vandales ont été appelés par la
jalousie d'une femme et la rancune d'un général,
jusqu'à la Pologne, que l'envie irréconciliable des
partis a livrée pieds et mains liés à ses puissants
voisins, que de discordes publiques, que de guer-
res affreuses suscitées de siècle en siècle entre
les nations, que de peuples déchirant de leurs propres mains leurs lois et leur drapeau ! C'est le suprême malheur de l'homme et le ver rongeur
des sociétés en décadence. L'envie est un mal sans
excuse dans l'ordre public comme dans l'individu.
Les Pères de l'Eglise le flétrissent, déclarant que
rien ne saurait l'atténuer. Le fornicateur, disent-
ils, peut demander grâce en s'excusant sur la force
de la concupiscence ; le voleur peut alléguer, sinon
une nécessité impérieuse, du moins la tentation
d'un besoin mal satisfait ; l'assassin peut rejeter sur
la colère une partie de son crime. Mais comment
expliquer l'envie autrement que par la prodigieuse
malignité du cœur humain, toujours enclin à mal
faire ? Elle est pire que l'adultère, car la fureur du
vice impur s'arrête dans l'action même, tandis que

(1) *Serm.* xviii *de temp.*

la fureur et les ravages de l'envie bouleversent l'E-
glise et le monde (1). L'envie est un mal sans terme.
Les autres maux ont une fin, seule l'envie n'en a
pas (2). Elle n'est pas même assouvie au milieu des
révoltes accomplies, des révolutions triomphantes,
des ruines accumulées dans l'univers entier. Une
ombre, un souvenir, un nom, excite et ranime encore
sa rage. Elle brise au besoin les tombeaux pour y
mettre les cadavres en pièces. Ne pouvant déchirer l'histoire, elle essaie de la corrompre et de lui
infuser son mortel venin. Elle escaladerait le ciel,
si le ciel n'était pas placé au-dessus de ses bras,
qui se tordent dans leur superbe impuissance. Elle
voudrait renouveler contre les élus la guerre que
Lucifer a faite aux anges. Elle rêve de détrôner jusque dans la paix inaltérable de la cité sainte les
âmes victimes de ses tragiques fureurs, et si ces
âmes ont trouvé un refuge, il faut en remercier
Celui qui a interdit à l'écume des mers de dépasser
le rivage et à l'envie de franchir les portes de
l'éternité.

Tel est le démon qui s'est déchaîné dès le commencement, rapide comme l'éclair, étincelant
comme la foudre, le fiel dans le cœur, le miel sur
les lèvres, cachant quelquefois sous les ailes de
l'ange ses traits envenimés et dévorant les hommes,

---

(1) S. Chrysost., *Homil. in gent.*
(2) S. Cyprian., *Sermo de zelo et livore.*

les empires, les sociétés, avec une fureur que rien
n'assouvit. Mais ce démon a pris un masque nouveau dans le siècle où nous sommes, il porte un
nom qui attire et qui séduit, il se glisse au fond des
cœurs les plus purs, il les mord et les tourmente
à leur insu, et la passion révolutionnaire dont il les
remplit a fini par être appelée une des conquêtes
les plus précieuses des temps modernes. Vous ac-
clamez l'égalité, je persiste à vous dénoncer l'envie.

Arrachons à l'envie ce masque affreux qui l'a
rendue si hautaine, si sûre de ses coups, si victorieuse et si triomphante au milieu de nos ruines.

Il y a une devise devenue fameuse par ses promesses et ses déceptions, et nous en couvrons, au
lendemain de chaque émeute, nos murs, nos livres, nos drapeaux, sans pratiquer une seule des
vertus qu'elle suppose, sans respecter un seul des
droits qu'elle proclame. Il est plus que temps de
savoir ce qu'il y a de sincérité ou d'hypocrisie dans
ces trois mots si souvent répétés, si mal définis,
si tristement commentés par quatre-vingts ans de
révolution : Liberté, égalité, fraternité. La liberté,
vous la redoutez pour la vertu dans l'ordre moral,
et vous ne la demandez que pour le vice. Quand la
vérité s'en sert pour se défendre, vous criez à l'op-
pression ; quand l'erreur en abuse jusqu'à la fureur,
vous croyez à peine l'idole en sûreté. Cependant
les plus hardis vous l'enlèvent, les plus habiles la
confisquent, vous n'avez pas même cette excuse

dont parle Bossuet quand il nous peint les Anglais du XVIIe siècle séduits par l'appât de la liberté. Il n'est plus nécessaire d'en prononcer le nom pour que vous le suiviez en aveugles. Nous allons, en regardant que nous nous précipitons dans la servitude, et nos conducteurs n'ont plus besoin d'être si subtils ni de mêler tant de personnages divers pour tromper les peuples, puisque dans ce siècle incapable de consistance on se lasse plus vite encore d'être des citoyens que des ilotes. La fraternité, autre promesse, toujours démentie par des luttes fratricides ; autre raillerie d'un peuple qui se ment à lui-même en persistant à écrire cette devise, puisqu'après les massacres de septembre, les émeutes de juin, de juillet, de février, les journées si fameuses du 10 août, du 31 octobre, la journée plus sombre et plus odieuse encore du 21 janvier, il a fallu voir, il n'y a pas un an, le mois d'avril marqué par les arrestations des plus précieux otages et le mois de mai consacré à fusiller pêle-mêle pontife, prêtres, soldats, magistrats, comme si le sang d'Abel devait toujours couler, comme s'il ne devait pas rester un seul mois, un seul jour, qui ne fût marqué par le sang du juste dans le calendrier de la révolution ! Ainsi la liberté se vend tantôt à César, tantôt à Brutus, et la fraternité n'est plus que celle de Caïn. Ce sont deux mots à rayer de notre langue politique et sociale, puisqu'on les a rayés de nos mœurs. On n'y croit plus, on les raille, on les abandonne, mais il reste la passion de l'égalité, et pourvu que l'égalité triomphe, la révolution sera satisfaite.

Cette égalité cache tout le venin de l'envie. Je ne viens pas déplorer ici que les citoyens d'un pays libre exercent leurs droits politiques sans exclusion et sans privilége, ni que les charges pèsent sans distinction sur toutes les propriétés du sol, de l'industrie et du commerce, ni que chacun puisse prétendre aux fonctions publiques en vertu de l'égalité commune. Mais prenons-y garde, en croyant ne supprimer que les priviléges, n'avons-nous pas supprimé, sans le savoir, les droits du talent et de la vertu ? En déclarant la carrière ouverte à toutes les ambitions, n'avons-nous pas suscité non pas les plus légitimes, mais les plus vaines, les plus dangereuses, les plus coupables ? Sous prétexte d'enchaîner la faveur, n'avons-nous pas déchaîné les fureurs les plus jalouses ?

Il est bien permis de regarder derrière nous pour savoir si nous sommes meilleurs ou plus heureux que nos pères. Qu'étaient-ce donc que les priviléges dans les sociétés anciennes, sinon la récompense et le souvenir des services rendus ? Qu'étaient-ce que les charges héréditaires, sinon une tradition où l'honneur passait la richesse et où le devoir ne se séparait pas de l'honneur ? Ces barrières élevées par les mœurs encore plus que par les lois entre les divers rangs de la société ont-elles jamais brisé

les ailes du génie ? Et, pour ne parler que du mérite ordinaire et de la vertu commune, s'il leur
était interdit de monter du premier coup au faîte
des dignités, chacun pouvait en franchir les premiers degrés avec du travail et de la persévérance ;
chacun pouvait ambitionner pour son fils une position plus haute, à la condition d'ajouter encore
aux vertus paternelles ; chacun pouvait prétendre
pour sa postérité à la noblesse et à la fortune. Ce
n'était point un rêve, mais une légitime espérance.
Ce n'était pas l'œuvre d'un jour, mais l'œuvre d'un
siècle. Cette œuvre était lente, mais elle était sûre.
Elle imposait la vertu et laissait beaucoup moins
de jeu à l'intrigue et au hasard. Elle déconcertait
l'envie au lieu de lui donner des encouragements,
elle lui ôtait le droit de tout oser, de tout décrier,
de tout ruiner ; elle opposait à ses traits le rempart
des siècles et la majesté des longs souvenirs.

Nous nous étions imaginé, dans la naïveté de nos
espérances, qu'en supprimant les abus de la société
ancienne, nous ne laisserions de place qu'à la
science, au talent, à la vertu, à la gloire. C'était
compter sans l'envie, qui les poursuit, les attaque
et les ronge avec d'autant plus de facilité qu'il n'y
a plus d'institutions sociales pour les mettre à l'a-
bri de ses coups. Les voilà livrés sans défense à
la médisance, à la calomnie, à la trahison. L'envie
fait peser sur les hommes d'élite le niveau révolutionnaire dans toute sa rigueur ; elle arme contre

eux les défiances, les soupçons, les préjugés ; elle les éloigne ou les dégoûte des affaires ; elle ligue contre eux le vice, l'erreur, l'ignorance, le nombre ; le vice parce que la vertu le condamne, l'ignorance parce que le talent la blesse, l'erreur parce qu'elle ne redoute rien tant que la vraie science, la gloire parce qu'elle s'élève au-dessus de la foule et qu'elle l'oblige à lever la tête pour la regarder.

La science, le talent, la vertu, la gloire ! Mais nos sociétés révolutionnaires n'en peuvent plus même supporter le nom. Arrière cet homme qui pense, qui médite, et qui s'est consumé dans les veilles de la science ! L'envie lui reproche ces veilles laborieuses, sous prétexte qu'il s'en fera un titre pour dominer ses semblables. Arrière cet homme qui parle et qui attache le peuple à ses lèvres ! L'envie le redoute au milieu des assemblées publiques, car il pourrait y répandre le souffle d'une grande âme et y soulever de nobles et généreuses passions. Arrière cet homme dont la vertu sans tache ferait honneur à son siége, à son grade, à ses hautes fonctions politiques, administratives ou judiciaires ; cette vertu imposerait trop de respect à l'envie, sa pureté s'effraierait trop de la corruption publique ; il faut pour représenter le monde moderne plus de scepticisme dans l'esprit, plus de facilité à transiger avec le devoir, plus de complaisance avec les vices. Arrière la gloire du passé ! cette gloire n'est qu'une ombre, s'écrient les envieux. Oui, mais cette ombre les offusque, les irrite, les met hors d'eux - mêmes. Arrière ! arrière la gloire du présent ! Elle trouble l'égalité sociale. Les uns la contestent, les autres la raillent, les autres l'obscurcissent en assemblant autour d'elle les nuages de l'opinion pervertie. Qu'il ne reste donc ni statue, ni piédestal pour personne, ni un astre au ciel, ni un nom dans l'histoire, et la passion égalitaire, l'envie de la révolution, sera satisfaite.

Non, l'égalité envieuse ira encore plus loin. Elle a interverti les rôles, et, mettant l'ignorance à la place de la science, l'incapacité à la place du talent, l'obscurité à la place de la gloire, elle reconstitue au profit de la médiocrité tous les priviléges de la naissance et du rang. C'est un titre à ses yeux de n'être rien pour devenir quelque chose, de n'avoir rien fait pour briguer une charge, d'être incapable de la remplir pour être préféré à tous ceux qui l'honoreraient par leur conduite. Elle se plaît à ces préférences qui confondent le vrai mérite. Elle en jouit, parce qu'elle y trouve à la fois la satisfaction d'avoir abaissé ceux qui s'élevaient naturellement, et de s'élever elle-même dans ceux qui n'avaient ni titres, ni droits, ni talents réels. Elle crée ainsi une caste plus ambitieuse, plus exclusive, plus incapable que ne l'ont jamais été, dans les nations déchues, les castes héréditaires ruinées par l'exercice sans contrôle d'une autorité sans limites. Elle la recrute dans ces sociétés secrètes auxquelles il suffit d'être initié pour tout attendre, tout demander, parvenir à tout ; les ténèbres symboliques dont ces sociétés s'enveloppent conviennent bien aux yeux malades de l'envie égalitaire, quand elles ont étendu dans l'univers entier leur invisible réseau. Ne cherchez au timon des affaires ni le génie, ni le talent, ni la vertu, ni la gloire ; l'envie a tout ruiné ; la médiocrité gouverne tout. C'en est fait d'un peuple, d'un siècle entier, et le chapitre de la décadence commence pour ne plus finir. Ouvrez les annales du monde dans la seconde moitié de ce siècle, lisez et jugez.

II. Le comte de Maistre écrivait au commencement du siècle : « Nous avons besoin d'être broyés afin d'être fondus. » Broyés, nous le sommes, et jamais pressoir n'a plus foulé de grappes ni écrasé plus de raisins que la révolution n'a foulé de peuples et écrasé de lois et de constitutions. Mais combien l'humanité tarde à être fondue ! Comme l'envie sépare les âmes, comme elle tient en défiance les uns contre les autres, peuples, partis, castes, familles, individus, en précipitant de toutes parts la décadence sociale ! Choisissez du nouveau monde ou de l'ancien, celui où cette vérité vous paraîtra le plus sensible. Que de ruines en moins de dix ans ! L'Union américaine a été dissoute par une guerre qui a armé les uns contre les autres les membres de la même famille ; l'Italie a été dévorée plage par plage, royaume par royaume, jusqu'au Vésuve et à l'Etna, jusqu'au Capitole et au Quirinal, par l'envieuse ambition de la maison de Savoie ; l'Allemagne a déchiré ses propres entrailles dans les champs de Sadowa ; l'Espagne, après avoir déféré le sceptre à un étranger, regrette de l'avoir repris à ses rois légitimes, et ses montagnes deviennent pour la quatrième fois la sanglante arène des partis ; la France, plus éprouvée et plus malheureuse que toutes les autres nations ensemble, a ressenti dans huit mois, qui ont paru un siècle, toutes les humiliations de la défaite, toutes les horreurs de l'invasion, tous les désastres, tous les crimes, toutes les hontes de la guerre civile. Le sol tremble partout, partout l'envie empêche de le raffermir.

Je ne veux voir que la France, et je pleure sur les ruines sociales que l'envie ne nous a pas permis de conjurer ou qu'elle nous défend de réparer encore. Quand on se demande pourquoi la catastrophe a été si profonde, et pourquoi le salut tarde tant à s'opérer, les uns accusent notre intelligence, d'autres notre volonté, d'autres notre courage, d'autres notre générosité et notre désintéressement. N'en croyez rien, intelligence, volonté, courage, désintéressement, la France possède encore toutes les qualités qui ont fait son prestige, mais il y a un mal, mal qui tarit la générosité, qui paralyse le courage, qui empêche les volontés de s'associer,

qui défend aux intelligences de s'entendre entre
elles, c'est le vice capital du siècle, c'est l'envie.
Ah ! si l'on vous demandait de sacrifier les grands
principes qui président à l'organisation et au déve-
loppement des sociétés, ce serait votre devoir et
votre honneur de résister et de résister jusqu'au
martyre. Mais les petites questions priment les
grandes, les partis ne veulent rien oublier de leurs
rancunes, les hommes ne veulent rien céder de
leurs prétentions ; on prend pour un attentat la
moindre contradiction ou la moindre réserve, on
s'emporte pour peu qu'on soit blessé, et la France,
l'enjeu sacré de tant de batailles et de débats, demeure étonnée, meurtrie, presque sans remède,
parmi tant de mains qui devraient s'unir pour la
panser et la guérir.

Cette envie réciproque avec laquelle les partis se
regardent, creuse entre les pauvres et les riches
un abîme toujours plus profond. Elle irrite les
pauvres, parce qu'ils ne possèdent rien ; elle irrite
les riches les uns contre les autres, ceux-ci, parce
qu'ils possèdent moins, ceux-là, parce que d'autres
possèdent autant ; elle fait de la terre, de l'or, du
crédit, de la considération publique, des places, des
honneurs, un perpétuel objet de convoitise, que
les révolutions passées ont ôté et donné tour à tour,
et qui doit, dans les révolutions de l'avenir,
combler les vœux des plus incapables ou des
plus pervers, tant ces révolutions sont fréquentes,

tant l'agitation est devenue plus que jamais le partage propre des affaires humaines et le triste apanage de la société française.

Quelle autorité reste-t-il à l'école, attaquée par l'envie égalitaire ? Le maître est regardé comme ennemi s'il refuse d'être un camarade. On lui demande de flatter les instincts de la foule, d'en tolérer les ignorances, d'en justifier les préjugés. Ce n'est plus la science qui enseigne la vérité ; c'est la complaisance qui s'étudie à encenser l'erreur du jour et qui consent à lui trouver des charmes.

L'envie est montée jusqu'au prétoire, pour en soupçonner l'équité et en déchirer les arrêts. Elle attend le juge au lendemain d'une révolution triomphante, elle lui demande un compte qu'il ne doit qu'à Dieu et à sa conscience, elle ébranle l'autorité de son siége, elle rêve l'abaissement de la magistrature et la ruine de toutes les lois.

L'envie s'est glissée entre le chef et le soldat dans les armées. De là les délais de l'obéissance et quelquefois les incertitudes du commandement. Au lieu de ces ordres qui n'admettent point de réplique, le commandement hésite, attend, capitule. Au lieu de l'obéissance passive, on raisonne, on discute, on ne marche plus à la parole. Que de plaintes envieuses sur le régime des camps et sur les exigences du service ! Que de reproches et de récriminations échangés entre les capitaines ! Que de jugements non pas divers, mais contraires, sur les siéges et les

batailles ! Quelle incroyable facilité à faire, à sur-
faire, à défaire les réputations et les gloires, en
sorte que la mobilité du siècle apparaît dans le plus
triste jour, et que l'envie seule demeure debout
au milieu de tant de grandeur détruite, de tant de
noms tour à tour dépouillés de leur prestige et de
leur autorité.

Le foyer domestique croule de toutes parts,
comme la magistrature, comme l'armée, sous les
coups de l'envie égalitaire. Que de maisons où l'on
n'est plus servi par des domestiques, mais par des
envieux qui pâlissent à la vue des prospérités de
leurs maîtres et qui boivent avec délices les larmes
de leur douleur ! Que de familles où la fille con-
voite une parure que la mère porte encore, où le
fils demande avant le temps l'administration des
biens, où la vertu des parents fait ombre à la lâcheté
de leurs enfants, et où leur réputation offusque et
déconcerte ceux mêmes qui en devraient recueillir
l'honneur et le profit : tant l'envie est basse, tant
elle est odieuse, mais aussi tant elle est commune
et tant elle a pénétré, à la faveur de nos mœurs
relâchées, jusque dans le sanctuaire, autrefois
inviolable, du respect et de l'amour.

Cherchez maintenant autour de vous, regardez
au dedans et au dehors, parcourez la France, l'Europe, l'univers entier, vous ne trouverez presque
plus de veilles studieuses, plus de génie inspiré,
plus d'ouvrages immortels. L'envie a décrié partout

les travaux de l'esprit, elle a versé sur tous les lauriers les poisons de sa bouche, elle a tari dans tous
les cœurs la source de l'éloquence, dans tous les
yeux les larmes de l'admiration. Le XIXe siècle s'é-
tait levé cependant sous d'heureux auspices. De
grands génies entouraient son berceau et soute-
naient ses premiers pas. On chantait dans toutes
les langues, on parlait noblement dans toutes les
cités. La France disputait à l'Angleterre la palme
de la tribune et à l'Allemagne celle de la poésie;
la philosophie secouait la fange du matérialisme,
glorifiait l'âme et semblait lui donner des ailes;
l'histoire, devenue à la fois plus intéressante et
plus consciencieuse, mêlait les attraits du style aux
recherches de l'érudition, et la critique avait plus
de charmes, de justesse et de profondeur. Nous
comptions les artistes par centaines et les savants
par milliers. Que de noms promis à la gloire dans
les fastes de la peinture, que de découvertes au
ciel et sur la terre dans les champs de la science !
L'eau, l'air, le feu, les éléments les plus rebelles
et les plus subtils, étaient domptés, emprisonnés,
assouplis, et l'homme en avait fait des chevaux
plus rapides que ceux de la fable pour franchir en
trois bonds les bornes du monde.

Voilà le tableau de cinquante ans de patience, de
travail et de gloire. Mais la seconde moitié du siècle
est le triomphe effronté et permanent de la matière
sur l'esprit, de l'égoïsme sur le sentiment, de l'en-

vie sur l'émulation. Le niveau égalitaire a repris
son ouvrage interrompu, et l'échafaud de Chénier
s'est relevé partout. La poésie, la liberté, la gloire,
la science, toutes les grandes choses, sont, comme
au temps de la Terreur, accusées, traduites, jugées,
condamnées sans retour. On les condamne à une
mort plus redoutable que celle qui était décrétée
par la Terreur, à la mort de l'oubli. Faute de sympathies, d'encouragements, d'admiration, tout s'est
éteint. Au lieu des secrets labeurs qui demandent
du temps et qui imposent des soins, les procédés
rapides qui abaissent et qui vulgarisent les arts ;
le métier au lieu du talent, l'ombre au lieu de la
réalité. Les peintres sont délaissés, et on n'estime
plus que les photographes. Les architectes sont devenus des copistes ; les chimistes et les physiciens,
de simples manipulateurs ; les mathématiciens, des
répétiteurs de formules inventées par leurs devan-
ciers. Parmi nos instituteurs de la jeunesse, pas un
Rollin, pas même un Lhomond. Nos poëtes meurent, et personne ne reprend leur lyre, qui ne serait
d'ailleurs plus écoutée. Nos orateurs se succèdent
sans se remplacer, et ceux qui demeurent dignes
d'être entendus, vous les entendiez déjà il y a quarante ans. Les Condé, les Turenne, les Villars, sont
aussi introuvables pour les armées que les Sully,
les Colbert ou seulement les Villèle pour les finan-
ces. La magistrature, le barreau, la tribune, tout
décline. A mesure que la jeunesse monte aux affai-

res, prend la parole ou essaie d'écrire, le déclin de
l'administration et de la langue devient plus sensible ; les hommes nouveaux ne durent pas trois
mois, et quand il nous faut payer leur inexpérience,
leurs erreurs et leurs folies, on se trouve trop heureux de rencontrer quelque vieillard, dernier débris d'une génération perdue, qui paraît seul capa-
ble d'éclaircir et de diriger les affaires du pays.

Il nous restait, pour nous consoler et nous soutenir dans ce déclin universel, l'héritage de notre
splendeur déchue. Les sciences avaient leurs palais, leurs musées, leurs collections ; les lettres,
leurs bibliothèques ; les arts, leurs monuments.
Mais la jalousie démagogique, poussée aux derniers
excès, ne peut pas même supporter les reliques de
la gloire humaine. Livres, tableaux, statues, médailles, colonnes fameuses, autant de témoignages
de l'inégalité intellectuelle et sociale, puisqu'ils
mettent certains noms au-dessus des autres et
qu'ils immortalisent la pensée des grands écrivains, l'élan des grandes actions, la renommée des
grandes époques. Eh bien ! ces monuments de
l'honneur français et de l'esprit humain ont été
condamnés à périr. On verra quelque chose de plus
atroce que la barbarie d'Omar condamnant la bibliothèque d'Alexandrie comme inutile ou comme
dangereuse, et décrétant que les livres de l'antiquité serviront désormais à alimenter le feu des
bains publics. Il faut, pour satisfaire la rage révo-

lutionnaire, des moyens de destruction plus rapides
et plus sûrs. Le pétrole s'allume, à l'ordre de l'envie, par la main fanatique des femmes et des enfants ; il circule comme un fleuve de feu, il enveloppe tout Paris dans un nuage de poussière et de
fumée, image affreuse, mais encore imparfaite de
la barbarie moderne ; il dévore le bois, il calcine
la pierre, il engloutit dans une immense catastrophe les maisons, les palais, les rues, les quar-
tiers de la grande cité, il anéantit les trésors des
nations, en sorte que les restes vénérables de l'antiquité échappés aux Huns et aux Vandales et dont
Paris était devenu l'asile, ont trouvé dans Paris
même, en plein XIXᵉ siècle, l'arrêt de leur mort et
le tombeau de leur grandeur. Ce que la foule a fait
dans son délire, l'impiété froide et calculée l'a médité dans son envie et dans son orgueil. Cette colonne qui portait jusqu'au ciel le magnifique témoignage de notre courage et de nos victoires, déplai-
sait aux pygmées révolutionnaires. Qu'il périsse
ce monument où il n'y a point de place pour leur
image ! Qu'il soit brisé, ce bronze où la postérité
refuserait de graver leurs noms ! Il s'est rencontré
des esprits assez envieux pour rêver cette destruction, des bras assez dociles pour l'entreprendre en
plein midi, des bouches assez coupables pour l'ac-
clamer, et tout un peuple pour en jouir dans son
impiété et dans sa bassesse. Ah ! l'histoire n'en
sera point surprise. Leurs pères avaient brisé les

autels dans l'église de Saint-Germain-l'Auxerrois,
démoli pierre par pierre le palais des pontifes, et
jeté pêle-mêle dans la Seine les images des saints
et les trésors des beaux-arts. Leurs ancêtres avaient
abattu toutes les croix, pillé tous les temples, profané
et fermé tous les asiles de la science, de la vertu
et de la charité. La presse révolutionnaire s'était
arrêtée devant ces folies en s'écriant avec une folie
plus criminelle encore : Laissez passer la justice du
peuple ! Elle se trompait. Ce n'est pas la justice qui
passe, le niveau égalitaire à la main, l'injure à la
bouche : c'est l'envie.

Qu'on ne nous reproche point ces plaintes, ces
larmes, ces souvenirs. Nous aimons Jérusalem, et
voilà pourquoi nous venons pleurer sur ses ruines ; nous aimons notre siècle, et voilà pourquoi
nous voudrions le délivrer de l'esprit malin qui
l'obsède ; nous aimons vos âmes, et voilà pourquoi
au-dessous de ces idoles que vous y avez dressées,
derrière ces mots et ces titres qui vous trompent, au
plus profond secret de vos pensées et de vos sentiments, nous sommes allés chercher, découvrir, montrer du doigt la lèpre de l'envie. Honte éternelle,
guerre inexorable à ce péché capital du xixᵉ siècle !
Echappons à tout prix à la contagion. Arrachons nos
âmes, nos familles, notre patrie, à ce mal qui acca-
ble l'esprit de chagrin, qui ronge le cœur comme
un chancre, qui répand un poison mortel des réduits les plus cachés du foyer aux plus grands

théâtres de la vie publique, et qui finit par trans-
porter sur la terre les tortures d'un enfer anticipé.
En haut nos âmes ! *Sursùm corda !* Croyons, espérons, aimons, admirons, aidons-nous l'un l'autre,
opposons aux ravages du péché les ardeurs du
dévouement. Que les monstres de l'égoïsme et de
l'envie pâlissent et s'enfuient devant les miracles
de la charité ; que Satan rentre dans l'abîme ; enfin, que la croix, remontant à l'horizon des sociétés
humaines, illumine leurs ténèbres, ranime leur
courage, les enlève aux bassesses de la révolution,
et les dépose entre les bras de Jésus-Christ, au
seuil de l'éternelle Jérusalem.

RESTAURATION DE LA FRANCE

PAR LA FAMILLE.

Innova dies nostros sicut à principio.
Seigneur, renouvelez notre esprit et notre histoire comme dès le commencement.   (*Is.*, LI, 3.)

Quand, au lendemain du déluge, les eaux se furent retirées de la surface de la terre, l'arche, qui portait les espérances du genre humain, s'arrêta au sommet d'une montagne, et déposa entre les cimes verdoyantes des oliviers naguère baignés par les flots, le berceau du nouveau monde. C'était Noé et sa famille. L'arc-en-ciel se forma, comme une auréole de grâce, sur cette arche de bénédiction, et Dieu promit à Noé d'épargner à la terre les épreuves d'un second déluge. Il se passe aujourd'hui quelque chose de semblable au lendemain de nos désastres. Le navire vient d'échapper à peine à la tempête la plus furieuse, nous voilà

comme sur des planches brisées, nous interrogeons
l'horizon, et, voulant refaire la patrie, c'est sur la
famille que nous reposons nos regards, c'est à elle
que nous demandons d'assurer notre salut et de
nous préparer un meilleur avenir. Les lois, les
magistrats, les armées, le gouvernement tout entier,
seront impuissants à réformer la nation, si chaque
famille dont elle se compose conspire au dedans
pour la corrompre et pour la perdre. Je viens donc
vous proposer de descendre, par un sévère examen
de conscience, au dedans de vous-mêmes, et de commencer dans l'intérieur de vos maisons, par de
meilleures habitudes, cette réforme nationale et
chrétienne dont tout le monde parle, mais où
personne ne veut mettre la main. L'esprit de
famille s'en est allé, c'est notre faute; il faut le restaurer, c'est notre devoir.

I. Il existe dans certaines villes maritimes un
insecte dont l'activité est prodigieuse, et qui possède
dans son petit corps d'immenses moyens de destruction. Cet insecte se nomme le termite. Il s'in-
sinue dans les poutres, il ronge l'intérieur du bois,
il le mine par un travail rapide et mystérieux. En
apparence tout se tient, tout demeure debout, car
l'aspect de la maison ne change pas; en réalité
toute force cède, toute résistance devient impossible;
un jour, quand personne n'y songe, les poutres
s'affaissent et une violente commotion annonce

que l'édifice n'est plus qu'un monceau de ruines.

Voilà l'image de la famille, telle que l'impiété l'a minée, telle que les mauvaises mœurs l'ont corrompue, telle que la révolution l'a sapée et détruite jusqu'en ses fondements. Vous croyiez la famille encore debout, c'était une erreur. Il y a encore des pères, des mères, des enfants, mais il n'y a plus de famille. Il y a encore des appartements et des meubles, des chevaux et des serviteurs, mais il n'y a plus de foyer. La famille et le foyer sont des mots et non plus des choses; on ne les comprend plus, on n'y attache plus de sens; rayez-les de la langue, tout est fini. L'insecte a achevé son ouvrage.

C'est le ver rongeur de l'impiété qui a commencé à relâcher et à affaiblir les liens de famille. Cette ironie sceptique date de loin. Elle remonte au XVIIe siècle et au théâtre de Molière. L'habitude de tourner en ridicule un père, une mère, des vieillards, a fait de ce théâtre une école d'impiété. Les parents y ont mené leurs enfants sans s'apercevoir qu'ils les menaient à leur propre supplice, et qu'ils allaient leur faire donner, sous leurs propres yeux, des armes contre eux-mêmes. Ce théâtre leur a appris à les railler, à les tromper, à leur tendre des piéges, à les dépouiller de leur fortune, à surprendre leurs dernières volontés, à se moquer de leurs malédictions. En peignant les pères avares, il a attiré l'intérêt sur les fils prodigues et corrompus ; en louant les mères complaisantes, il en a fait les complices du désordre de leurs filles ; en donnant des récompenses à l'étourderie, à l'irrévérence, à la débauche, il a attaché le ridicule d'un immortel souvenir à l'accomplissement des plus saints devoirs. La correction est devenue odieuse, la surveillance s'est changée en tyrannie, on a regardé le respect comme un trait de faiblesse, et l'on n'a plus vu dans les parents que des détenteurs du bien et de la fortune de leurs enfants, qui leur ôtent le droit d'en jouir et qui ont le tort de vivre pour les en empêcher. Voilà comment l'habitude de tout tourner en ridicule dans la famille a paru le droit incontestable de l'esprit français, le devoir journalier du fils et de la fille. Déjà, au commencement de ce siècle, un moraliste faisait la triste remarque que les peuples du Nord étaient élevés dans le respect des choses sérieuses, et les Français dans l'habitude de s'en moquer. Cette affligeante disposition, cette disposition impie, a discrédité l'esprit de famille et a fini par le perdre. Les noms sacrés de père et de mère ont perdu leur prestige. Quand à ce mot : mon père, un fils ne sent pas au fond de son âme quelque chose de profondément révérencieux qui tient de la crainte et de l'affection ; quand à ce mot : ma mère, toutes les entrailles de la fille ne sont pas saintement émues, dites que le culte domestique a cessé et que l'impiété l'a détruit. Les parents méritent un culte, il faut avoir foi en eux ; c'est une impiété que d'attaquer ce culte, c'est un malheur que de perdre cette foi. C'est pourquoi j'appelle le théâtre de Molière un théâtre d'impiété. Il y a deux cents ans qu'on le joue sans y prendre garde, deux cents ans qu'on le vante sans se douter du mal qu'il a fait, deux cents ans que notre théâtre français, formé sur ce modèle, raille, avec beaucoup moins d'esprit et beaucoup plus de grossièreté, toutes les choses saintes du foyer ; et vous voulez que le foyer tienne encore !

A la suite de l'impiété est venue la corruption des mœurs. Après avoir raillé son foyer, on l'a déshonoré. Peigne qui voudra ces vices affreux qui ont perverti dès le milieu du xviii⁰ siècle presque toute la haute société française et qui sont descendus peu à peu dans la bourgeoisie et dans le peuple, semblables à ces grandes eaux qui, après avoir ravagé les montagnes, envahissent la plaine et bouleversent tout sur leur passage. Quelle que soit la responsabilité de nos pères, ne songeons qu'à la nôtre, ouvrons les yeux et versons des larmes sur la ruine des mœurs domestiques. Ce n'est plus une couche chaste et pudique, des noces fécondes, une table joyeuse entourée de jeunes et brillants rejetons. A peine un berceau ou deux, où croît un enfant, idole de la famille dans son bas âge, et qui en sera la honte dans sa jeunesse. Tout repose sur cette tête, le nom, la fortune, l'espérance de l'avenir. On lui sacrifie tout : les vœux de la nature

méconnus, les droits du mariage violés, les joies
de la paternité qui renonce à elle-même. Et pourquoi? Pour qu'un jour la mort emporte d'un
seul coup toutes ces espérances moissonnées dans
leur fleur, ou que le démon, plus cruel que la
mort, s'abatte sur ce chétif enfant, comme sur une
proie, le ravisse à l'affection de ses parents et le
jette, perdu de mœurs, criblé de dettes, couvert de
ridicule et de mépris, au milieu d'une société dont
il sera le fléau. Mais à côté de ce ménage désuni, il
y a un autre ménage où l'honneur, l'argent, la
considération, les derniers ménagements que l'on
doit encore à l'opinion, sont sacrifiés dans un
adultère public, et la polygamie, cette honte caractéristique des mœurs musulmanes, est devenue
une plaie de la famille française, de la famille
chrétienne. Mais, plus bas encore, les courtisanes
trafiquent au grand jour et avec un succès toujours
croissant, elles spéculent jusque sur la jeunesse et
sur l'enfance, elles empoisonnent les générations
futures jusque dans leur source, elles tarissent la
vie, elles perdent l'avenir, elles dévorent plusieurs
siècles à la fois. Tous les vices réunis ont conjuré
la perte de nos foyers, la révolution en a achevé la
ruine.

L'agitation et l'inconstance est, comme l'a dit
Bossuet, le partage propre des affaires humaines;
mais nous sommes arrivés à des temps où l'inconstance est devenue plus sensible et l'agitation

plus vive que jamais. La fièvre qui dévore le monde est née dans notre sol, et les secousses que nous ressentons paraissent comme les tressaillements périodiques de ce feu souterrain qui circule depuis quatre-vingts ans dans les veines de la nation. Je ne trace pas ici le tableau de nos agitations politiques, c'est de la famille que je parle. On n'a pas pu ébranler les autels, mettre les trônes en poudre, sans remuer profondément les pierres sacrées du foyer. Aussi que voyons-nous ? Le fils a tout d'abord en horreur la condition de son père, et au lieu de la continuer, il n'aspire qu'à y échapper lui-même. Ce n'est pas seulement la sotte vanité qui fait rougir de l'outil de l'artisan, du tablier du manœuvre, de l'aiguille de l'ouvrière. Les riches et les grands n'échappent plus à la maladie commune. Bien loin de continuer le sillon de leurs ancêtres, ils s'en détournent avec horreur ; rien ne les captive, ni les collections curieuses, ni les bibliothèques amassées à grands frais, ni les plus hautes fortunes du commerce et de l'industrie. Il faut changer à tout prix. Ces maisons commencées avec tant d'habileté, agrandies avec tant de bonheur, soutenues avec tant de prévoyance, auxquelles on avait attaché l'honneur de plusieurs générations ; ces vieilles races qui plongeaient leur racine jusque dans les ténèbres de notre histoire ; ces liens de parenté qui reliaient entre eux les membres les plus éloignés des familles heureuses de se re-

connaître et de se revoir ; ces livres, ces titres, ces
inscriptions, ces souvenirs, auxquels on attachait
tant de prix parce qu'on y retrouvait l'ombre et
l'usage du passé, tout disparaît, tout périt, tout
croule comme par morceaux, tout est réduit en
poussière. L'esprit de famille est un esprit de tradition et de conservation. Il transmettait au fils les
sentiments du père avec le sang et avec la vie ;
aujourd'hui le fils les abjure comme rétrogrades
et surannés. L'esprit de famille, entretenu même
sous les soleils les plus lointains, nous rendait
chers le village, la maison, les habitants de la
paroisse, la vieille église et son vieux curé ; aujourd'hui on ne rêve que la vente de la maison,
l'éloignement du village, et l'église où l'on avait
prié n'a plus de charmes ni de souvenirs. Nous
voilà comme des feuilles tombées de l'arbre, emportées par les vents, et formant dans la confusion
de nos révolutions politiques et sociales je ne
sais quel tourbillon sans nom, sans couleur,
sans gémissements, qui roule vers un abîme inconnu, avec la fatale pensée qu'il est impossible de
s'y soustraire. Quelle affreuse vieillesse pour ceux
qui achèvent de vivre ! On ne les écoute plus, on
les respecte à peine, on leur donne tous les jours
la triste certitude qu'ils mourront tout entiers et
que leur tombeau ensevelira à la fois leur nom,
leurs pensées, leurs traditions et leurs sentiments.
Mais le patrimoine ne leur survivra pas plus que

tout le reste ; la vanité, la débauche, la spéculation,
vont s'en partager les lambeaux ; et les derniers
restes avilis de ces familles longtemps honorées de
la considération publique, iront chercher à refaire
dans les grandes villes, au fond des déserts, peut-
être dans le nouveau monde, cette fortune honnête
et modeste qu'elles avaient sous la main et dont
elles n'ont pas voulu jouir dans le travail et dans
la vertu.

O révolution ! voilà jusqu'où tu as infecté et
perverti le sens moral des populations chrétiennes ;
voilà comment ton souffle les a arrachées aux habitudes et aux traditions de leurs foyers. Déjà cette
cruelle ennemie ne déguise plus ses projets. Avec
ce dégoût qu'elle a inspiré pour la famille, elle nous
rend peu à peu étrangers à la cité, la province ne
nous attache plus, la patrie ne parle plus à nos
âmes avec cet accent qui y faisait vibrer autrefois
les grands ressorts et les grandes fibres. C'est
l'humanité vague, indéfinie, sans tradition dans le
passé, que nous prétendons aimer et servir, et
avec ce mot nouveau, ce culte substitué au culte
ancien de la patrie et de la famille, savez-vous ce
que vous devenez ? Des égoïstes consommés et pas
autre chose. Attendez un peu. Le père cessera
d'édifier la fortune de ses enfants, le citoyen ne
veillera plus à la défense de la cité, la patrie fera
un appel inutile à notre dévouement et à notre
courage. Courage ! dévouement ! affections du foyer !

regrets de la tombe ! espérances du berceau !
autant de sentiments qui vont devenir plus rares
que les raisins après la vendange et que les épis
après la moisson. La révolution s'apprête à tout
envahir, elle a pour temples les loges, pour foyers
les clubs, les cabarets et les cercles, pour instruments tous ceux à qui elle promet fortune, places
et jouissances, pour but le rêve de transformer la
famille ; elle demande la liberté du divorce, voulant
faire du père un camarade sans autorité, de la mère
une perfide amie, des serviteurs autant de mercenaires, et au milieu de tout cela chacun songeant à
soi, vivant pour soi, s'enfermant en soi-même, la
tombe au bout de la vie, et au delà de la tombe,
au ciel et sur la terre, le néant !

Familles qui m'écoutez, voilà où l'humanité
marche. Voulez-vous vous sauver, voulez-vous vivre
et vous survivre dans vos enfants, écoutez à quelles
conditions vous pouvez espérer le salut.

II. Je voudrais revoir la famille d'autrefois, je
ne m'en cache pas. Celle d'aujourd'hui m'attriste,
celle que la révolution nous prépare pour l'avenir
m'épouvante. Tâchons de ressusciter la famille du
passé ; on peut vanter le passé sans être tout à fait
déraisonnable. Or nos familles avaient deux qualités perdues qu'il faut retrouver. Elles étaient
chrétiennes par les habitudes, françaises par les
sentiments. Des familles sincèrement chrétiennes

et noblement françaises, voilà ce que je souhaite à
mon pays.

Que faut-il pour rendre à nos familles le caractère chrétien ? Un sanctuaire commun, des prières
communes, la pratique commune des devoirs es-
sentiels du christianisme. Ce sanctuaire domestique n'a pas besoin de pompes ni de décors : je ne
vous demande pas d'y prodiguer les riches dorures, les tableaux des maîtres, les étoffes de soie
et de velours ; je ne vous demande pas même de le
séparer du reste de la maison ni de lui donner le
nom d'oratoire. Non, il n'y a pas de cabane si pauvre, au fond des campagnes, pas de mansarde si
étroite, cachée sous le toit d'une grande ville, qui
ne puisse être un sanctuaire pour la famille. La
famille la plus nombreuse fût-elle réunie au foyer
le plus resserré, si je vois au-dessus de la pauvre
couche l'image du Dieu rédempteur, je m'incline
comme au seuil d'un temple et je salue le maître
de la maison. Autour de ce crucifix, voici le buis
bénit et l'eau sainte. Vous trouveriez dans le
coin le plus retiré d'une modeste armoire le cierge
de la Chandeleur qui a été allumé pour la première fois il y a trente ans peut-être, et avec lequel
l'aïeule a béni d'une main tremblante la première
communion de celle qui est devenue mère aujour-
d'hui. Ces images de la Vierge et des saints Pâ-
trons sont enfumées par le temps ; on en distingue
à peine les traits grossiers ; l'épingle qui les tient at-

tachées date d'un autre âge ; n'importe, on sent la foi et la piété s'exhaler de cette pauvre demeure, on devine que le père s'agenouille au milieu de ses enfants, devant cette Vierge et ce crucifix, que la mère verse des pleurs dans les moments d'épreuve au pied de ces vieilles images, et que les derniers nés de la famille ont appris à sourire en les saluant de leurs premiers regards.

Mais ces oratoires domestiques, où sont-ils ? Où sont-ils, ces souvenirs des vieilles mœurs ? J'ai vu la mansarde de l'ouvrier ; elle est devenue froide et triste ; elle coûte plus cher, mais le Dieu qui bénit le travail en a été exilé. J'ai vu les salons des riches et des grands, on en a renouvelé les meubles et la parure, mais on a oublié d'y remettre le crucifix cher aux ancêtres. Parcourez nos montagnes autrefois si fidèles, interrogez vos souvenirs, comparez dans votre imagination ces vieux toits de chaume que vous voyiez il y a trente ans, avec l'élégance, plus brillante que solide, des maisons nouvelles. Il y a encore des portraits et des images, mais ce n'est plus l'image de Jésus-Christ ; c'est le portrait de quelque fameux socialiste. Au lieu des scènes de la Bible, des nudités souvent révoltantes pour les yeux les plus hardis. On sent qu'un souffle nouveau a passé sur ces villages chrétiens, et qu'il en arrache, pierre par pierre, les derniers restes de la civilisation pour y faire triompher l'égoïsme et la barbarie des mœurs révolutionnaires.

Voulez-vous résister au torrent, prenez donc la croix et plantez-la résolûment au fond de votre foyer. Là vous assemblerez vos domestiques et vos enfants au moins chaque soir et vous prierez le Père commun. Cette communauté de sentiments et de vœux relie les membres de la famille en pliant leurs genoux et leurs fronts devant le même Maître, en leur faisant partager les mêmes espérances, en tournant ensemble leurs yeux vers le même but. Là le père paraît avec la majesté du sacerdoce, et la mère avec cette tendresse et cette sollicitude qui l'a fait comparer à la poule rassemblant ses petits sous ses ailes pour les mettre à l'abri de l'orage. Là accourent les enfants avec cette régularité que l'exemple de leurs parents commande, et il ne leur vient pas à l'esprit, devant ces exemples vivants, que la prière soit le devoir de l'enfance, mais qu'on puisse la négliger à mesure que l'on grandit et que l'âge mûr a le droit de l'oublier. Faites entrer derrière vous votre serviteur et votre servante, laissez-les prier à vos côtés, ils ont besoin de se voir les égaux devant Dieu pour consentir à demeurer vos domestiques devant les hommes ; vous avez besoin de les édifier pour conserver sur eux le prestige de l'autorité et du commandement. Avec cette habitude de la prière commune, croyez-vous que l'esprit de famille puisse tarder à renaître parmi les vôtres ? Dieu la bénira, et, vous voyant à ses pieds dans cette sainte unanimité de sentiments, il vous

donnera de ne faire, comme au temps de la primi-
tive Eglise, qu'une seule âme et un seul cœur.

Mais il faut aller plus loin, il faut aller jusqu'au
bout. Cette communauté de sentiments commande
au dehors comme au dedans une communauté de
devoirs et de pratiques. Au dedans la même table
et à la même table le même respect pour les lois
de l'Eglise. La même bibliothèque pour tous les
âges et la même loi pour interdire à la mère et à la
fille, au père et au fils, les livres défendus et les
journaux suspects. Au dehors la même assiduité
aux offices de l'Eglise, sans vaine excuse pour l'âge,
les occupations imaginaires, les devoirs de la profession, comme s'il y avait un âge pour entendre la
messe et un âge pour y manquer, comme si l'occu-
pation la plus chère n'était pas d'élever sa famille,
comme s'il n'y avait pas au-dessus de tous les devoirs professionnels un devoir de toutes les professions et de tous les états, celui d'être chrétien et
de le paraître. Le devoir pascal doit appeler tous
les membres de la famille au même tribunal, et les
réunir dans le même groupe à la table sainte. A
quoi sert-il de se faire là-dessus une plus longue
illusion? Comment s'imaginer que l'on peut, sans
compromettre à tout jamais l'esprit de famille, briser dans l'acte le plus grave du chrétien, tous les
liens de la foi, et n'envoyer que sa femme, ses enfants ou ses domestiques devant les autels, en ré-
clamant le droit de les oublier ou de les maudire,

au nom de son sexe, ou de sa science, ou de sa position sociale. Mais le fils qui grandit a remarqué
l'absence du père, la fille s'étonne qu'on l'envoie
communier sous la garde d'une institutrice, le domestique plaisante sur la foi que ses maîtres lui
commandent et dont ils ne sentent pas pour eux-
mêmes l'impérieux besoin. Ah ! si vous voulez demeurer vraiment père, vraiment mère, vraiment
maître, soyez-le donc jusqu'à donner l'exemple du
devoir pascal, et n'allez pas vous exclure du festin
en révélant par là que vous êtes indigne d'y prendre part. C'est pour vous aussi bien que pour les
vôtres que l'Agneau s'immole et que son sang coule
sur l'autel. Revenez, je vous en conjure, à nos ban-
quets sacrés. Reprenez-y votre place, soyez chrétien
pour qu'on le devienne à votre exemple. Soyez-le
complétement, absolument, résolûment. Le temps
presse. L'ange exterminateur va passer, les plaies
d'Egypte se renouvelleront, et malheur aux maisons qui ne seront pas marquées du sang de l'a-
gneau ! Malheur aux familles sans foi et sans pratiques ! Elles seront frappées sans pitié, elles péri-
ront dans la grande tempête révolutionnaire, elles
passeront aveuglées et perverties sous le joug de
l'incrédulité, elles se noieront sans espérance et
sans consolations dans cet abîme de maux, dans
cette mer de l'impiété et de la révolution, qui a
pour port l'enfer et pour rivages l'éternité !

Je passe à l'ordre naturel et politique, et je

vous demande de faire rentrer dans vos familles l'esprit français qui nous abandonne.

Il a été un temps où tous les peuples se piquaient de nous imiter et où nous servions de modèle à toute l'Europe. Aujourd'hui nous avons emprunté d'abord aux autres peuples leur langue, puis leurs modes ; nous sommes en train de copier leurs lois, et pour peu que notre caractère continue à s'effacer, nous offrirons dans notre langue le mélange de tous les dialectes, dans nos mœurs la réunion de tous les défauts, dans nos costumes l'assemblage de tous les uniformes. La France cessera d'être la France. Or, il faut réagir courageusement contre cette tendance et se roidir, quoi qu'il en coûte, sous peine d'être entraînés par le torrent. J'adjure les familles de se souvenir qu'elles ne peuvent vivre, refleurir et durer, que par les traditions de la race française, l'activité, le désintéressement et l'honneur.

Plus de mollesse ni de luxe. L'esprit en a été appesanti, le cœur énervé, le caractère accablé comme sous un poids énorme, et l'activité française, autrefois si jalouse du premier rang, a été devancée partout, dans le commerce, dans l'industrie, dans la politique, dans les affaires européennes. Le sceptre des sciences nous échappe, les lettres languissent, les arts sont sans interprètes, les écoles ont perdu leurs grands maîtres. Il y a une sorte de paralysie générale qui s'étend de la tête aux pieds de la nation et qui la tient enchaînée, ahurie et comme étonnée de sa propre stérilité. Vous voulez jouir, vous n'aimez plus le travail et vous n'en sentez plus ni les vifs aiguillons, ni les nobles ardeurs, ni les mâles voluptés. Ah ! je vous supplie de revenir aux mœurs, aux vertus, aux habitudes de la famille vraiment française. Que la mère se lève de bonne heure, préside aux soins du ménage, prenne l'aiguille et le fuseau et s'occupe avant tout de ce qui se passe chez elle. Qu'elle soit avant tout femme d'intérieur, ou, comme disaient nos pères dans une langue plus française, bonne ménagère ! Que sa fille apprenne d'elle l'art de gouverner une maison, cet art que les femmes du plus haut rang avaient encore en France il y a soixante ans et que les parvenues des dernières classes dédaignent aujourd'hui. Je demande au père de s'intéresser aux affaires publiques, d'y prendre part et de ne pas oublier qu'il est responsable plus que personne des biens de la commune, de la province et de l'Etat. Pourquoi s'éloigner des scrutins où se jouent les destinées du pays ? Cette malheureuse indifférence est-elle propre à former dans vos fils l'esprit et les vertus du citoyen ? Apprenez-leur donc à défendre leurs champs et leur maison, à choisir des mandataires qui les honorent, à mettre leur langue, leur plume, leurs pas et leurs bras au service des grandes causes. Vous attendez que le flot de la révolution ait passé ! Non, le paysan qui s'asseyait sur les bords de la rivière en attendant qu'èlle eût cessé de couler, n'était pas plus stupide. Elle ne passera pas, cette révolution, mais elle vous emportera, vous, votre famille, votre fortune, dans les abîmes de l'impiété et de la corruption.

Il faut que la famille française recommence non-seulement par l'activité, mais par le désintéressement. Nous avons été longtemps un peuple désintéressé, faisant la guerre pour une idée et non pour une conquête, donnant des sceptres et des couronnes, affermissant des rois, sauvant des peuples. Nous voilà transformés en marchands anglais, mais en marchands ruinés. Les jeux de bourse nous ont perdus. On les a fait jouer aux femmes, aux domestiques, aux jeunes gens, aux enfants ; on les a intéressés aux spéculations de l'Espagne, de la Grèce, du Mexique et de la Turquie ; on a rempli le sac à ouvrage, les cartons de l'écolier, d'affreux petits papiers qu'on appelle des titres de rente ; on a donné les joies de la hausse et les désespoirs de la baisse à un âge où l'on ne doit connaître que la joie d'être le premier de sa classe et le désespoir d'être le dernier. Voilà comment l'esprit s'abaisse et le cœur se rétrécit, et au lieu du noble désintéressement, de la généreuse imprévoyance du lendemain, on a le froid calcul et le stérile égoïsme. Comment ferez-vous de vos fils des apôtres et des héros à trente ans ; comment ferez-vous de vos filles des sœurs de charité ou de courageuses mères de famille, si elles comptent et spéculent comme des banquiers dès l'âge le plus tendre ? Ah ! transportez vos pénates parmi les comptoirs de l'Inde ou des Etats-Unis ; allez faire fleurir ailleurs votre génie et vos spéculations, sortez de cette noble terre de France où l'amour du lucre et de l'argent perdrait les familles sans les enrichir, car nous ne sommes pas faits pour compter, mais pour donner.

Il y avait un sentiment né de l'activité de notre esprit et du désintéressement de notre cœur, qui avait fait pendant quatorze siècles le trait caractéristique de notre race. C'est le sentiment de l'honneur. Eh bien ! le culte en est affaibli, et je vous demande de le restaurer. L'honneur ! ah ! depuis les vieux Gaulois qui se vantaient de soutenir le ciel avec leurs piques plutôt que de le laisser s'écrouler, jusqu'aux jeunes barbares que Clovis aurait voulu mener au Calvaire pour défendre Jésus-Christ, depuis ces chevaliers de toutes les croisades jusqu'à ces soldats de la première république et du premier empire qui sont entrés le front si haut à Berlin et à Moscou, que de merveilles sur tous les champs de bataille ! Que de sang répandu, mais quel riche et magnifique héritage ! Quelles annales glorieuses pour l'honneur français ! Il y a de l'honneur aussi bien que de la foi dans nos religieuses et dans nos missionnaires. S'ils sont les premiers à la peine, c'est que le sang français le demande, et que la voix de l'honneur les pousse en avant. Mais cette magnanimité du sacrifice ne commence pas à trente ans ; il faut apporter sous le drapeau un cœur déjà mûr pour les belles actions ; il faut que le jeune soldat, le jeune apôtre, la jeune religieuse, sorte du foyer tout enflammé par l'honneur, pour le succès des grandes entreprises. Il faut les leçons de la famille, les vieux récits de l'aïeule, les lectures enthousiastes du foyer domestique, les conseils et au besoin les exhortations d'une mère. Il faut dix ans d'éducation sévère, de mâles exemples, de rudes leçons mêlées d'un sincère amour. Fermez vos maisons à la spéculation et au luxe, quittez les misérables recherches de la vanité, nourrissez d'un lait plus fort et d'une parole plus austère ces générations qui commencent. Soyez des mères chrétiennes, soyez des mères françaises. Mères chrétiennes, vous direz à vos enfants, comme Blanche de Castille à saint Louis : « Mon fils, j'aimerais mieux vous voir mort que de vous savoir coupable d'un seul péché mortel. » Voilà le langage de la foi. Mères françaises, vous leur direz avec la concision des femmes spartiates, mais avec l'accent ému et les larmes éloquentes qui n'appartiennent qu'à notre race, vous leur direz en les revêtant de leur bouclier : « Ou dessus ou dessous. Dessous avec tous les honneurs de la victoire, dessus avec tous les honneurs d'une mort glorieuse. » Alors la France, cette maîtresse des nations, veuve aujourd'hui de sa gloire et de ses enfants, se redressera plus forte que jamais, elle redeviendra la race choisie, elle sera encore le bras de Dieu, et elle se remettra à tracer au monde, dans le sillon lumineux des siècles à venir, le chemin du zèle, du désintéressement et de l'honneur.

LES VRAIS ALLIÉS DE LA FRANCE.

***

Cujus vocem exaudiet Dominus?
De qui le Seigneur écoutera-t-il la prière?
(Prov., xxxiv, 29.)

La religion nous enseigne que Dieu ne nous humilie jamais sans nous faire espérer en même temps la grâce et le salut. Elle est mère, et l'enfant qu'elle reprend et qu'elle châtie, les nations qu'elle nous montre courbées sous la verge vengeresse apprennent d'elle-même comment on conjure le courroux du Ciel. En nous pressant de nous frapper la poitrine, de prier, d'accomplir des œuvres de pénitence en expiation de nos péchés, elle cherche, elle appelle tous ceux qui peuvent porter secours à notre faiblesse et nous aider par leur crédit à obtenir miséricorde. C'est vers les saints qu'elle se tourne, et elle sollicite aujourd'hui leur intercession pour la France, parce que le Seigneur les

écoute et les exauce. Apprenez donc d'où nous
viendra le salut, et tenez les yeux élevés vers les
saintes montagnes où s'apprêtent les armées de la
miséricorde et de la grâce. Parcourons la terre,
montons vers les cieux, que notre regard embrasse
l'Eglise entière dans ses incommensurables profon-
-deurs : cherchons partout des saints et des auxi-
liaires. Ici-bas les justes qui prient, qui souffrent
et qui s'immolent pour la patrie ; dans le ciel tous
les bienheureux et en particulier nos amis et nos
frères, les patrons que la France vénère, les anges
préposés à sa garde, Marie qu'elle honore comme
sa mère. Voilà nos alliés et nos intercesseurs ; voilà
l'immense armée qui prie et qui combat pour nous.

I. Il y a dans l'Evangile trois pages d'une application facile et touchante aux événements qui nous
accablent, trois pages où l'on voit ce que peut,
même ici-bas, la prière d'une sœur, la prière d'une
mère, la prière d'un soldat. Eh bien ! nous avons
des sœurs, des mères, des soldats qui prient, par
milliers et par millions, les unes dans le cloître,
les autres dans le foyer domestique, les autres sur
le champ de bataille ou dans les prisons, et qui
sollicitent, d'une voix commune, la grâce de la
France.

Lazare était mort, et Jésus seul pouvait le rappeler à la vie. Marthe attendit le Seigneur et solli-
cita la résurrection de son frère ; mais Marthe ne

vint pas seule, elle appela Marie, sa sœur, Marie-
Madeleine, en qui se personnifiaient alors toutes les
vertus de la pénitence et toutes les ardeurs de l'a-
mour divin ; Madeleine, à qui il avait été beaucoup
pardonné parce qu'elle avait beaucoup aimé. Madeleine sortit du cloître intérieur que lui avait fait
son amour ; elle pria prosternée à ces pieds divins
qu'elle avait arrosés de ses larmes, parfumés du
prix de ses richesses, essuyés avec ses cheveux ;
elle obtint de Jésus le plus grand miracle que Jésus
ait fait dans le cours de sa vie mortelle ; elle obtint
que Lazare sortît du tombeau. Ce miracle est celui
de l'amour fraternel épuré, dans les saintes solitu-
des, par le jeûne, la prière, les mortifications. Ah !
que de fois le monde n'a-t-il pas tremblé en voyant
renaître, croître et grandir nos monastères et nos
couvents ! Il énumérait, avec une épouvante affec-
tée, tant de maisons consacrées à la prière et retirées, par leur destination sainte, de l'usage ordinaire de la vie. Il accusait l'imprudence de l'Eglise
qui engraissait, ce semble, une nouvelle proie pour
la révolution. Il prédisait de nouveaux désastres, et
le seul danger qu'il semblait entrevoir à l'horizon
des sociétés humaines, c'était la multiplication des
maisons religieuses. Regardez-les maintenant, ces
demeures qui vous faisaient envie. Là, comme à
Béthanie, je vois deux sœurs occupées de soins différents, je vois deux parts dans le monastère. Marthe se donne et se prodigue aux blessés, aux ma-

lades, aux pauvres et aux malheureux de tout genre et de tout nom ; Marie se tient entre le vestibule et l'autel, plus près de l'oreille et du cœur du divin Maître, et toutes deux disent au Seigneur, en lui montrant la France : « *Ecce quem amas infirmatur* (1) : elle est malade, elle meurt, elle est morte, la nation que vous aimez. » Ah ! nous serions bien injustes et bien cruels, si la leçon ne nous profitait pas. Ces maisons religieuses devenues le refuge des malades et des blessés vous paraissent-elles suffisamment utiles ? Epargnez-les du moins dans vos récriminations, quand elles servent d'une manière si visible à la patrie et à la cité, et qu'en courbant sous le poids des charges volontaires, elles vous laissent à vous-mêmes, à vous, à vos familles, à vos maisons, la liberté, le repos et la paix. Souffrez donc qu'elles prient le Seigneur quand vous persistez à l'oublier vous-mêmes. Elles prient, ces sœurs invisibles, dont vous ne connaissez ni le nom, ni la famille, ni même la patrie ; elles prient quand vous dormez ; elles prient pour vos fils et pour vos frères que vous oubliez peut-être devant Dieu et à qui votre égoïsme ne donne qu'un regard distrait, un secours d'argent, une lettre sèche et froide que le cœur n'a point écrite ; elles prient pour cette France dont les malheurs les font trembler, n'ayant reçu d'elle jusqu'à présent ni secours ni bienfait,.

(1) *Joann.*, XI, 3.

toujours soupçonnées, inquiétées quelquefois, mais gardant, derrière la grille qui les protége à peine et sous le voile qui les couvre, un cœur pur, aimant, éploré, un cœur qui bat et qui palpite pour la patrie, parce qu'il n'est encore ni blasé ni flétri. Ma Sœur, je vous en conjure, priez, pressez, ne cessez jamais, dites à Jésus avec de nouvelles instances : « Ah! venez voir et guérir la France; elle est malade, elle meurt, la nation que vous aimez : *Ecce quem amas infirmatur.* »

A côté des sœurs que le cloître nous donne, je vois des mères suppliant Jésus, comme la Chananéenne de l'Evangile, et mon espoir redouble. Ecoutez-les. Elles disent, avec la foi et l'humilité de cette humble femme, que leurs enfants sont cruellement tourmentés par le démon de la guerre : *Filia mea malè à dæmonio vexatur* (1). Elles tremblent pour leur corps, pour leur vie, pour leur âme. Elles se les représentent en butte à toutes les tentations comme à tous les dangers. Elles ne se rebutent ni des retards, ni des délais, ni même des reproches par lesquels Dieu veut éprouver leur confiance. Elles savent peut-être, hélas! que ces fils si chers à leur cœur ont oublié leur Dieu, méconnu sa loi, outragé son nom, trahi ses bienfaits, et qu'ils comptent parmi les infidèles. Si le Seigneur leur fait entendre que ce n'est pas aux enfants d'une nation

(1) *Math.*, xv, 22.

si coupable qu'il convient de donner le pain de la
miséricorde et du salut, ces mères éplorées ne se
rebuteront pas. Je les entends, elles insistent :
« Oui, Seigneur, vous êtes juste dans vos dédains et
dans vos aversions : *etiam, Domine* (1). Les malheureux fruits de nos entrailles ont été corrompus.
Nos fils se sont vendus à des dieux étrangers. Ils
n'ont plus de droits à votre table, ils n'ont plus de
place dans votre cœur, ils n'ont plus de titres à votre
affection. Mais laissez-nous mendier pour eux un
regard de compassion et de pitié. S'il n'est pas permis de donner aux chiens le pain des enfants, on
laisse leurs petits affamés se nourrir des miettes
qui tombent de la table du maître. » A ces mots de
la Chananéenne, le cœur de Jésus s'est troublé,
pour ainsi dire, d'émotion et de bonté. Il a loué la
Chananéenne, il a vanté sa foi, il lui a accordé la
guérison de sa fille.

Je m'adresse aussi aux mères chrétiennes qui
n'ont pas encore arraché à Jésus des cris de surprise et d'admiration, qui ne l'ont pas assez étonné
par leur foi, qui n'ont pas assez sollicité de lui le
pardon de leurs enfants. Non, jusqu'à présent elles
n'ont pas pleuré et gémi comme il convenait. Cependant que de démons ne voient-elles pas
attachés aux pas de leurs fils et acharnés à leur
perte ! Le démon de l'orgueil se disputait leur âme

---

(1) *Math.*, xv, 25.

avec le démon de l'impureté. Ils trafiquaient ensemble des riches trésors de ces intelligences perverties par les mauvais livres, de cette sensibilité
exploitée par les femmes perdues, de cette liberté
qui ne faisait d'efforts que pour le mal. Et
ces mères crédules, trop faibles, trop bonnes,
prenaient trop facilement leur parti sur tous ces
excès. C'était pour elles une mauvaise consolation
de penser, de dire que leurs fils, après tout, ne
faisaient que ressembler aux autres et se perdre
comme eux. Regardez maintenant, pauvres mères,
notre France ruinée, tous ses fils courant aux
armes, les privations imposées aux riches, le travail aux paresseux, la contrainte et la règle à tout
le monde, et à tout le monde la vertu pour éviter
le désespoir. Quel changement inouï ! quel coup de
théâtre ! quel retour soudain à la raison et au sens
commun, pour ceux qui veulent encore penser,
croire et aimer quelque chose ! Dans ce brusque
revirement, retournez-vous sur vous-mêmes et
frappez-vous la poitrine ; retournez-vous vers vos
fils et faites parler enfin la foi de leur enfance ; mais
surtout retournez-vous vers Dieu et demandez miséricorde. O mères françaises ! formez donc une
sainte alliance de courage, de prières, d'efforts
communs ; chassez de vos foyers les démons qui
s'y sont assis sous vos yeux et qui en profanent la
sainteté. Non, il n'y aura point d'exception dans
cette croisade que je vous propose. Pour y entrer

il suffit d'être mère et de croire en Dieu. Qu'importe d'où vous venez! de Jérusalem ou de Samarie, de l'infidélité, du schisme, de l'hérésie. Jésus, notre bon maître, a des regards pour toutes les mères qui pleurent et qui lui demandent la délivrance de leurs enfants. Pleurez, suppliez, redoublez d'instances, mêlez, d'un bout de la France à l'autre, toutes vos espérances et toutes vos larmes, et les feux de la guerre s'éteindront, à l'ordre du Seigneur, dans ces larmes de pénitence et de régénération.

Mais le Dieu de l'Evangile a encore écouté une autre voix, celle du soldat, et c'est le soldat, je n'hésite pas à le dire, qui a reçu le plus de louanges de sa bouche et qui a imploré sa miséricorde avec le plus de succès. Le centurion est venu trouver Jésus. Il lui a demandé la guérison de son serviteur, mais il ne l'a point appelé dans sa maison, il n'a voulu de lui qu'une parole, certain que cette parole suffirait à opérer le miracle : *Sed tantùm dic verbo, et sanabitur puer meus* (1). Voilà l'humilité, la confiance et l'honneur du soldat.

Allez demander aux prêtres qui ont assisté dans les combats nos malheureuses armées, et vous apprendrez de leur bouche que le Français, en dépit du siècle, commence à redevenir aujourd'hui le soldat chrétien. Il le redevient à la mort, ses yeux

(1) *Math.*, XIV, 8.

trouvent des larmes à verser sur le crucifix, sa voix se ranime pour le saluer, et à défaut de sa main mutilée qu'il a perdue, il y a sur ses lèvres et dans ses yeux un signe pour remercier le ministre de Jésus-Christ qui vient lui ouvrir les portes du ciel. J'en ai la confiance, il y entre de plain-pied, parce qu'il y entre en disant à Dieu qu'il n'en est pas digne : *Domine, non sum dignus !*

Et ce nom de Dieu confessé dans les ambulances et les hospices, voilà qu'il vient d'éclater enfin sur les lèvres de nos chefs qui mènent au combat nos jeunes et vaillantes armées. « Tout pour Dieu et la patrie! » C'est le cri de la Bretagne qui deviendra, je l'espère, le cri de la France. O Paris, adopte-le, ce cri de guerre ; ô cités encore vierges de l'invasion ennemie, répétez-le avec confiance, qu'il retentisse des chaînes de l'Armorique, où il est né, jusqu'à ces montagnes du Jura, où tant de cœurs méritent de le comprendre encore ; qu'il n'y ait plus d'autre cri de guerre, plus d'autre espérance, plus d'autre poésie ni d'autre sentiment. Heureux Bretons, c'est vous qui l'avez poussé les premiers. Soyez bénis pour cette noble et courageuse initiative ! Combien de temps faudra-t-il le répéter pour fléchir le Seigneur ? Est-ce demain, est-ce dans des jours plus lointains que le Seigneur daignera l'entendre ? Je l'ignore, mais ce que je sais, c'est que là est tout le salut de la France, et ce salut, je l'attends parce qu'il se trouve enfin un soldat pour le demander.

Enfin il y a au delà de nos frontières une armée captive qui a été frustrée tout entière du sort qui lui était dû et pour lequel elle s'était engagée à servir. Mourir ou vaincre sur le sol de la patrie, telle était son espérance. Ils ont été jetés sur le territoire ennemi, eux, leurs drapeaux et leurs armes, trophées suprêmes d'un triomphe d'autant plus injurieux qu'il était moins sanglant. Condamnés à ne plus combattre, ils peuvent encore expier, souffrir, mériter pour la France. Ils n'ont pu être des héros, ils peuvent être des saints. Ils sont là plus de trois cent mille, avec des habits déchirés, un corps affaibli, une âme navrée de douleur, des yeux pleins de larmes, condamnés, pour vivre, à de rudes métiers, et plus souvent réduits, faute de travail, à une inaction qui est le plus grand des supplices. Eh bien ! j'ai la confiance qu'ils nous honoreront par la dignité du malheur, que s'ils ont oublié le Dieu de leurs pères, ils reviendront à lui sous ce ciel étranger, qu'ils gagneront auprès de lui, à force de souffrances chrétiennement supportées, la cause de la patrie. Oui, il y aura là des centurions qui s'agenouilleront devant Jésus-Christ comme celui de l'Evangile, et qui se frapperont la poitrine au fond d'une prison obscure, devant un autel improvisé, à la voix, à l'accent français des prêtres qui vont se mêler à eux pour leur porter nos secours et leur parler de leur Dieu. Là ils diront avec le prêtre : *Domine, non sum dignus ut*

*intres sub tectum meum. Seigneur, je ne suis pas
digne que vous entriez dans ma maison.* Leur
visage, pâli par la douleur, s'éclairera d'une vive
lumière, leur cœur tressaillira d'allégresse même
dans le lointain exil. Ils étonneront nos ennemis
par le courage de leur foi réveillée. Ils paraîtront,
comme saint Louis dans les fers, une des grandeurs de la France. Oh ! consolez-vous de n'avoir
point péri, restes héroïques de nos armées vaincues. Non, je ne me lasserai point d'espérer en
vous et de vous citer nos saintes Ecritures pour
confirmer mon espérance. Le premier païen con-
verti par saint Pierre, le prince des apôtres, était
un soldat, et c'est par le soldat Corneille que saint
Pierre apprit les desseins de miséricorde du
Seigneur sur la gentilité tout entière. Le premier
Romain qui confessa le nom de Jésus-Christ était
un soldat. Il descendit du Calvaire en déclarant que
la victime dont il venait de voir le supplice était
véritablement le Fils de Dieu. C'est vous maintenant, soldats français, qui habitez le Calvaire sanglant de l'exil, de la misère et de la faim. Ah ! je
vous en supplie, confessez votre Dieu, avouez sa
puissance, implorez sa bonté. Non, vous ne descendrez point de ce Calvaire du courage et de l'honneur sans avoir racheté la France et sans l'avoir
sauvée. Prisonniers, soyez des confesseurs, soyez
des saints. Martyrs de la guerre, souffrez avec patience, avec grandeur d'âme, le chapelet à la main,

le nom de Dieu sur vos lèvres, l'image de la patrie absente sous les yeux, et le jour de votre délivrance sera pour nous le jour de la victoire, du salut et de la paix.

II. Quittons cette terre désolée et cherchons dans un meilleur séjour des alliés encore plus capables d'animer et de soutenir nos espérances. S'il y a sur la terre une force d'intercession qui touche le Seigneur, détourne sa colère et allége le poids des iniquités du monde, cette force est bien plus grande dans le ciel. Ce n'est plus *la prière de l'humble qui,* selon l'expression de l'Ecriture, *traverse les nuages, monte et ne s'arrête pas jusqu'à ce que le Très-Haut l'ait regardée* (1). Ce n'est plus cette prière au pied boiteux, levant à peine un humble regard et se hâtant avec inquiétude sur les pas de l'injure, telle que la peignait le vieil Homère dans sa mythologie ingénieuse et éclairée, en cet endroit, d'une lumière presque surnaturelle (2). Pour voir la prière dans toute sa puissance, il faut la contempler sur les lèvres des justes et des saints admis à la contemplation de Dieu même. Les âmes qui peuplent le ciel jugent, avec un esprit désormais sûr de lui-même, la valeur des choses terrestres. Elles savent ce que c'est que le péché, combien Dieu est grand,

(1) *Eccli.*, XXXV, 21.
(2) *Iliade*, chant IX, v. 497.

combien l'homme est petit, et ce qu'il y a de folie
à abandonner la voie droite pour se perdre dans
les larges chemins de l'iniquité. Ces justes récom-
pensés s'intéressent à nous avec bien plus d'effica-
cité qu'ils n'ont pu le faire ici-bas, malgré toute
leur affection et toutes leurs vertus. Les liens qui
nous unissaient à eux, les liens de la parenté, de
l'alliance, de l'amitié, de la cité, de la patrie, n'ont
point été dissous, ni même relâchés par la mort.
Ils nous appelaient sur la terre des noms sacrés de
père, de frère, de sœur, d'époux, d'ami, de disciple. Ces noms sont encore au fond de leur âme
comme l'expression de leur tendresse pour nous,
épurée par une nouvelle vie et transfigurée dans
la gloire; ils les mêlent à la louange dont ils offrent jour et nuit le tribut au Seigneur; et s'ils ont
traversé les flammes du purgatoire avant d'aller
jouir de la béatitude éternelle, le souvenir des
prières et des sacrifices par lesquels nous avons
abrégé leur expiation, les rend encore plus sensibles à nos besoins et plus propices à nos vœux. La
voix de l'homme qui prie ici-bas est déjà une puissance, mais la voix des saints qui chantent et qui
glorifient le Seigneur, a quelque chose d'irrésisti-
ble, dont la langue de l'Eglise ne saurait donner une
plus juste idée qu'en l'appelant, par une sublime
alliance de mots, une toute-puissance suppliante :
omnipotentia supplex.

Pourquoi ne vous dirais-je pas ici la pensée qui

m'occupe et qui me console depuis quelques mois ?
L'expérience de nos pères nous avait appris qu'à la
veille des grandes épreuves et des calamités suprêmes dont les familles et les nations sont affligées,
Dieu a coutume de retirer de ce monde une foule
d'âmes qu'il juge mûres pour une autre vie. Il se
fait alors, parmi les familles et les nations, je ne sais
quel choix extraordinaire et quel jugement provi-
dentiel. Des hommes d'une vie chrétienne et exemplaire, des vierges, des mères, des prêtres, des
religieux, tombent sous les coups de la mort avec
une facilité extraordinaire et comme pour répondre
à un appel inattendu. Jugement de miséricorde et
sur eux et sur nous ! Sur eux, car la bonté du Seigneur leur ôte la vue des fléaux qui désolent la
terre et les transporte dans l'autre monde par un
de ces coups où sa grâce éclate et se fait toucher du
doigt ; sur nous, car il leur a ôté tout à coup la responsabilité de la vie terrestre, et, les délivrant à jamais du péché, il a multiplié dans la gloire et dans
la lumière nos amis, nos alliés, les véritables intercesseurs de la France.

Voilà donc pourquoi vous venez de partir en si
grand nombre, âmes chrétiennes, chefs de famille,
vieillards vénérables, jeunes filles moissonnées
dans la fleur de l'âge et de la vertu, prêtres de Jésus-Christ si longtemps le modèle et l'honneur de
votre tribu, religieux pleins de foi, et vous, vierges saintes, qui avez embaumé le cloître par l'o-

deur de vos vertus. Vous êtes tombés, comme au premier vent d'automne, à la veille de ces grandes tempêtes qui bouleversent notre horizon. Jamais le champ de la mort n'a été plus remué par la bêche du fossoyeur ; jamais tant de deuil n'a assombri l'intérieur des familles ; non, je me trompe, jamais tant de belles âmes, sortant de ce monde, n'y ont laissé moins de larmes. Pourquoi n'avions-nous pas la pensée de les plaindre ? Quel était donc ce sentiment qui dominait la douleur ? Ah ! c'est nous qu'il faut plaindre, puisque nous sommes restés, c'est elles qu'il faut déclarer bienheureuses, puisqu'elles sont sorties de ce monde à l'heure fatale où le spectacle de la patrie allait changer pour elles, et où leur province, leur maison, leur champ, leur église, allaient devenir la proie de l'ennemi.

Je m'adresse particulièrement aux prêtres et aux pasteurs de ce diocèse, qui ont été enlevés en si grand nombre dans cette année si mémorable et si fatale. La mort a levé un double tribut sur le sacerdoce ; elle a frappé comme à deux reprises dans la tribu sainte, elle a pris la vie de cinquante prêtres. Notre diocèse en lira la liste et il en sera consolé. Il y verra des noms consacrés par le zèle, par le talent, par les longs services, et à leur tête celui de ce religieux, si mortifié et si charitable, qui a porté le premier le titre d'abbé de la Grâce-Dieu et qui a laissé une si douce mémoire dans ce cloître

restauré et agrandi par les enfants de la Trappe (1).
Sa vie s'est écoulée entre deux révolutions, mais
elle est demeurée étrangère à tous les bruits du
dehors, et du jour où il a été béni et intronisé dans
notre salle synodale, au milieu des orages de 1848,
jusqu'à cet autre jour où, vingt-deux ans après, il
est allé se reposer dans le cimetière de son cloître, le
siècle, les empires, la terre, n'ont pas eu de lui une
seule pensée ni un seul regard, excepté les soins
qu'il prodiguait aux pauvres et aux malheureux. O
Père, vous venez de nous quitter ; nouveau Benoît,
vous vous êtes envolé de votre désert, en compagnie de nos meilleurs prêtres. Ah ! je vous suis tous
des yeux et je me rappelle qu'il a été dit des ministres du Seigneur : « *Ils entreront dans le taber-*
nacle de l'alliance, ils y serviront Dieu, ils y prie-
ront pour Israël, ils détourneront de la tête du
peuple les coups et les fléaux (2). » Allez donc, puisque
Dieu vous appelle, ô vous nos guides, nos amis,
nos confrères, votre troupe se grossit tous les jours,
et vous sortez de nos églises menacées par le fer et
par les bombes pour entrer dans les tabernacles de
l'éternelle alliance, où vous continuerez votre sainte
mission en servant Dieu avec plus d'amour, en
priant pour le peuple avec plus de zèle, et en dé-

---

(1) D. Benoît, premier abbé de la Grâce-Dieu, intronisé dans la
chapelle synodale de l'archevêché de Besançon, au mois de mars
1848, mort en odeur de sainteté au mois de novembre 1870.

(2) *Num.*, XIX, 26.

tournant plus efficacement de nos têtes les coups
et les fléaux.

Montons plus haut encore dans la cité sainte, et
jetons des regards confiants sur l'assemblée
lumineuse qui la peuple. Que de patrons et d'intercesseurs pour la France ! A leur tête les apôtres
qui l'ont évangélisée et convertie : Saint Martin,
si puissant contre le démon et si zélé à en ren-
verser les idoles dans toute l'étendue des Gaules ;
saint Waast, qui a instruit Clovis, et saint Remi, qui
l'a baptisé avec toute la nation ; les Pothin et les
Irénée, en qui l'Eglise de Lyon a mis toute sa confiance ; saint Saturnin, si cher à celle de Toulouse ;
saint Martial, qui a fondé celle de Limoges ; saint
Bénigne, que Langres et Dijon invoquent ensemble ;
saint Denis et sainte Geneviève, qui ont donné à
l'Eglise de Paris des fondements si éclatants et si
solides par le martyre et par la prière. Derrière eux
viennent ces évêques d'un si grand cœur et d'un
si noble caractère, qui ont conseillé et repris nos
rois, formé nos diocèses, discipliné nos pères sous
le joug de l'Evangile, étendu le nom, les domaines,
l'influence de notre patrie du Jura à l'Océan, et du
Rhin à la Méditerranée, et fondé cette ruche
immense où bourdonne, depuis quatorze siècles,
l'abeille de la France. Pieux solitaires, qui avez
défriché notre sol, je vous invoque aussi ; non, vous
ne sauriez regarder sans intérêt ces lieux trempés
de vos sueurs et auxquels vous avez laissé votre

nom! Et vous qui avez entraîné la France aux
croisades, saint abbé de Clairvaux, ne ferez-vous
rien pour la sauver? Et vous qui avez régné sur
elle, ô saint Louis, ne l'aimez-vous pas encore
comme un roi et comme un père? J'implore la
bergère de Pibrac aussi bien que celle de Nanterre,
car toutes les professions et tous les siècles
ont donné au ciel des saints et à la France des
vierges pour protectrices et pour mères. Saint
François de Sales pourrait-il nous oublier? Il a
évangélisé nos églises, il a parlé notre langue, il
lui a prêté un charme nouveau et une incomparable richesse. N'est-il pas de sa gloire de la faire
fleurir encore et d'éloigner l'étranger qui rêve la
conquête de l'Occident pour la langue de Luther? Que
dis-je? saint François de Sales nous appartient tout
entier. Son berceau, son siége épiscopal, sa tombe,
ses reliques, tout est français, aussi bien que ses
livres, aussi bien que son cœur, son esprit et son
style. Serait-ce pour son malheur que la Savoie, sa
chère patrie, partagerait aujourd'hui nos destinées,
et faut-il qu'elle regrette à tout jamais d'avoir été
associée à nos épreuves et à nos disgrâces? O François, sauvez la France en souvenir de la Savoie.
Enfin le crédit de saint Vincent de Paul auprès de
Dieu me donne tout espoir. N'est-il pas le Français
par excellence? N'a-t-il pas pendant sa vie combattu
le vice à force de zèle, la misère à force de charité,
et, après avoir été le prodige de son siècle, ne revit-

il pas aujourd'hui dans toutes les associations de bienfaisance et dans tous les refuges ouverts à la misère publique ? Ne semble-t-on pas le revoir dans tous nos hospices et sur tous les champs de bataille ? O Vincent, jamais siècle ne vous a tant loué que le nôtre ; jamais nom n'a été plus populaire que le vôtre dans sa patrie. Sauvez la France qui vous honore, qui vous aime et qui vous bénit.

Mais j'implorerai surtout les Ferréol et les Ferjeux, ces vieux patrons de notre Eglise, ces intercesseurs si puissants, si dévoués, si fidèles, dont le nom se mêle depuis dix-sept siècles à toutes nos craintes, à toutes nos espérances, à toutes nos actions de grâces. Ils nous ont délivrés, il y a trois cents ans, des armes presque triomphantes de l'hérésie ; Besançon, envahi par les protestants, s'est réveillé au milieu de la nuit, grâce à la vigilance des deux apôtres ; Besançon a repoussé l'ennemi, l'a tué ou noyé dans la rivière, et des quinze cents soldats armés par l'erreur il n'en est pas resté un seul pour aller porter à la Réforme la nouvelle de cette défaite. Ils nous ont délivrés, il y a seize ans, de la peste qui désolait toute la province et qui ne s'est arrêtée, il vous en souvient, qu'aux portes de cette cité où nous remplissions les rues et les places d'hymnes touchantes, où les châsses de nos saints étaient entourées de fleurs, d'encens, de larmes et de supplications. Délivrez-nous maintenant, ô Ferréol, ô Ferjeux, de la guerre et de l'in-

vasion. Vous avez entendu le vœu de notre saint
pontife. Le clergé, le peuple, tout le diocèse, toute
la province, le ratifie et le répète. Nous bâtirons en
votre honneur un temple magnifique aux portes de
la cité reconnaissante. Cette grotte sacrée qui vous
a servi de refuge pendant votre apostolat, et où tant
de pèlerins sont allés baiser la poussière de vos pieds,
sera couverte de marbres, de dorures, de riches
inscriptions. On y lira sur les murs les dates com-
mémoratives de ces trois délivrances si chères à
nos annales. Nous mènerons dans cette basilique
nos fils et les enfants de nos fils. Nous leur dirons :
Voici le berceau de notre chrétienté naissante,
voici l'autel où nos ancêtres ont prêté à Jésus-
Christ les premiers serments que le Ciel ait entendus dans ces contrées. L'alliance que nous
avons faite avec Dieu et avec l'Eglise ne s'est
jamais rompue. Jurez de la garder à votre tour.
Ferréol et Ferjeux en sont les cautions, et leur protection est acquise jusqu'à la fin des siècles au
peuple qui ne cessera de bénir par eux Notre Seigneur Jésus-Christ.

Ce n'est pas encore là toute notre défense. Je
vois dans la cité lumineuse des anges formés en
bataille et qui n'attendent que le signal pour porter
à la France le secours de leurs bras. Ils ont été
préposés dès le commencement des jours à la
garde des nations, des villes et des familles. Ils
montent et descendent sans cesse de la terre au

ciel et du ciel à la terre, formant entre Dieu et l'homme cette échelle mystérieuse qui unit le temps à l'éternité. Ils sont les messagers des bonnes pensées, des conseils intrépides, des grandes résolutions qui ne viennent que de Dieu, et, prenant sur les lèvres et dans le cœur de l'homme les prières à peine formées, ils les animent du feu de leur amour et les portent, de toute la vitesse de leurs ailes, aux pieds du Très-Haut. Ils veillent autour des autels du Seigneur et déploient sur nos tabernacles ces ailes invisibles dont le frémissement lumineux a été entendu, durant le silence des nuits, par les saints qui veillent dans les cloîtres. Nous avons tous notre ange gardien. L'enfant, le jeune homme, la vierge, le prêtre, le soldat, ressentent particulièrement leur assistance ; chaque famille est placée sous la tutelle d'un de ces esprits bienheureux ; il en est qui se tiennent au-dessus des cités pour en purifier l'air et en éloigner l'ennemi ; d'autres, chargés d'un commandement plus vaste, étendent leur surveillance et leur protection à des peuples entiers, accompagnent leurs armées dans les batailles, leurs flottes sur les mers, et leur drapeau partout où il porte le vrai sentiment de l'honneur, les vrais principes de la civilisation chrétienne.

Je me tourne donc vers vous, esprits bienheureux, et je vous conjure de m'écouter. Vous connaissez ces plaines fameuses où nous avons tant de

fois engagé la bataille et gagné la victoire sous vos
auspices. Vous étiez à Châlons-sur-Marne, et vous
avez contraint Attila à se renfermer dans ses
chariots ; à Tolbiac, et vous avez assuré le triomphe
de Clovis ; à Vouillé, et les Visigoths, qui étaient
ariens, ont été mis en fuite par les Francs qui servaient la véritable Eglise. Vous avez assisté Geneviève, et les Huns se sont dissipés devant elle comme
la poussière des chemins ; vous avez mené Jeanne
d'Arc à travers mille périls, et elle a triomphé à
Patay, à Beaugency, à Orléans. Les voilà, ces villes
et ces campagnes tant de fois traversées par votre
vol mystérieux. Quel spectacle de désolation et de
terreur ! Quelle épreuve et quelle détresse pour le
peuple confié à votre garde ! Les mères tremblent
dans leurs foyers, les petits enfants dans leur berceau, nos derniers soldats s'arment pour défendre
et sauver la patrie. Venez, soutenez leurs bras,
donnez à leurs armes une trempe plus forte,
guidez leurs bataillons dans les chemins que l'ennemi ne connaît pas, répandez autour d'eux un
air pur, écartez par vos mains la balle qui les
cherche. Anges de Dieu, sauvez nos foyers, sauvez nos murailles, sauvez nos temples, sauvez la
France !

J'irai plus haut encore dans les régions célestes,
je m'approcherai de la femme bénie entre toutes les
femmes, j'implorerai Marie, et je vous conjurerai
tous d'entrer dans cette prière publique, commune,

ardente, dont la fête de l'Immaculée Conception nous donne le signal.

Ecoutez donc, ô ma Mère, les cris de désolation, de détresse et d'espérance que poussent vos enfants. Il y a seize ans, Pie IX vous proclamait Immaculée, et la proclamation solennelle de cette antique croyance était, à Rome, en France et dans tout l'univers catholique, le sujet d'une grande joie. Regardez maintenant et prenez pitié de Pie IX, de la France, de tout l'univers. Pie IX est captif, la France est à l'agonie, toute l'Europe est sous les armes, l'univers tremble d'épouvante et d'horreur au récit de cette lutte fratricide qui dévore vos enfants par millions. Satan, votre irréconciliable ennemi, est déchaîné avec une nouvelle fureur ; il mène et il anime toute cette guerre ; il enivre les peuples de l'odeur du sang, il triomphe au milieu de toutes ces ruines. O Marie, vous l'avez vaincu, ce monstre, dès le premier instant de votre Immaculée Conception, nous avons chanté votre victoire, nous avons fait des feux de joie sur nos montagnes, les rues de nos villes ont été illuminées avec une splendeur incomparable, nous avons pris, nous portons encore, nous avons jeté au cou de nos soldats et de nos marins cette médaille bénie qui doit les préserver dans les batailles. Dites, ô ma Mère, que faut-il faire encore ? Nous convertir ? Nous le jurons. Vous prier davantage ? Nous le ferons chaque jour et en particulier dans toute cette octave. Ah ! montez, montez au trône de votre Fils, montrez-lui cette France qui est votre royaume, tout cet univers qui est votre héritage, cette Eglise qui vous implore d'un bout du monde à l'autre, ce pape qui vous a couronnée d'un si beau diadème. Non, l'anniversaire de la proclamation du dogme de l'Immaculée Conception ne se passera pas sans nous relever de notre abaissement. O Vierge, il y va de votre gloire ; ô Mère, c'est votre famille qui souffre ; ô Reine, c'est votre royaume qui est déchiré et mis en lambeaux. Rendez à nos armées la victoire, à la France son rang parmi les nations, au souverain pontife sa couronne et sa liberté, à l'Eglise la paix, au monde le bonheur.

DU COURAGE CHRÉTIEN ET PATRIOTIQUE.

Confortamini et estote viri.
Raffermissez-vous et soyez hommes.

(I Reg , iv, 9.)

Aide-toi, le Ciel t'aidera, dit le proverbe. J'emprunte ce mot à la sagesse des nations pour vous tracer le plus grand de vos devoirs dans cette œuvre de régénération. chrétienne et sociale à laquelle tous les bons Français sont conviés. La famille doit en être le berceau , et nous avons, pour l'entreprendre , des alliés au ciel et sur la terre, qui engagent en notre faveur le saint combat de la prière avec l'omnipotence divine; ces alliés sont nos vierges , nos mères , nos soldats martyrs du devoir, dont le sang et les larmes montent vers le Seigneur ; ces alliés sont les saints, les anges, Marie elle-même , notre patronne et notre mère , qui intercèdent devant le trône du Tout-Puissant avec tous leurs mérites. Mais ces belles alliances et ces magnifiques supplications ne suffisent pas. Il faut prier et agir nous-mêmes, il faut écouter la voix de Dieu, qui nous crie à toutes les pages de la sainte Écriture : Du courage ! du courage ! raffermissez-vous et soyez hommes. « *Confortamini et estote viri.* » L'effort personnel, l'effort soutenu, l'effort unanime, voilà ce que je viens demander à votre patriotisme et à votre foi. Levons-nous, marchons, marchons ensemble, et nous gagnerons dans l'obscurité de nos vaillants combats la cause de la religion et de la patrie.

I. « Je préfère, disait un palatin à la diète de Pologne, les périls de la liberté aux honneurs de la servitude. » Il exprimait une noble pensée et s'apprêtait à faire son devoir avec courage. Eh bien ! que ce soit là ou non votre préférence, vous n'avez plus le choix, et il ne vous reste plus qu'à vous battre. Vous avez rêvé peut-être un gouvernement qui ferait une police exacte et qui veillerait pour vous sur les cabarets, sur la presse, sur la parole, mettant partout des sentinelles pour arrêter l'erreur, retenir le vice et ne laisser passer que les bons discours et les bons exemples. Avons-nous jamais eu un tel bienfait ? Je n'ose l'affirmer en lisant l'histoire. L'aurons-nous jamais ? Je le souhaite plus que personne, mais je n'ose vous le promettre. D'abord, ni nos regrets ni nos rêveries ne nous le donneront ; ensuite, si on peut l'obtenir,

ce ne sera qu'à force de courage, de sacrifices, de
conquêtes. Il faut que les bons se raffermissent, se
recrutent, deviennent redoutables, gagnent des
batailles, fassent leurs conditions et finissent par
dicter la paix. Mais avant la victoire, la mêlée ; avant
la mêlée, l'exercice ; avant l'exercice, le recrutement ; et pour le recrutement l'effort et le courage
personnel de chacun de nous. Or, ne vous faites
pas illusion, vous débutez, et vous êtes tout au
plus, à l'heure qu'il est, les conscrits du devoir.

Je viens vous racoler, permettez-moi ce mot familier, pour le service de la religion et du pays. Je
m'adresse aux honnêtes gens et je leur demande
la permission de les convertir. C'est l'œuvre la plus
difficile que l'on puisse entreprendre, parce que les
honnêtes gens s'imaginent n'avoir pas besoin de
conversion. Quelle est leur attitude dans nos périls ? Il faut avoir assez de bonne foi pour le reconnaître et assez de franchise pour le dire : ce qui
leur manque, c'est le courage.

Les uns s'enveloppent dans leur égoïsme et
songent à sauver dès maintenant leurs richesses,
pour qu'il ne leur reste plus au moment suprême
qu'à sauver leur personne. Ces alarmes, ces précautions, ces déguisements apprêtés, cette fuite
méditée d'avance, cet asile demandé par avance à
une nation voisine et amie, tant de soucis pour
garder sa vie et sa fortune, est-ce là du courage ?
Vous aimez la religion, et vous ne ferez rien pour

en assurer la liberté et l'honneur à votre patrie ?
Vous aimez la patrie, et vous ne risquerez rien
pour lui assurer les bienfaits d'un gouvernement
honnête et régulier ? Où se jouent nos destinées ?
Dans les conseils de la commune, du département,
du pays. C'est de là que sortent les votes qui
ferment les temples ou qui les tiennent ouverts.
Et vous ne voulez pas sortir de votre demeure pour
élire des mandataires qui représentent vos convictions, qui les honorent et qui les défendent !
Etonnez-vous ensuite de l'audace, du succès et du
triomphe des méchants.

D'autres déclarent qu'ils ne font rien, parce qu'il
n'y a plus rien à faire. Disons plutôt que rien n'est
fait encore, et que tout nous semble fini parce que
nous n'avons pas commencé. Il faut réformer ses
pensées, ses sentiments, ses habitudes, sa vie
entière. Où est cette réforme ? Il faut se rapprocher
des classes laborieuses ; on s'en isole. Il faut pro-
pager les bons livres ; le courage manque sinon
pour les écrire, du moins pour les répandre à bas
prix, les donner au besoin, les introduire partout.
Il faut opposer au journal de l'impiété et du désordre le journal de la foi et de l'ordre social ; mais
l'activité et le désintéressement nous font défaut ;
là où les méchants sèment à pleines mains, nous
jetons à peine quelques maigres semences ; quand
ils donnent la mauvaise pâture, nous vendons le
pain de vie ; ils prodiguent, ils versent à la ronde

le vin de l'irréligion populaire et de la corruption honteuse, et nous, nous n'avons pas le courage de jeter gratis sur la table du cabaret la feuille amie qui instruit, qui touche et qui console ! N'ai-je pas raison de dire que si tout est perdu, que si tout est fini, c'est parce que nous n'avons rien commencé?

Sur quoi s'excuse-t-on pour ne pas mettre la main à l'œuvre ? Sur l'accomplissement d'une prophétie, sur l'approche d'une catastrophe suprême, sur l'espoir d'un grand miracle. Autant d'excuses qui flattent l'égoïsme, paralysent la bonne volonté et finissent par abaisser les courages, au lieu de les relever.

Il n'y a pas de signe plus authentique de l'affaiblissement de la raison et de la foi que la croyance à ces révélations sans authenticité et sans contrôle dont le monde est rempli. Les voyants d'Israël, les prophètes de l'Ancien et du Nouveau Testament, les Moïse, les David, les Isaïe, les Daniel, les saint Jean, n'ont vraiment rien vu, rien entendu, rien écrit en comparaison de ces prédictions à si courte échéance et à détails si précis que la crédulité publique accueille si facilement. On marque le mois, le jour, l'heure du bouleversement universel, combien de temps durera l'épreuve et à quelle date commencera le réveil de l'univers entier dans les bras de Jésus-Christ. Les heures, les jours, les mois, s'écoulent, et les prophéties sont confondues.

Les sceptiques en triomphent, les âmes pieuses en sont troublées, et le découragement devient plus général et plus profond qu'auparavant. Mais il y a une prophétie d'une authenticité certaine, d'une autorité incontestable, qui est contenue dans le canon des saintes Ecritures, et qui se vérifiera jusqu'à la fin des siècles et sur la France et sur toutes les nations. Cet oracle, le voici, il est d'Isaïe. Le prophète, après avoir décrit tous les maux dont le peuple est frappé, ajoute que ces premiers châtiments n'ont point apaisé la justice du Seigneur et que sa main est toujours étendue : *In omnibus his non est aversus furor ejus, sed adhuc manus ejus extenta* (1). Voilà notre avenir. En voulez-vous l'explication, Isaïe la donne. Pourquoi tant de rigueur? Parce que le peuple n'est point revenu à Celui qui le frappait et qu'il n'a point recherché le secours du Dieu des armées : *Et populus non est reversus ad percutientem se, et Dominum exercituum non inquisierunt* (2). Mais le remède est à côté du mal, et l'application n'en est ni moins sûre ni moins prophétique ; c'est toujours Isaïe qui parle : Convertissez-vous donc de tout votre cœur, que chacun revienne de ses voies mauvaises, que tous expient leurs péchés par la pénitence : *Convertimini ad me, et ego convertar ad vos* (3). Vous l'entendez : de

(1) *Isaïe*, IX, 12-13.
(2) *Id.*, ibid., 14.
(3) *Id.*, XXI, 12 ; XLV, 22.

grands malheurs vous menacent encore ; c'est votre obstination dans le mal qui en est la cause ; et si vous manquez de courage pour vous convertir, vous ne méritez ni le nom de chrétien ni celui de Français, car vous ne faites qu'appesantir la main de Dieu sur notre tête et d'augmenter la source des malheurs publics. Voilà une prophétie authentique, dont la vérification est certaine, et qui s'applique à chacun de nous comme à toute la patrie, dans toute son étendue et dans toute sa rigueur.

Mais la catastrophe finale est prochaine, et il ne nous reste plus qu'à l'attendre. Dites plutôt qu'elle est venue et que le comble de votre aveuglement est de ne pas voir que nous y sommes ensevelis. Quoi ! ce n'est pas une catastrophe que la guerre étrangère avec toutes ses épreuves et la guerre civile avec toutes ses angoisses ! Ce n'est pas une catastrophe que d'en être sorti sans détester assez les mauvais principes et les mauvaises doctrines qui l'ont amenée ! Que voulez-vous de plus ? Que la mer de sang dont le Nord a été inondé se répande dans le Midi et inonde toutes nos provinces ? Que la Commune qui a triomphé à Paris triomphe dans toutes les autres villes ? Et que cette hécatombe de prêtres, de soldats, de magistrats, fusillés pêle-mêle à l'angle d'un mur, se renouvelle de toutes parts avec la même impiété et la même fureur ? Mais vous ne voyez pas que vous préparez par votre in-différence et votre lâcheté le retour de ces scènes de deuil ? Plus vous vous éloignez de la vie publique, plus les méchants s'enhardissent. Vous ne voulez pas porter votre vote dans l'urne du scrutin, et vous les laissez maîtres des destinées de la patrie. A ce spectacle, leurs espérances se raniment, leurs vœux n'ont plus de bornes, ils acclament la future Commune avec tous les excès qui ont déshonoré la première, et, sentant à votre hésitation, à votre découragement, que le pays leur sera livré, ils achèvent de glacer votre courage en vous laissant prendre le bruit qu'ils font pour le signal de leur victoire prochaine. Vous ne vous apercevez pas que la catastrophe que vous appréhendez ne sera pas autre chose que l'ouvrage de vos mains! C'est votre indifférence qui la rend possible, c'est votre découragement qui la rendra affreuse et peut-être irrémédiable.

On insiste : la tâche est trop grande, la France est endurcie, le démon la domine, et il n'y a plus qu'un miracle qui puisse la sauver. Non, la tâche n'est pas trop grande, car il n'y a point de nation qui ne soit guérissable. Non, la France n'est pas endurcie, car il reste des justes qui méritent la bénédiction et le salut. Non, le démon ne la domine pas sans retour ; un tel pouvoir ne saurait être accordé à Satan ; et si Satan a été chassé du monde païen, dans une civilisation corrompue, au milieu des idoles triomphantes, des temples voués à l'impiété et à la débauche, il est, ce me semble, plus facile à combattre, à vaincre, à mettre en fuite dans notre France, toute trempée des eaux de la grâce, et où le signe du salut éclate, rayonne au front de tous les monuments comme sur la tête de tant de générations baptisées dans le sang de Jésus-Christ. Quant au miracle, je le crois comme vous nécessaire au pays, mais c'est à vous que je le demande. Sortez de votre paresse et de votre apathie, ce sera un miracle. Sortez de votre égoïsme et de votre stérilité spirituelle, ce sera un miracle. Sortez de votre découragement et de votre parti pris, ce sera le plus grand des miracles. Nous demandons à Dieu une nouvelle Geneviève; mais nous avons oublié que tout le peuple priait, jeûnait, veillait avec Geneviève, et que le départ d'Attila fut le miracle de la confiance et non pas du découragement. Nous demandons à Dieu une nouvelle Jeanne d'Arc; mais nous avons oublié à quelle condition Jeanne d'Arc a sauvé la patrie. Elle n'a dispensé personne de s'armer, de chevaucher, de se battre. Elle n'a pas suppléé au courage public, elle l'a ranimé et enflammé par son exemple. Elle n'a pas jeté les Anglais hors du royaume, elle en a préparé la défaite, et il a fallu, après son martyre, vingt ans de bonne politique et de bons combats pour consommer leur ruine et assurer notre délivrance. Voilà le miracle. Il y a eu avec la mission de Jeanne d'Arc le courage, les épreuves, les sacrifices de tout le pays. Levons-nous donc et marchons.

Dieu dit à la France comme autrefois à Israël prévaricateur : « Pourquoi voudrais-tu mourir ; je ne veux point ta mort ; reviens à moi, et tu vivras : *Nolo mortem morientis ; revertimini, et vivite* (1). »

II. Une fois l'entreprise commencée, ne regardons plus en arrière, mais en avant. Levons-nous et marchons. Il faut un effort soutenu pour nous sauver. Notre légèreté a pu croire que nous étions tombés, comme sans transition, de l'excès de la fortune et de la gloire dans l'excès de la disgrâce et du malheur. Nous ne nous sommes pas aperçus qu'il y avait eu à l'intérieur un long travail de désorganisation sociale, et que nous n'avions fait que recueillir les fruits de mort plantés par la main de nos ancêtres. Les mauvaises doctrines, les mauvais livres, les mauvais exemples, ne datent pas d'hier. Il faudra longtemps semer, planter, arroser, répandre et cultiver partout la bonne semence pour récolter des fruits de vie. Ce n'est pas la génération présente qui les verra mûrir, c'est pourquoi il faut l'avertir qu'elle travaillera, qu'elle portera le poids de la chaleur et du jour, qu'elle livrera de rudes combats, mais que l'œuvre de notre restauration religieuse et sociale ne sera qu'ébauchée par ses mains.

A l'œuvre donc, aujourd'hui, demain, toujours,

---

(1) *Jerem.*, XXVII, 13.

pour votre réforme personnelle. Vous ne deviendrez du premier coup ni excellents chrétiens ni citoyens très dévoués. Il faut vous corriger peu à peu, mais chaque jour un peu plus, de votre frivolité, de votre luxe, de votre égoïsme et surtout de ces recherches sensuelles qui ont énervé les âmes et qui leur ont ôté non-seulement la tradition, mais la pensée du sacrifice. Votre esprit est-il éclairé sur les causes de nos malheurs? Etes-vous définitivement acquis à Dieu et à l'Eglise, et ne vous verrait-on pas, aux premières lueurs d'une prospérité apparente, oublier que vous devez coopérer par votre conversion à la conversion du pays? Je vous conjure non-seulement de reprendre, mais de continuer la pratique assidue de la prière, de la mortification, des sacrements, sans laquelle il n'y a point de vie chrétienne. Je vous conjure de vous dépouiller de cette mollesse de caractère et d'habitudes avec laquelle il n'y a plus de vrais Français.

A l'œuvre non-seulement pour commencer, mais pour continuer et soutenir, avec un courage indomptable, l'éducation de la patrie restaurée et chrétienne. Aujourd'hui la mère la commence à peine, tant elle se hâte de livrer l'enfant aux crèches et aux salles d'asile; le père ne s'en occupe plus, parce qu'il s'accoutume à compter sur le maître et sur l'école; la pension a remplacé partout la famille, et la famille, hélas! a perdu la science, le

goût, la tradition des obligations saintes qui n'appartiennent qu'à elle. Il nous faut d'autres pères
et d'autres mères, encore plus que d'autres maîtres.
Mais ce qui manque aux pères et aux mères, ce n'est
pas le désir d'entreprendre leur tâche, c'est le
courage de la poursuivre. A la première révolte de
ces petites volontés qui se dressent contre l'autorité paternelle, leur énergie tombe, ils laissent
échapper de leurs mains la verge de la correction,
et ils renoncent à leur devoir. Comment, après
avoir ainsi abdiqué, commanderaient-ils la résistance aux passions et l'obstination dans le vrai,
dans le juste et dans le bien? Ah! de grâce, soyez
pères, soyez mères, soyez chrétiens, soyez Français. Formez-nous donc une race nouvelle avec la
pureté du sang, la noblesse du cœur, la force du
caractère, une race qui s'accoutume aux privations,
qui se prépare aux sacrifices, qui passe sans éton-
nement du foyer à l'école, de l'école au collége, du
collége à la caserne, parce qu'elle y trouvera sous
d'autres figures les mêmes exemples de foi, de
tempérance, d'honneur, de courage. Le vrai courage
est le fruit d'un effort longtemps médité et noblement soutenu. Religieux, civil, militaire, il change
de théâtre, mais non de caractère. Ce n'est pas à
vingt-cinq ans qu'on en trouve tout à coup le
secret. Il faut le boire sur les genoux de sa mère
avec le lait; il faut le lire dans les regards de son
père en l'interrogeant; il faut le pratiquer dans

l'étude en s'accoutumant à vaincre ses rivaux ; il faut s'être longtemps battu, au fond de sa conscience contre le démon, au dehors contre le monde, pour s'être fait un caractère incapable de transiger avec l'honneur et le devoir. Cet apprentissage obscur donnera le vrai soldat, le vrai citoyen, le vrai prêtre ; mais c'est l'œuvre de la famille et du temps ; ce sera le fruit de la réorganisation intérieure que je vous prêche, si vous avez le courage non-seulement de l'entreprendre, mais de la soutenir dans votre foyer avec cette patience qui n'est pas seulement du génie, mais de l'héroïsme.

Sortez maintenant de votre intérieur et portez dans la vie chrétienne et civile cette pensée de persévérance. Que vous demandent d'une commune voix la religion et la patrie ? Des exemples qui ne se démentent plus. L'exemple et la pratique de la foi dans nos temples, dans nos prières solennelles, dans nos manifestations destinées à affirmer au grand jour les croyances d'un grand peuple et à opposer la ligue du bien public aux conjurations de l'enfer. L'exemple et la pratique du patriotisme dans nos assemblées électorales, où tout est remis en question et d'où vous ne pouvez vous éloigner qu'en trahissant tous vos devoirs. Où serait le courage, où serait le mérite, s'il n'y avait que de l'honneur à recueillir et des hommages à recevoir toutes les fois qu'on se montre chrétien et Français ! Je ne m'arrête pas à penser que vous êtes retenu par la crainte d'une raillerie ou d'un échec. Serait-ce du courage ? Ou bien seriez-vous las d'être en petit nombre et vous apprêteriez-vous à passer du côté de la foule ? Où seraient alors vos convictions ? Ou bien, après quelques essais infructueux pour faire prévaloir vos exemples, vous condamneriez-vous au silence, à la retraite, à l'abstention, content de verser des larmes sur les ruines de la religion et de la patrie ? Mais alors vous ne savez pas que ces regrets sont stériles, que ces larmes versées sur des ruines ne les raniment pas, qu'on ne rebâtit une cité qu'avec la truelle, qu'on ne la défend qu'avec l'épée. C'est la truelle, c'est l'épée que tenait Israël au retour de la captivité de Babylone. Eh bien ! la France est, comme Israël, une nation à refaire. Mais pour la rebâtir de la base au sommet, ne faut-il qu'un effort et un jour de travail ? Mais si à l'approche de l'ennemi vous désertez l'ouvrage, que deviendra Jérusalem ? Restaurer la France, c'est l'œuvre du siècle, et il faut dans cette œuvre la pensée de chaque citoyen, la main de chaque famille, le courage ranimé chaque matin et légué comme un héritage de la génération qui finit à celle qui commence, en sorte que l'œuvre ne soit jamais ni ralentie ni interrompue. Du courage ! encore du courage ! toujours du courage !

Il y a dans cette œuvre un endroit difficile où il faut mettre plus qu'ailleurs le temps, la patience, la persévérance et par-dessus tout la charité. La

démagogie a enrôlé sous ses drapeaux des populations égarées auxquelles elle promet non-seulement
du pain, mais des places, mais des honneurs et
surtout des jouissances. Elle en a fait une armée,
et les votes qu'elle lui commande tombent par
milliers dans l'urne électorale, pour mener encore
une fois la France aux abîmes. Quand vous voyez
passer à côté de vous ces masses ignorantes, vous
sentez combien la force brutale du nombre l'emporte sur l'intelligence, sur le mérite et sur la vertu.
Vous déplorez le suffrage universel, vous vous déclarez hors d'état d'en combattre la puissance aveugle, vous retombez dans l'incapacité du découragement. Je voudrais vous mettre face à face avec
cette armée qui vous effraie et vous apprendre à
l'aborder, à la gagner, à la reconquérir pour la
bonne cause. Ces soldats du désordre, qui sont-
ils ? Des mercenaires, des paysans, des domestiques, c'est-à-dire les ouvriers qui tissent vos
vêtements, qui bâtissent votre demeure ou qui
préparent votre nourriture ; les fermiers et les vi-
gnerons qui sèment, qui arrosent et qui récoltent
pour vous ; les serviteurs enfin qui vivent sous votre toit et qui mangent le pain de votre table. Regardez bien, ces visages vous sont connus. Vous
avez eu avec ce peuple qui vous appelle des tyrans
et que vous regardez comme un ennemi, des rapports de voisinage, de commandement ou d'affaires. Ce sont vos voisins, vos obligés, vos gens ;

vous devriez être leur conseiller, leur ami et leur père. Comment ces rapports sont-ils changés? Ce n'est plus ni l'heure de l'examiner ni l'heure de s'en plaindre, et il ne nous reste plus que le temps de conjurer le péril à force de courage, de zèle, de sacrifice, et, pour tout dire d'un mot, à force de charité chrétienne.

Allez donc avec courage vers ces hommes que l'impiété a pris à son service et ramenez-les dans cette vigne où la patrie ou l'Eglise appelle tous les travailleurs depuis la première heure jusqu'à la dernière, depuis l'enfance jusqu'à la vieillesse, pour réparer, à force de sueurs, les ravages du sanglier. Tendez-leur une main bienveillante et secourable. Peut-être la refuseront-ils? Eh bien! vous attendrez un moment plus propice. Peut-être accepteront-ils votre argent, vos livres, vos vêtements, en gardant un levain de rancune et de vengeance? Eh bien! quand vous aurez découvert et constaté leur ingratitude, vous leur direz comme Auguste à Cinna :

> Tu trahis mes bienfaits, je les veux redoubler,
> Je t'en avais comblé, je t'en vais accabler.

Mais non, vous ne leur ferez pas même de reproches et vous ne vous donnerez pas le plaisir public de cette noble vengeance. Le vrai chrétien s'élève bien au-dessus du héros de Sénèque. Après le mécompte, il revient avec un visage plus riant et des manières plus insinuantes. Après le rebut et l'injure, il cherche par quel intermédiaire plus heureux il pourrait faire accepter le bon livre, donner le conseil, prodiguer les trésors de son cœur. Après dix, vingt, trente échecs, il est toujours prêt à l'assaut et il force tôt ou tard ces cœurs rebelles. Du courage, encore du courage, toujours du courage ! Qu'importe que vous ne jouissiez pas de la victoire, pourvu que la France l'obtienne un jour. On a dit des croisades : « Chacune d'elles a échoué, toutes ont réussi. » Elles ont réussi, en effet, à préserver l'Europe de l'invasion musulmane, à rallier tous les peuples autour de la papauté, à mettre fin aux querelles particulières, à ouvrir vers l'Orient des voies à la navigation, à doter l'Occident des inventions, des sciences, des arts, des produits d'un autre monde. Ouvrons la croisade du salut public, et ce monde qui nous est échappé sera reconquis à la longue, eussions-nous perdu cent batailles et mordu cent fois la poussière. Oui, parmi ces masses égarées il y a de l'intelligence, du cœur, de la bonne foi. Ce qui les sépare de nous, ce sont des préventions plutôt que des vices, des ignorances plutôt que des erreurs. Vos secours, vos prévenances, vos témoignages de bienveillance et de sympathie, vos paroles amies et chrétiennes, vos livres jetés en passant sur cette table où ils vont se perdre d'abord parmi d'ignobles caricatures et d'odieuses satires, voilà les armes avec lesquelles il faut pénétrer dans la profondeur de cette barbarie nouvelle au milieu de laquelle nous vivons. Les héros des croisades s'inquiétaient-ils du succès? Reculaient-ils après un échec? Rapportaient-ils dans leurs foyers la défiance, la peur, l'indifférence, après ces expéditions lointaines? Combien sont tombés avant de prendre Jérusalem, combien avant de l'entrevoir! Mais il y avait pour eux une Jérusalem plus haute et plus belle dont celle de la terre n'était que la figure. C'est la Jérusalem du ciel. Ils étaient sûrs de la conquérir, et cette ambition, la plus noble de toutes, était toujours satisfaite. Chrétiens et Français, prenons courage. Agissons, combattons, ne cessons jamais. Ce n'est qu'à la longue que nous restaurerons la patrie de la terre; mais fût-elle encore couverte de deuil le jour où s'achèvera notre pèlerinage, la patrie du ciel est toujours ouverte pour nous recevoir.

III. « Le courage fait les vainqueurs, a dit un poëte, la concorde fait les invincibles. » Il ne suffit pas de vouloir, ni même de vouloir toujours et toujours la même chose. Sachons encore vouloir ensemble.

L'union des volontés et des courages est la force secrète du mal. Qui est-ce qui rend la franc-maçonnerie si redoutable, malgré ses ridicules? L'union. Elle s'étend des peuples civilisés aux peuples sauvages, ralliant dans son sein juifs, protestants, mauvais catholiques, ouvrant des loges dans les deux mondes avec un égal succès, faisant passer de l'Américain au Français, du Chinois à l'Arabe, ces mots, ces signes, ces emblèmes, inoffensifs en apparence, inintelligibles à la plupart des membres, mais qui sont pour un petit nombre d'initiés le mot d'ordre de la guerre déclarée à Jésus-Christ, le signe de la bête, l'emblème de la destruction universelle. A qui les carbonari doivent-ils le succès de la révolution italienne? A leur union resserrée par d'affreux serments. Ces solidaires qui renient leur baptême et qui renoncent d'avance aux honneurs de la sépulture chrétienne, pourquoi tiennent-ils si ferme contre les larmes d'une mère? Ils se sont unis et confédérés dans une ligue monstrueuse. Que les liens de l'Internationale sont puissamment formés! Elle enlace dans son réseau des corps de métier, elle confisque à son profit certaines industries et certains travaux, elle condamne au chômage et à la ruine les maisons qui refusent de la servir, elle accapare et elle ébranle tour à tour la confiance publique, et si un tel dessein n'est pas traversé, on verra peut-être avant la fin du siècle tout le travail et tout l'or entre les mains de cette association formée sous la main de Satan pour le malheur du genre humain.

C'est aux enfants de ténèbres que les enfants de lumière sont réduits à emprunter leur modèle. Les enfants de ténèbres font pour le triomphe du mal des sacrifices inouïs d'amour-propre, de jalou-

sie, de vengeance personnelle. On les discipline
jusqu'au silence, on les mate jusqu'à l'esclavage,
on les enchaîne et on les rive jusqu'à la mort,
selon le bon plaisir d'une autorité supérieure, mais
toujours secrète, à laquelle ils dévouent leur temps,
leurs soins, leur vie, sans connaître ses vues et
sans lui demander compte de son administration.
Cette autorité mystérieuse fait le mal, c'est assez
pour qu'on l'honore, qu'on la serve et qu'on lui
obéisse. Mais dès qu'il s'agit de servir Dieu, de
restaurer la patrie, de se battre pour la bonne
cause, nous n'avons plus de mot d'ordre, nous ne
connaissons plus de signe de ralliement, nous ne
supportons plus qu'on nous parle de sacrifices.
Voici la vanité avec ses prétentions, l'amour-propre
avec ses blessures, la rancune avec ses souvenirs.
On se déchire, on se dévore les uns les autres, et
l'on aime mieux laisser triompher le démon que
de le voir vaincu et enchaîné par un sublime effort,
si cet effort ne part pas de notre bras ou si notre
parole ne l'a pas appuyé. Périsse le soleil plutôt
qu'un principe, dit la raison! Périsse la société
avec tous ses principes plutôt que ma vanité ou
ma rancune, disent certaines gens qui se croient
gens de bien, mais qui cessent de l'être par cela
même qu'ils refusent d'entrer dans la ligue contre
le mal. Nous périssons comme les Grecs, faute
d'entente et d'union; nous périssons comme la
Pologne, non pas faute de courage ni d'honneur,

mais parce que notre courage ne veut pas supporter le frein, et que notre honneur ne veut plus reconnaître de guide.

Un grand écrivain, qui donne encore à notre siècle, dans sa verte vieillesse, des leçons de sagesse et de style, M. Guizot, écrivait avant nos derniers bouleversements les lignes suivantes : « Il y a des jours où, pour faire faire à une nation les progrès dont elle a besoin, pour la tirer de sa perplexité et de son apathie, ce qu'il y a de plus pressé et de plus efficace, c'est de former dans son sein des groupes d'élite où se réunissent, peu importe en quel nombre, des hommes distingués animés du même esprit, décidés dans leur pensée et leur volonté, et qui marchent résolûment à leur but, confiants dans l'espoir d'y attirer beaucoup d'hommes qui ne répugneront pas à se joindre à eux, mais qui d'eux-mêmes ne se mettraient pas en mouvement dans la même voie. Nous sommes, je crois, dans un de ces moments qui appellent ce mode d'action sur la société et qui autorisent à en espérer le succès (1). »

Combien les événements ont donné à ce conseil de force et d'actualité ! L'autorité est incertaine et précaire ; les lois semblent endormies ; la presse impie et immorale n'est ni avertie ni réprimée ; continuez à vous taire, timides gens de bien, et l'erreur grossira sa voix jusqu'au tonnerre et à l'épouvante ;

(1) *Méditations religieuses*, t. III.

reculez encore, et elle avancera jusqu'à vous clouer
dans votre paralysie aussi impuissante qu'éplorée ;
achevez de vous désunir, elle pénétrera dans vos
rangs affaiblis, gagnant les uns, flattant les autres,
enchaînant la peur, l'ambition, l'amour-propre, et
raillant ceux dont la conscience est trop haute pour
qu'elle puisse les atteindre. Mais, au contraire,
prenez la parole, elle se taira ; avancez, elle recu-
lera ; unissez-vous, elle tremblera, car elle ne redoute rien tant que de vous trouver unis et serrés
autour du même drapeau.

Union des forces patriotiques et concert de toutes
les volontés pour garder, pour étendre, pour con-
solider la liberté de l'enseignement ; pour faire
tourner à la gloire de Dieu et de son Eglise la liberté de la presse, qui n'a guère servi jusqu'à présent qu'au démon et à ses anges ; pour créer des
écoles, des bibliothèques, des ateliers, des ou-
vroirs, des asiles, des cercles, des réunions auxquelles préside une pensée française et chrétienne,
et qu'anime le souffle des grands dévouements.
Apportez à ces œuvres votre argent, votre temps,
vos soins, vos loisirs. Soyez-y soldat, acceptez-y le
mot d'ordre, soumettez à la règle vos sentiments
et vos pensées. Donnez la main à tous ceux qui
vous offrent leur concours, et n'allez pas scruter
leur passé d'un regard jaloux et souvent injuste,
pour y chercher quelque paille, sans voir la poutre
qui vous crève l'œil. Votre frère est imparfait peut-

être ; ne l'avez-vous pas été ? N'est-ce pas un trait de courage que de venir à votre rencontre et de vous offrir ses services ? Que de lâches qui restent en arrière pour ne pas délier leur bourse ni compromettre leur avenir ! Place au pécheur qui se convertit ! C'est une conversion que de se tourner vers les gens de bien et de demander à combattre à côté d'eux. Elargissez vos rangs, élevez vos esprits, agrandissez vos cœurs. Place à toutes les âmes qui aiment encore Dieu et la patrie !

Union des suffrages et des votes le jour où le scrutin vous appelle. Ah ! que nous fait à nous l'antipathie personnelle, la visée ambitieuse, la déception d'un calcul mal fondé ? Quoi ! vous bouderez parce qu'on vous méconnaît et qu'on vous oublie ! Vous refuserez de combattre parce que le chef vous déplaît ! Qui sait ? vous offrirez peut-être votre concours à l'ennemi parce que vous n'aurez pas été élu pour mener la bataille ! Mais ce n'est donc rien pour vous que les gens de bien la perdent et que les sociétés secrètes comptent un triomphe de plus dans leur histoire. Vous comptez donc pour rien qu'on se déconcerte et qu'on se décourage, qu'on se retire de la lutte, que tout succède aux vœux des ennemis jurés de l'ordre social? Etes-vous encore Français? êtes-vous encore chrétiens ?

Union de tous les courages catholiques aux pieds de Jésus-Christ et autour de notre saint-père le pape, son vicaire ici-bas. Hélas ! que de peines perdues, que d'encre versée, que d'agitations stériles, et surtout que de querelles inutiles et de déchirements funestes dans ces derniers temps ! Plus le danger pressait, moins on voulait s'unir ; plus nous nous divisions, plus les ennemis de Dieu marchaient en phalanges serrées à l'assaut de l'Eglise et de la société ! Pie IX a vu, du haut du roc inébranlable où repose sa sagesse infaillible, ce danger imminent. Il vient de rappeler les enfants de l'Eglise à l'union et à la concorde. Qu'ils reviennent donc autour du drapeau commun : les uns par les voies oubliées de l'humilité chrétienne, les autres par les voies de la charité méconnue. L'ennemi regarde, il écoute, il se demande si le temps est propice pour engager la dernière bataille. Quoi ! s'écriera-t-il, plus de dissentiments ni de querelles ! c'est le même cœur qui bat dans toutes les poitrines, le même mot d'ordre qui circule dans tous les rangs, le même pas qui règle, qui soutient et qui anime toute la marche ! Israël va donc devenir invincible. Les Moabites ont envoyé leurs faux prophètes pour nous observer et pour nous maudire. Puissent les Balaam de l'erreur trouver des tentes solidement établies, un camp bien uni, et les soldats qui le peuplent travaillant, dans un concert merveilleux, à la défense et à la gloire de leur nation ! Puissent-ils rendre hommage à la parfaite unanimité avec laquelle nous allons marcher, combattre, frapper et mourir ! Ecoutez le cri qui

s'échappera malgré eux de leurs lèvres étonnées :
Voilà qu'au lieu de maudire elles bénissent et
s'écrient avec admiration : Que tes tentes sont belles,
ô Jacob, et que tes pavillons sont admirables, ô
Israël : *Quàm pulchra tabernacula tua, Jacob, et
tentoria tua, Israël* (1) ! Ce sera le témoignage
de l'Allemand en face de la France restaurée et
unie. Ce sera le témoignage de l'impiété en face de
l'Eglise triomphante. L'Eglise et la France, non, je
ne les sépare point dans mes espérances et dans
mes vœux, puisque Dieu ne les a point séparées
dans leurs épreuves. Que la France sera belle et
que l'Eglise sera glorieuse ! *Quàm pulchra tabernacula tua, Jacob, et tentoria tua, Israël !*

(1) *Num.*, XXIV, 5.

ORAISONS FUNÈBRES.

ORAISON FUNÈBRE

DES

ANCIENS ÉLÈVES DU COLLÉGE DE SAINT-FRANÇOIS-XAVIER

DE BESANÇON,

MORTS AU SERVICE DE LA FRANCE,

PRONONCÉE DANS LA CHAPELLE DE CE COLLÉGE.

———— ————

Ecce quomodo computati sunt inter filios Dei; inter sanctos sors illorum est.

Voilà comme ils ont été comptés parmi les enfants de Dieu; c'est le sort des saints que Dieu leur réserve.

(*Sap.*, **v**, 5.)

MES CHERS ENFANTS,

Je vous ai convoqués au pied des saints autels pour implorer la miséricorde divine en faveur des anciens élèves de ce collége qui viennent de mourir sous les drapeaux, au service de leur pays. Ce serait manquer à votre attente aussi bien qu'à notre devoir que de ne pas payer, en quelques mots, le tribut de notre amitié à leur mémoire. Ce tombeau, sur lequel les étendards de la patrie et les bannières du collége inclinent et confondent avec respect leurs couleurs voilées et assombries par un crêpe, recouvre les corps de dix-sept victimes ; ces insignes, ces armes, qui le parent, appartiennent à dix-sept soldats. Le plus âgé de nos chers défunts comptait à peine trente-quatre ans ; le plus jeune en avait seize. Que d'espérances détruites ! que de gloires coupées dans leur pre-mière fleur ! que d'avenir enseveli au fond de ce tombeau ! Périclès ne pleurait pas, je crois, plus de jeunesse et d'honneur, quand il assemblait toute l'Attique autour des victimes de la guerre du Pélo-ponèse et qu'il s'écriait, avec la grâce de la poésie et l'accent du désespoir : « L'année a perdu son printemps ! » Mais nous, prêtres et fidèles, élèves et maîtres, nous regardons plus haut que la terre ravagée et la cité en deuil, et nous voyons refleurir, sous un autre ciel, les âmes moissonnées par la mort. Ecoutez, nous dit la Sagesse, comme vos jeunes amis ont été comptés parmi les enfants de Dieu ; c'est le sort des saints que Dieu leur réserve : *Ecce quomodo computati sunt inter filios Dei ; inter sanctos sors illorum est.*

Voilà l'histoire que je viens vous raconter. Elle a deux titres à votre attention : c'est l'histoire de ce collége depuis vingt ans ; c'est l'histoire de notre France depuis six mois. Vingt ans de travaux pour donner à la patrie des soldats dignes d'elle ; six mois de combats, de disgrâces, de revers, pour rendre à Dieu des âmes dignes de lui. Suivez, jour par jour, le récit des événements ; vous trouverez, à chaque bataille, un nom qui nous appartient, un exemple qui nous console et qui nous instruit.

Le premier-né de ce collége fut Albert Tou-rangin ; ce fut, dans cette guerre, le premier officier frappé par la balle de l'ennemi. Besançon, qui était pour sa famille une seconde patrie et où tant de cœurs reconnaissants gardent le souvenir de son père, avait été pour lui la terre natale. Il y revint à quatorze ans, le jour où cette maison s'ouvrit, apportant, avec le souvenir de sa première communion profondément gravé dans son âme, une vocation déjà mûre pour le noble métier des armes, un caractère énergique, mêlé de cette légitime indépendance qui n'effraie pas les maîtres clairvoyants, parce qu'elle n'affranchit l'âme que de la routine, et non de la règle ni de la vertu. Laissez-moi vous dire que nous l'aimions comme un premier-né, et que vingt-un ans bientôt écoulés depuis le jour où, élèves et maîtres, nous avons ensemble fondé ce collége, n'ont rien changé à nos sentiments. Il sortit de nos mains avec le plus beau don qu'un maître puisse faire à un élève, avec le besoin et l'amour du travail. L'école de Saint-Cyr le fortifia encore dans ces nobles habitudes, et la vie de garnison, si fatale à la discipline, si favorable à l'oisiveté, lui rendit plus chers que jamais

les livres, les arts, les bonnes œuvres. Il aimait
tout ce qui rend l'officier sérieux et utile : sa
chambre, ses soldats, ses pauvres ; car il continuait au régiment les pratiques charitables dont il
avait fait l'apprentissage dans ce collége ; il faisait
aux malheureux une part de son temps, de ses
visites et de ses appointements. C'était un chrétien
dans toute la vérité du mot, un chrétien instruit et
fervent, qui ne transigeait pas plus avec la discipline de l'Eglise qu'avec celle de l'armée. Il lisait
saint Augustin, sainte Thérèse, le P. Lacordaire ;
il observait en congé les jeûnes et les abstinences ;
chacun de ses congés était inauguré par une retraite
à la Trappe ou à la Chartreuse, et quand il venait
goûter dans sa famille les douceurs du repos, le
curé de sa paroisse le voyait, la veille des fêtes,
parmi les clients de son confessionnal, et le lendemain, parmi les convives les plus fervents de la
table sainte. L'Afrique a joui pendant cinq ans de
ses bienfaits et de ses exemples. Il était de cette
élite intelligente et chrétienne qui se disait à elle-
même dans l'armée française : « Nous avons conquis l'Algérie par l'épée ; il nous faut, pour la
garder, la civiliser par la croix. » Cette terre encore
neuve enflammait son zèle et sa charité. Un jour
un enfant arabe se meurt sous ses yeux : il court à
la source voisine, y puise quelques gouttes d'eau
et, faisant avec elles le signe de la rédemption, il
baptise l'enfant pour la vie éternelle. La famine qui

désole les plages de l'Afrique met cette âme dévouée dans tout son relief. Ses chefs, qui l'apprécient, l'ont chargé de distribuer des vivres et des secours : les affamés l'entourent en suppliant, ils baisent en pleurant ses mains et son burnous, ils l'étouffent presque dans les témoignages de leur reconnaissance.

Tel est le cœur du capitaine Tourangin. La jeune femme pieuse et riche à laquelle il a donné son nom a voulu le suivre sur la terre lointaine. Elle partage toutes ses bonnes œuvres comme tous ses sentiments. Elle l'a rendu père d'une fille charmante ; elle lui dispute les premières caresses et les premiers sourires de cette enfant, qui commence à connaître, à ce mutuel empressement, les auteurs de ses jours. Tout succède à leurs vœux. Mais la patrie les rappelle, il faut quitter la colonie pour la métropole, il faut courir à l'armée du Rhin. Les deux époux se séparent à Lyon, aux pieds de Notre-Dame de Fourvières ; ils communient ensemble, ils se séparent, hélas ! pour ne plus se revoir. Albert traverse, avec toute la rapidité de la vapeur, cette Comté qu'il aimait, les yeux tournés pour la dernière fois vers nos montagnes et nos vallées, découvrant ou devinant du regard le château de Rans, où habite sa sœur, qui fut pour lui une seconde mère, les bords de la Loue si chers à sa première enfance, les murs de Besançon qu'a fréquentés sa première jeunesse. Le voilà en

quelques heures aux portes de Wissembourg et à
l'avant-garde de l'armée. On le place au premier
rang, il soutient le premier choc, il essuie le premier feu. C'est le 4 août 1870, de funeste mémoire,
c'est le matin de nos premiers désastres. Les
tirailleurs algériens qu'il commande sont abrités
derrière un talus labouré par le canon allemand. Il
se découvre, il monte sur le talus pour juger de la
position et du péril, mais son cheval est tué sous
lui. A peine a-t-il pris terre qu'il reparaît presque
aussitôt et qu'il charge l'ennemi l'épée à la main.
Une balle l'atteint et le transperce en pleine poitrine, il meurt avant d'avoir vu la déroute, il
meurt avant d'avoir pu la prévoir. Il n'était que
midi : la France, à cette heure, était encore toute
parée de sa vieille gloire, et les 6,000 hommes du
général Douai tenaient tête à ces 30,000 Allemands
qui se démasquaient de toutes parts. O Wissembourg, l'histoire vous appellera les Thermopyles
de la France. C'est là que Douai, notre Léonidas,
est tombé avec ses 6,000 braves, recrutés presque
tous dans les garnisons de Besançon et de la
Comté ; c'est là qu'il eût pu écrire de cette vaillante main que tant de mains avaient serrée le jour
où il quittait cette ville : « Passant, va dire à Besançon que nous sommes morts ici, au seuil de la
patrie, pour l'honneur du drapeau et pour l'inté-
grité du territoire national ! »

Après la journée de Wissembourg, c'est la journée

de Forbach, non moins fatale à nos armes, non moins douloureuse à notre cœur. Là, Casimir de Novillars a vu le feu pour la première fois, soldat de la veille, mais soldat résolu. Le nom qu'il porte est justement populaire et cher aux laboureurs. Personne ne reste inoccupé dans sa famille : son père a honoré le travail des champs par ses exemples; son frère les continue dignement ; et lui, pour ne pas rester oisif, a entrepris de conquérir tous ses grades à la pointe de son sabre et à la sueur de son front. Dès la première bataille, toutes ses espérances s'évanouissent. Consolons-nous, ses camarades écrivent : « Il est mort atteint par une balle, au moment où il ajustait l'ennemi; il est mort en faisant son devoir. » Consolons-nous ; la dernière lettre qu'il écrivit lui-même à sa mère lui annonçait qu'il venait de recevoir les sacrements pour entrer en campagne. C'était un vrai soldat, c'était un vrai chrétien.

Un mois s'écoule, et la catastrophe de Sedan vient terminer, par une affreuse capitulation, l'histoire d'une dynastie et d'un empire. Encore un deuil pour nous dans le deuil de la nation, encore un nom à inscrire sur nos tables funèbres, mais toujours, j'en remercie le Seigneur, avec les espérances de la bienheureuse immortalité. Georges Laurens était un de ces enfants du Midi qui viennent parfois de bien loin s'asseoir sur nos bancs et qui par leur vive ardeur, leur langage agréable, leur caractère généreux, se concilient, dans nos contrées plus froides, mais sincèrement honnêtes et profondément attachantes, les plus légitimes sympathies. Il me semble le voir et l'entendre encore, ce bel adolescent aux yeux bleus, aux cheveux noirs, à la noble figure ; il avait la parole sur les doigts et le cœur sur les lèvres, et il s'exprimait de la main autant que de la bouche, en faisant le roman de son avenir. Il rêvait l'école de Brest et les périls lointains de notre marine, ce fut l'école de Saint-Cyr qui lui ouvrit ses portes ; mais il trouva sur la terre d'Afrique et sur la terre de France tous les périls qu'il avait rêvés. Capitaine à trente ans, marié depuis deux ans à peine, il accompagne à Sedan le général Guyot de Lesparre, il meurt à côté de lui, écrasé sous le même boulet. Ecoutez la lettre par laquelle son vénérable père instruit de cette perte soudaine Mgr le cardinal-archevêque de Besançon, son condisciple d'il y a soixante ans, en qui il a toujours retrouvé le cœur d'un ami : « Georges n'est plus, Monseigneur, mais il est mort avec ces sentiments de foi et de piété qu'il avait puisés dans l'enseignement religieux de votre collége de Saint-François-Xavier. En se rendant à l'armée du Rhin, il avait fait ses dévotions dans l'église de Notre-Dame de Fourvières, et il avait recommandé à la sainte Vierge et sa campagne et sa famille. » Non, mes amis, la dévotion du pieux officier n'a pas été trompée ! Marie veillera sur sa jeune famille et sur son vieux père ; Marie a déjà couronné sa campagne de ces fleurs du ciel qui ne se fanent jamais.

Sedan n'a duré que trois jours ; mais Strasbourg nous a vengés par une héroïque résistance qui a duré six semaines et qui n'a cédé que devant la famine. Les hospices, les écoles, les remparts de cette ville fameuse ont chacun leur histoire, et chaque histoire a des noms chers à ce collége :

A l'hospice, c'est Gaston de Brunet, qui s'est battu à Wissembourg avec la vaillance d'un gentilhomme, et qui meurt avec la confiance et la piété d'un enfant. Engagé volontaire, à peine sorti de Saumur, le second de sa promotion, maréchal des logis en qui ses camarades pressentent un officier à la première affaire, et qui avant vingt ans comptait déjà trois ans de service.

Aux remparts, c'est Fernand d'Arcine , un des plus brillants officiers de l'armée française. D'Arcine ! toute notre province s'incline à ce nom, et la Savoie, d'où il est sorti, le répète avec le même respect. C'est le nom honoré et béni d'un homme de bien qui avait conquis, à l'âge de trente-six ans, l'épée de général sous les murs d'Alger, et qui la brisa huit jours après, pour demeurer fidèle à Charles X dans la mauvaise fortune. Nous l'avons connu, ce vénérable martyr de la fidélité, dans la retraite à laquelle il avait condamné de si bonne heure la vaillance de son bras. Mais il lui restait un

grand cœur pour aimer cette vieille maison de nos
rois, la plus longue et la plus illustre de l'histoire
après la maison de David, cette maison qui a lutté
cent ans pour chasser de notre patrie l'invasion
anglaise, et qui l'a préservée trois fois de l'invasion
allemande, en armant la jeunesse de Philippe-
Auguste, la témérité de François Ier et le royal désespoir de Louis XIV ; cette maison qui a réuni à
l'ombre de son sceptre paternel les Flamands, les
Bretons, les Provençaux, les Comtois, les Alsaciens,
et qui, de tant de langues et de tant de peuples, a
su faire la langue de Corneille et le peuple de
Louis le Grand ; cette maison qui, dans les jours où
l'on accusait son déclin, nous a donné la Lorraine
et la Corse, et qui, la veille même de sa chute,
nous léguait, comme par testament, en Afrique
une colonie, à Alger une grande ville, et dans la
Méditerranée un lac français. Il restait un fils au
général d'Arcine pour entendre cette leçon de
l'histoire. Son cher Fernand le faisait revivre tout
entier, avec ce je ne sais quoi de plus beau et de
plus fier encore, qu'il tenait de sa mère et des
comtes de Vezins, ses aïeux. L'Algérie l'avait attiré
dès sa sortie de Saint-Cyr. Il y reçoit le baptême
du feu, il y gagne la croix et le grade de lieutenant.
Il revient en France pour prendre les épaulettes de
capitaine. En vain les règlements le condamnent à
rester au dépôt de son régiment, parce qu'il est le
plus jeune de son grade ; il obtient de quitter sa

garnison de Montpellier en changeant de rôle avec
un capitaine marié et père d'une nombreuse famille ; il vole, avec le 87e, sur le théâtre de la
guerre, et le voilà dans Strasbourg, face à face avec
l'ennemi. Ce n'est pas assez : on demande une compagnie de volontaires pour aller surprendre une
batterie allemande. Le jeune comte d'Arcine s'offre
le premier ; il enrôle, il commande, il entraîne la
plupart de ses soldats dans cette sortie, le front en
avant, l'épée à la main, avec cette haute contenance
qu'anime un fier regard, avec cette parole vive,
ferme, accentuée, où se révèle autant d'intelligence
que de valeur. Il oubliait tout, tout, excepté sa
noble famille, disant à ses compagnons d'armes :
« Je n'en reviendrai pas. Oh ! quel coup ce sera
pour ma mère et pour mes deux sœurs ! » Et un
moment après, comme sortant d'une réflexion plus
triste et plus profonde : « Ma pauvre mère ! » Il
marche en prononçant ce nom sacré pour lui ; il le
mêle, en tombant, au nom de son Dieu. Un nuage
de fumée l'a enveloppé dans le moment suprême et
l'a séparé de sa compagnie, que sa bouillante
ardeur devançait toujours. Ses soldats décimés
rentrent dans la place ; mais leur capitaine n'est
plus à leur tête, et le lendemain, le général de
Werder, qui n'a pu se défendre d'honorer tant de
bravoure, renvoie au 87e les décorations trouvées
sur le corps de celui qui fut le dernier comte
d'Arcine. O mère inconsolable, suspendez-les, ces

dépouilles rendues par l'ennemi, à côté de l'épée paternelle. Cette épée, qu'une fidélité jalouse a remise dans le fourreau, se lèvera pour les saluer, et nous, du fond de ce collége, nous saluerons l'âme du jeune héros avec les lis et les vers de Virgile, car nos vœux lui avaient promis, comme Virgile au fils de Marcellus, le grade et la gloire de son père :

> Manibus date lilia plenis.
> O venerande puer, si qua fata aspera rumpas,
> Tu Marcellus eris !

Le siége de Strasbourg touche à sa fin, mais le sang coule avec plus d'abondance que jamais. L'école de médecine militaire prodigue ses vies les plus précieuses, elle compte quatre victimes, et parmi ces victimes, c'est notre province, c'est notre collége qui fournit un des noms les plus dignes de regret. Emile Bartholomot achevait sa troisième année d'études médicales. Au collége, il avait tenu la première place comme un fief que personne n'osait lui disputer ; il moissonnait à la fin de chaque classe les prix par douzaine, et les échos de nos modestes solennités redisaient à tout le pays sa gloire d'écolier. Il porta à l'école de Strasbourg cette rare intelligence, cet intrépide amour du travail, cette magnanime ambition de bien faire, qui distinguent dans notre Comté les esprits d'élite. Il y porta aussi, disons-le bien haut, la foi de sa jeunesse et de son collége ; il la garda, comme tout le

reste, avec la ténacité intraitable de la race comtoise. Ne craignez pour cette âme robuste ni la contagion ou l'entraînement des grandes écoles; il est
de ceux qui donnent l'exemple et non pas de ceux
qui le subissent, ni les doctrines athées et matéria-
listes qui déshonorent si souvent les livres et les
leçons dans lesquelles on enseigne l'art de guérir;
il est de ceux qui croient, qui savent pourquoi l'on
doit croire, et qui mettent leur pratique d'accord
avec leur croyance. Emile Bartholomot raisonnait
sa foi et calculait sa conduite. Il calcula tout, jusqu'au péril que courait sa vie, jusqu'à l'heure et à
la minute même où il serait frappé au poste de
l'honneur et du devoir. Allant chaque matin relever les blessés sous le canon des assiégeants, il
disait à ses camarades, en leur montrant un bastion
à demi ruiné : « Tant que ce mur durera, je ne
cours aucun risque. » Mais un matin le mur s'est
écroulé, le jeune chirurgien le remarque, et il
revient sur ses pas. Quoi donc ! a-t-il peur et recule-
t-il devant la mitraille ? Oui, il recule, mais seulement jusqu'à l'église voisine; là, il se confesse, il
communie, et un quart d'heure après, le voici
calme, intrépide, dévoué plus que jamais à son service, parce qu'il est prêt à paraître devant son Dieu.
Ses pressentiments ne l'avaient pas trompé. Une
balle énorme l'atteint et le renverse au milieu des
blessés qu'il panse et qu'il soulage. Ses amis le
relèvent, mais à peine déposé sur le brancard, leurs

bras ne soutiennent plus qu'un cadavre, et les voilà réduits à mêler des larmes impuissantes au sang généreux qui découle de ses blessures inanimées. Toute l'école prend le deuil du chirurgien comtois, toute la ville assiste à ses obsèques, et un prêtre en interrompt la cérémonie pour louer publiquement ce grand courage qui a regardé la mort d'un œil si calme et si ferme, cette grande foi qui est allée si bravement chercher Dieu au delà de la mort.

Non, je ne saurais m'en taire devant ces autels, car c'est ici le fruit quelquefois tardif, mais toujours certain, de la bonne éducation, c'est ici le grand triomphe des exemples domestiques; non, les mères qui élèvent chrétiennement leurs enfants et les maîtres qui les aident dans cette œuvre laborieuse ne seront pas frustrés de leur récompense, ces mères eussent-elles pleuré aussi longtemps que sainte Monique sur les égarements de leur Augustin; ces maîtres eussent-ils consumé autant de veilles que saint Ambroise pour rendre à Jésus-Christ cette grande âme perdue. Non, un jeune homme élevé et nourri dans la crainte de Dieu n'abjurera jamais le baptême de son enfance et de son éducation. Que son esprit s'arrête avec plus de curiosité que de raison aux erreurs du jour, qu'il s'abandonne, dans l'éclat tumultueux des grandes villes, aux vanités, aux rêves, aux folles espérances du siècle, ce n'est là qu'un nuage qui passe à la surface de l'âme, sans en entamer le fond; ce n'est que l'écume d'une source pure, troublée un moment par la violence d'un orage. Il aura, après une jeunesse plus ardente, une maturité plus précoce. Il se remettra de lui-même sous le joug de la loi.

Témoin Léon Druhen, un des élèves les mieux doués qui aient fait leurs études dans cette école. Il avait achevé son droit avec une facilité merveilleuse qui n'excluait pas la profondeur, il aimait la littérature et les arts, il devinait la musique, il goûtait avec une rare délicatesse les charmes de la parole, il promettait de parler lui-même avec une rare distinction. Dans ce temps où, selon l'expression des anciens, sa jeunesse bouillonnait encore comme un vin généreux qui n'a pas assez fermenté, je l'avais vu, permettez-moi ce souvenir, pensif et recueilli dans cette enceinte, le jour où nous célébrions les obsèques et l'éloge de nos Dufournel. Pensait-il qu'il serait peut-être un jour le sujet d'un discours semblable, et que bientôt il mériterait de faire louer dans cette chaire et son courage et sa piété? Peut-être ne songeait-il qu'à la magistrature ou au barreau; mais Dieu, qui voulait reprendre son âme, lui préparait à son insu la vie des casernes, l'épreuve des combats, l'agonie des hospices. A peine la France a-t-elle résolu, dès le lendemain de Sedan, d'appeler toute la jeunesse sous les armes, que le stagiaire de Besançon s'apprête à sa nouvelle destinée. Son âge lui donnait un rang dans la mobile, il préfère l'armée régulière; sa naissance, un droit à défendre nos remparts, il veut chercher un danger qui semble encore loin de nous. Il s'engage dans l'armée de la Loire, se fait agréer comme chasseur à pied et semble, dès le début, avoir vieilli dans le métier. Ecoutez le témoignage de son commandant : « Je l'ai vu à l'œuvre le 11 octobre, au combat d'Orléans; il a été d'une remarquable bravoure. » On le fait prisonnier, il s'échappe de sa prison sous un déguisement et reparaît au milieu de ses camarades. On lui donne un premier grade, et déjà sa valeur lui en a mérité un second. Sous-officier, ses soldats l'écoutent avec admiration et le suivent avec confiance. Il les aide de sa bourse, les anime de sa voix, les entraîne par son exemple. En deux mois de campagne, il est cité plusieurs fois à l'ordre du régiment, et ses chefs demandent pour lui la décoration avec le grade de sous-lieutenant. Mais Dieu réservait à sa piété la palme que les hommes avaient promise à son courage. Dieu lui faisait la leçon, et il l'écoutait, il la comprenait, comme le prouvent assez les lignes suivantes, tirées d'une lettre adressée à son père : « Espérons que de tant de maux, de tant de sang versé, il sortira une leçon pour la France et pour les Français. J'éprouve, pour mon compte, qu'il est quelquefois bon de souffrir, et que les sentiments de dévouement et d'abnégation doivent enfin prendre la place de ces froides théories de la philosophie moderne dont je me suis fait souvent l'apôtre. » Léon Druhen, blessé à l'avant-bras par un éclat d'obus, dans le combat de Chevilly, s'en aperçoit à peine, et il faut qu'on le ramène de force dans le château voisin, devenu, par les soins de M. Darblay, la plus hospitalière des ambulances. Les médecins s'empressent autour de lui, car le nom de son père le recommande à leurs soins, ils n'ont point d'inquiétudes pour sa vie, l'amputation est jugée inutile, la guérison semble certaine. Malgré toutes ces assurances, le jeune malade appelle l'aumônier dès qu'il le voit passer à son chevet, il se confesse aussitôt, il l'entretient chaque jour, il en fait, par sa docile et pieuse confiance, son plus intime ami. Quand le danger se déclare, l'aumônier a quitté l'ambulance, mais Léon demande le curé de la paroisse, renouvelle l'aveu de ses fautes et offre aux saintes onctions ses membres saisis d'un tremblement nerveux, précurseur de la mort. Le corps tremble, mais l'âme a gardé toute sa fermeté, je dirai presque toute son audace. Ah! qu'elle vienne après treize jours de souffrance, cette mort qui désespère la nature. Notre Léon l'envisage sans émotion et va la recevoir sans trouble. La veille, il avait écrit à son père : « Rassurez-vous, ma blessure n'est pas mortelle. » Mais voilà qu'il faut partir : il dicte ses adieux, et, dans ces trois lignes, il demande humblement pardon à sa famille des peines qu'il lui a causées. O cri sublime d'une âme qui avait abaissé devant la croix sa fierté naturelle ! Ce n'est pas ici que cette lettre est parvenue d'abord. Avant d'arriver à Besançon, elle était montée jusqu'à Dieu, jusqu'au père commun ; elle avait ouvert à Léon les portes du ciel.

Regardez maintenant à l'extrémité de notre province, cette petite forteresse aujourd'hui si fameuse, ce nid d'aigle suspendu, entre la Comté et l'Alsace, dans ce passage qui n'est qu'une trouée et où l'Allemagne a perdu, pendant quatre mois, de si belles et de si vaillantes troupes. Belfort n'a que douze mille défenseurs ; Belfort verra tomber sous ses remparts des milliers d'ennemis. Ah ! nous comptons nos héros, et l'Allemagne n'ose ici compter ses victimes. Nos héros n'ont jamais dit : Combien sont-ils ? Mais qui sont-ils eux-mêmes ? Ce sont, avec le colonel Denfert, ses zouaves et ses artilleurs, des jeunes gens, presque des écoliers, recrutés de Luxeuil jusqu'à Gray et de Gray jusqu'à Lyon, dans ce riche et noble pays arrosé par la Saône et par ses affluents. Vesoul, Lure, Faucogney, Gy, Villersexel, Marnay, Pesmes, Héricourt, toutes les villes et presque tous les villages de la Haute-Saône ont des fils parmi les soldats de Belfort. Beaucoup d'entre eux ont été élevés dans ce collége, et je vois encore, du haut de cette chaire, la place qu'ils occupaient dans vos rangs. Officiers et soldats, tous vos camarades ont bravement fait leur devoir. La voix publique en signalait dix, le sort en a décoré deux. Mais il faut me taire sur

leur mérite ; il me faut oublier que, même parmi
vous, plusieurs viennent de quitter la caserne pour
rentrer au collége, et qu'ils nous rapportent, avec
un nom déjà cité dans les batailles, l'honneur
éprouvé de la discipline militaire. Ici, nous ne citons que les morts ; c'est pour leurs âmes que j'implore votre amitié.

Un souvenir et une prière pour Armand Thiébaud ! Il servait avec distinction dans le sanctuaire
des lois ; mais la guerre lui a fait d'autres devoirs, mais la peste a creusé son tombeau dans
cette ville de Belfort, où il venait de contracter
un brillant mariage et où il avait conquis l'estime
et l'affection de toute la magistrature. Sa vie
était laborieuse, honorable, chrétienne ; sa mort
fut pleine de sentiments généreux. Il a inscrit
les pauvres au nombre de ses héritiers ; il a partagé ses libéralités entre Pontarlier, sa ville natale, et Belfort, sa ville adoptive : sa mémoire y
vivra et y demeurera en bénédiction.

Un souvenir et une prière pour Joseph Marsot !
Il touchait à la fin de son surnumérariat dans
l'administration des domaines ; mais la guerre lui
arrache la plume des mains, et il lui faut venir
manier à Belfort les armes de la défense nationale.
Une balle l'atteint ; sa blessure est mortelle ; mais
son agonie traîne en longueur. Il peut revoir ses
chères montagnes des Vosges et rendre le dernier
soupir dans cette religieuse paroisse de Belfays,

où son père exerce depuis tant d'années une intelligente et paternelle magistrature.

O cruelle guerre, qui a condamné tant de pères à survivre à leurs enfants ! Hier encore, je serrais la main d'un autre père accablé par ce chagrin mortel. Un autre de nos meilleurs élèves, un jeune notaire de Gex, Louis Genevois, avait quitté son cabinet avec toutes les espérances d'un brillant avenir, pour la garnison de Lannieu ; il vient d'y mourir sous l'habit de soldat. Son père est arrivé trop tard pour recevoir ses adieux ; il se console en pensant à sa fin chrétienne, dont il a recueilli les preuves touchantes ; mais il reprend, triste et solitaire, le chemin de nos montagnes ; il tremble de revoir sa maison, ses champs, son domaine agrandi par ses soins et dont le jeune maître n'est déjà plus ; les arbres plantés de ses mains ont perdu tout leur charme le jour où il a perdu son fils. O cruelle guerre ! m'écrierai-je encore. O vieillesse accablée, dont il faut voiler la tête et les cheveux blancs devant de tels sacrifices, car nous sommes aussi incapables que le peintre de l'antiquité de rendre une si grande douleur !

Partout, mes chers enfants, partout le même tableau et le même renversement des lois de la nature. Ici, nous avons conduit à sa dernière demeure Jules Thevenin, lieutenant dans la mobile du Doubs, aimé de ses chefs, comme son caractère charmant lui en donnait le droit, respecté et obéi de ses soldats, comme il appartient de l'être quand on fait soi-même honneur à son grade. Il rentrait, après quatre mois de campagne, avec les bataillons du Doubs, si noblement commandés, si habilement conduits, et qui, grâce à la tactique et à l'énergie de leur colonel, se sont retirés en si bon ordre sous les murs de Besançon, dans le désastre inouï de l'armée de l'Est. Il a échappé à la fusillade, il n'échappera pas à la contagion. Sa maladie, son danger, sa mort, nous apprenons tout le même jour, tant l'événement a été rapide et imprévu. Mais sa mère l'a serré encore une fois dans ses bras, son père l'a béni ! Ils avaient trois fils, tous trois servaient la France avec le même zèle et le même dévouement. Deux ont succombé, l'un victime d'une balle ennemie dans l'armée de la Loire, l'autre à Besançon, victime de la peste des camps. O cruelle guerre, ce sont là de tes coups ! Glaive du Seigneur, quand cesserez-vous de nous frapper ?

Mais voici un coup plus terrible encore. Que vous dirai-je des inconsolables parents de René Bourier ? Ils n'avaient qu'un fils, et ce fils, leur légitime orgueil, ils l'ont perdu dans cette capsulerie qui a sauté en éclats près de Besançon, le 25 février, à la fin de l'armistice, et comme pour annoncer, par une dernière catastrophe, que rien ne manquerait à nos surprises, à nos malheurs et à nos regrets. Que vous dirai-je de René ? Il y a moins d'un an, il priait avec vous dans cette église, et vous auriez pu remarquer sa tenue modeste. Cette modestie allait jusqu'à la timidité. Et, cependant, quelle intelligence vive, hardie, pénétrante ! Quels examens brillamment soutenus ! Quelle belle carrière ouverte devant lui ! Disons quelque chose de plus à sa louange, pour la consolation de ses parents et de ses maîtres : quelle délicatesse de conscience et quelle foi ! Le pied posé sur le seuil de cette maison fatale où il devait trouver la mort, il s'écriait en s'interrogeant lui-même devant les appareils de cette poudre fulminante : « Bien fou serait celui qui resterait ici sans avoir la conscience pure ! » J'en crois cette réflexion partie d'un esprit si juste, René était prêt quand la foudre l'a jeté à l'improviste des bras de son père dans les bras de son Dieu.

Nous pensions avoir achevé l'histoire de nos pertes, mais voilà que Paris rentre, après six mois, en communication avec la province, et que de fatales nouvelles arrivent de toutes parts. Il faut pleurer encore de nobles jeunes gens ; il faut jeter encore des fleurs sur ces cercueils ensevelis, à l'insu du reste de la France, dans les cimetières de cette Jérusalem nouvelle, éprouvée, comme la première, par la guerre, la famine et la sédition.

Là repose Anatole Perrenet, cet autre enfant de Pontarlier, le condisciple et l'ami d'Armand Thiébaud. Il avait conquis dans ce collége ses grades et son entrée à Saint-Cyr, et il remplissait dans l'armée de Paris, avec un zèle au-dessus de tout éloge, les fonctions délicates d'adjudant-major. Esprit froid et recueilli, caractère ferme, officier distingué, l'unique espoir d'une jeune famille, l'éternel regret et l'éternel entretien de deux enfants qui faisaient, par leur sourire, le charme et le délassement de sa vie laborieuse.

Là repose Louis Rougnon, que nous avons tous connu, que nous avons tous aimé. Il était sorti du collége au mois d'août dernier, avec une vocation prononcée pour la médecine. Héritier d'un nom que l'art de guérir avait illustré dans cette province, il voulait en soutenir l'éclat ; son intelligence distinguée lui en donnait le droit ; avec un travail assidu il pouvait tout promettre à sa jeune et légitime ambition. Mais Louis Rougnon avait quelque chose de plus rare que l'intelligence, de plus noble que l'amour du travail : il avait le zèle du bien public. J'ai vu poindre dans ce cœur aimant et généreux la première flamme du dévouement. Le 15 septembre, je le rencontre sur la place Saint-Pierre : « Je vais à Paris, me dit-il, je veux m'engager comme infirmier dans les hôpitaux et commencer mon service auprès des malades. » Ce dessein m'effraya pour lui, et j'eus comme un pressentiment du sort qui l'attendait. « Vous arriverez trop tard, lui disais-je, la circulation est interrompue, et Paris est déjà fermé aux voyageurs. — N'importe, j'y

11

entrerai, sinon en chemin de fer, du moins dans quelque charrette, et si je n'en trouve point, je ferai le voyage à pied. Je veux suivre ma vocation. »
Il me quitte à ces mots, entre à l'église de Saint-Pierre, s'y confesse, reçoit la sainte communion et part le soir même. Il arrive à Paris le jour où les portes se ferment, et il est de suite, et comme tout entier, à la grande pensée qui l'occupe. O passion du bien ! comme elle s'empare de cette âme et comme elle l'entraîne ! Quoi ! à peine un regard donné par ce jeune homme de dix-sept ans à ce Paris qu'il voit pour la première fois ! Non, Paris n'est plus, à ses yeux, la ville où l'on s'amuse, mais la ville où l'on se dévoue, où l'on se donne, où l'on meurt au service de Dieu et du prochain. Après quelques heures passées auprès d'un frère chéri, le voilà qui revêt, dans l'ambulance de Saint-Denis, le tablier d'infirmier et qui se met à braver la mort. Il va la braver à côté du soldat dans les sorties, il va ramasser les blessés sous le feu de la mitraille. Mais ce n'est pas là que la mort l'attendait. Il ne la verra point à travers la fumée des combats, menant avec elle la gloire des héros, mais pâle, hideuse, affreuse à regarder, telle que la fait la peste des hospices. L'ambulance de Saint-Denis se remplit de pestiférés, il faut les emporter à Bicêtre. Louis Rougnon s'offre le premier, il les accompagne, il les sert, il les rassure, il les console. A peine a-t-il couché dans leur lit ces jeunes

victimes, qu'il tombe à côté d'elles, victime lui-même d'un si grand devoir. Son frère accourt et le reconnaît à peine, tant la maladie l'a défiguré ; mais lui, toujours courageux, affecte plus d'espérance qu'il n'en conçoit encore, et regarde la mort avec des yeux pleins de fermeté et de douceur. La parole d'un prêtre l'a affermi dans ce dernier combat, l'onction sainte a coulé sur ses membres ; il a passé d'un monde à l'autre au milieu des consolations de l'Eglise. O mon ami ! si votre âme, en quittant la vie, s'est retournée un moment vers cette terre natale où vous ne deviez plus revenir, vous avez partagé, j'en suis sûr, vos regards entre votre famille et votre collége, et vous avez eu à Besançon le spectacle que vous quittiez à Paris. Ce collége était devenu un hospice ; plusieurs de vos condisciples, des infirmiers ; vos maîtres, les aumôniers des derniers sacrements et des dernières prières. Ainsi se continuait notre campagne pendant que vous receviez votre couronne. Vous partiez, et nous restons. Dieu a pris le fils au foyer et il y a laissé le père ; Dieu a pris l'élève dans l'école et il y a laissé le maître. Le vent qui a soufflé sur nos plages n'a cueilli que les fleurs. Il a laissé, mais non sans creuser leurs rides et blanchir leurs cheveux, les hommes qui avaient semé, planté, arrosé toute cette génération couchée, avant l'heure, dans le cimetière des combats.

Ce n'est pas tout encore : la guerre civile succède

à la guerre étrangère, nous voilà réduits à reprendre
Paris sur la Commune après l'avoir défendu contre
les Allemands, et de nouveaux deuils s'apprêtent
pour notre province et notre collége. Gaston de
Coligny combattait au premier rang ; vieux nom,
noble cœur, généreuse audace, ardente jeunesse,
que de promesses pour l'avenir ! Engagé volontaire,
il n'a pas cinq ans de service, et on l'a fait sous-
lieutenant de chasseurs. Vous vous rappelez sa vivacité et son entrain, cette franchise qui semblait
déjà militaire, cette étourderie, mêlée de tant de
sincérité, qui s'accusait elle-même au lieu d'accuser
ses maîtres, en sorte qu'après l'avoir punie, on ne
pouvait se défendre de l'aimer un peu. Tel il était
au collége, tel il fut sous le drapeau. Une blessure
fatale appelle son père auprès de lui. Il faut quitter
le siége de Paris, traverser la France, conduire le
jeune malade jusqu'à Fribourg, où sa mère l'attend
sur la terre étrangère, au milieu d'une famille toute
patriarcale par les sentiments aussi bien que par
le nombre. Que de mains pour le servir ! que
d'embrassements ! que de larmes furtives quand
on songe que Gaston est peut-être frappé mortelle-
ment ! L'espérance se soutient pendant quarante
jours, et quand il faut y renoncer, une autre espérance se fait jour à travers la tristesse ; mais celle-
ci du moins ne sera pas confondue. O noble père,
relevez-vous ; mère chrétienne, séchez vos larmes ;
frères et sœurs, unissez-vous dans les mêmes sen-

timents : Gaston est parti avec une espérance mille
fois plus belle que celle d'un grade, d'un ruban,
d'une guérison, d'un bêl avenir : il emporte l'espérance du Ciel.

C'est le sentiment que Raymond de Buyer a répandu autour de lui, comme une douce lumière,
pendant la maladie qui l'a ramené de Paris à Besançon, du 38ᵉ de marche dans les bras de sa famille. Raymond n'a que six mois de service. Saint-
Cyr l'avait appelé, mais le jour de l'appel venu, il
n'y avait plus d'école que le régiment, plus d'exercice que la bataille. On l'improvise sous-lieutenant,
et nul ne justifie mieux que lui ce grade anticipé.
Il se bat à Arcey, à Montbéliard, à Pont-les-Moulins,
il brave cent fois la mort, et jamais la mort ne le
fait trembler, excepté quand il la voit venir pour
son jeune frère, ce noble engagé qu'elle enlève à
sa famille et à son service dans la retraite de l'armée
de l'Est. Mais il faut laisser derrière lui ce cher
Max, cet autre lui-même, pour se frayer un passage
à travers les neiges jusqu'au fort des Rousses. Là
il ne lui reste plus que vingt-huit hommes de toute
sa compagnie dont il est à la fois le capitaine, le
sous-lieutenant, le sergent et le fourrier. Ses fatigues n'étaient pas à leur terme. Il passe à Cham-
béry, touche à Marseille, s'offre à entrer dans l'armée de Versailles et se distingue devant Paris,
comme dans la campagne de l'Est, par sa bravoure et sa tranquillité d'âme : une balle vient s'a-

mortir contre sa poitrine, il la ramasse, la garde
pour sa mère et la lui donne en disant : « Je n'ai
qu'un regret : si elle m'avait atteint, j'aurais été
décoré. » Dieu vous a entendu, mon cher ami, et
c'est lui qui vous décorera. Voici la mort, elle
approche plus sûrement encore que la balle, en
cachant ses pas sous l'apparence d'une longue maladie. Raymond reçoit avec édification le saint viatique ; il se recommande aux prières des prêtres et
aux mérites infinis du sacrifice de l'autel, il se ré-
signe, il console les siens, il meurt dans les bras
de sa mère, les yeux tournés vers Marie, dont il va
chanter les louanges dans un meilleur séjour. Un
camarade a fait d'un mot son oraison funèbre : « Je
pleure Raymond, c'était mon ami ; sa mort cependant me laisse plein de joie, il était pur comme un
ange, et puisque Dieu a voulu le rappeler sitôt à lui,
il n'a dû faire qu'un saut de la terre au ciel. »

Je dis la même chose avec la même confiance de
Jean-Baptiste Grangier, ce soldat qui ferme après
huit mois la liste de nos tables funèbres. Il était de
la mobile du Doubs et du combat de Bethoncourt.
Il est revenu de cette journée avec une blessure
que ni les soins de sa famille ni les secours prodi-
gués aux malades dans l'hôpital de Besançon n'ont
pu cicatriser. Dieu l'appelait à lui, Dieu l'éprouvait
et le transformait par de vives souffrances. Ce jeune
homme était chrétien, il est devenu pieux. Il a reçu
plusieurs fois la sainte communion. Sa sœur, ses

maîtres, les religieuses de l'hospice, l'ont visité, exhorté, soutenu tour à tour dans le dernier combat. Encore une victoire pour la foi ! Encore un soldat pour l'immortelle légion que les Victor et les Maurice rangent autour du trône de Jésus-Christ ! Encore un souvenir d'honneur et de religion pour notre collége ! Parmi tant de noms et d'exemples, nous ne savons plus lequel citer avec le plus de confiance, auquel nous arrêter avec le plus d'amour, mais il nous reste le même cri de confiance et d'amour pour remettre aux mains du Seigneur ces dix-sept jeunes gens ; et nous nous consolons de les avoir perdus par la pensée de leur avoir souvent montré, du haut de cette chaire, la vraie patrie, la vraie couronne, le vrai bonheur.

C'est la force et la consolation de ceux qui demeurent de songer à ceux qui sont partis. Eh bien ! puisqu'il nous faut demeurer, nous servirons encore la jeunesse, la patrie, l'Eglise, et, sans promettre de miracles à personne, nous ranimerons dans l'épreuve notre bonne volonté. C'est maintenant plus que jamais qu'il faut faire de la science l'auxiliaire et non l'ennemie de la foi, créer, non pas des bacheliers, mais des hommes, non pas des hommes, car les hommes ne nous ont pas manqué, mais des chrétiens, c'est-à-dire des âmes élevées et droites, des volontés fermes, des cœurs purs et, pour trancher le mot, des Français jaloux d'être chrétiens, capables, si la patrie le demande, d'être martyrs !

Des hommes, des chrétiens, des martyrs, c'est tout un pour la France. Nous ne séparerons jamais la religion de la patrie ; jamais, en armant le bras des héros de la terre, nous ne cesserons d'élever les yeux et les mains vers les saints qui habitent le ciel. Qu'on raille nos dévotions et nos prières, nous ne voyons là que l'impiété ou l'ignorance. Pour qui sait l'histoire, pour qui a gardé sa foi, nos revers s'expliquent ; mais les singulières destinées que Dieu nous a faites au milieu de ces revers ont aussi leur explication dans l'ordre surnaturel et divin. Nous avions dit cent fois : « Tant que Belfort tiendra, Besançon n'a rien à redouter. » Belfort a tenu jusqu'à la fin, et Besançon a obtenu la délivrance et le salut. Qu'elle était belle à voir dans sa glorieuse retraite, cette garnison réduite de moitié mais non vaincue, emportant à travers nos montagnes, avec ses drapeaux déchirés, les hommages de l'ennemi. Elle passait, fière et sans tache, entre les lignes allemandes, recueillant partout, de Pontarlier jusqu'à Lyon et à Grenoble, les témoignages de l'admiration publique. Et nous, qui la regardions du haut de ces remparts, nous l'avons saluée sans pouvoir lui tendre une main fraternelle ; mais nous avons élevé nos yeux plus haut encore, voyant, implorant, comme nos pères et comme nos ancêtres, les saints Ferréol et Ferjeux, qui, de Belfort à Besançon et du fort de Joux à ceux d'Auxonne et de Salins, n'ont cessé d'étendre sur les hauteurs de la Comté les ailes de leur invisible protection. Ils ont ôté à l'ennemi tantôt les moyens, tantôt la pensée, tantôt le temps ou l'occasion de surprendre Besançon. Ils ont permis à nos braves et à leur digne chef de former autour de nos murailles, au-dessus même de notre citadelle, ces remparts de terre, ceinture fragile en apparence, redoutable en réalité, qui a empêché l'étranger de nous donner l'assaut et qui l'a fait réfléchir sur les chances et les embarras d'un siége plus rude encore qu'au temps de Bossuet et de Louis le Grand. Ils ont soutenu dans Belfort ces soldats comtois, ces fils de l'Eglise de Besançon, recommandés à leurs suffrages par notre premier pasteur et par les fidèles que sa voix avait mis en prière. Belfort, par sa langue, par ses traditions, par son histoire religieuse, appartient à notre diocèse et aux antiques domaines des Ferréol et des Ferjeux. Belfort a eu tout l'honneur de la campagne ; il demeure français et il va devenir une ville de notre province.

Oh ! viens, noble cité, rentre sans crainte dans les limites primitives de la nation comtoise, et prends sous la protection de nos saints apôtres les clefs de la patrie commune. Un jour, qui pourrait reprocher ce vœu à des lèvres françaises et sacerdotales ? un jour, si nous le méritons, ces clefs rouvriront à nos soldats les portes de Metz et de Strasbourg, et le drapeau de Bouvines et de Denain, relevé d'une humiliation passagère, descendra des montagnes des Vosges pour retrouver sur les bords du Rhin la place où les Turenne et les Villars avaient planté, sous Louis XIV, les bornes de la France.

Mais si la France a perdu le Rhin, c'est pour avoir livré le Tibre. Elle a une revanche plus pressante et plus sûre à prendre en Italie, et ici, plus qu'ailleurs, il m'est bien permis de dire que nous la prendrons. J'en atteste les élèves de ce collége qui se sont faits soldats du pape, et, en particulier, les deux Dufournel, dont la mémoire est plus vivante que jamais dans la cité sainte. J'en atteste ce cri de guerre que poussait Emmanuel en frayant un passage à sa troupe à travers les garibaldiens éperdus : *En avant ! en avant !* Ce cri répété dans cette chaire est devenu notre devise à la vie et à la mort. Parmi ces humbles collégiens qui l'ont recueilli au fond de leur cœur et qui viennent de mourir pour la patrie, pas un n'a pâli, pas un n'a reculé, tous sont morts en avant du danger, et dans les armées, et dans les hospices, tous ont tenu haut et ferme le drapeau de la France jusqu'au dernier soupir. Eh bien ! ce drapeau se lèvera tôt ou tard ; nous irons rétablir Pie IX, notre pontife et notre père, sur le trône que les siècles ont donné au pape et que la France seule peut lui rendre et lui garder. Vous le suivrez, non, vous le devancerez en répétant le cri de notre Emmanuel. Français, vous serez de la

guerre sainte ; Comtois, vous serez de l'avant-garde ;
chrétiens, vous vengerez l'honneur, la civilisation,
la foi ; et après cette glorieuse campagne, nous ap-
porterons dans cette église, aux pieds de Notre-
Dame des Cordeliers, les noms de nos morts, le
récit de leurs batailles et la couronne de leur triomphe.

DISCOURS

PRONONCÉ DANS L'ÉGLISE DE L'ISLE-SUR-LE-DOUBS

Le 14 janvier 1872, anniversaire de la bataille d'Arcey,

POUR LA BÉNÉDICTION D'UN MONUMENT

CONSACRÉ

A LA MÉMOIRE DES SOLDATS FRANÇAIS.

Et hæc est victoria quæ vincit mundum, fides nostra.
La véritable victoire, celle qui met sous nos pieds le monde,
c'est notre foi.

(I Joann., v, 4.)

Vous avez eu, mes frères, la religieuse et patriotique pensée d'élever une croix sur le corps des
soldats morts il y a un an à vos côtés dans le champ
de l'honneur et enterrés par vos pieuses mains dans
le champ du repos. Soyez bénis pour votre généreuse initiative ! Cette croix est le premier monument bâti sur la terre de Franche-Comté à la gloire
de nos armes malheureuses; la religion va le consacrer, je viens le saluer de ma parole, et je signale
à toute la contrée l'exemple que vous lui donnez

aujourd'hui. Cette croix est un souvenir et une leçon. Evoquons les souvenirs qu'elle réveille, acceptons la leçon qu'elle nous donne : des souvenirs qui remuent l'âme jusqu'au fond de ses entrailles, des leçons qui s'y impriment en caractères ineffaçables. Mais, je n'hésite pas à le dire, la dernière impression des plus lugubres souvenirs, le dernier mot des plus rudes leçons, ce n'est pas la défaite, c'est l'espérance de la victoire, c'est la victoire de la foi : *Et hæc est victoria quæ vincit mundum, fides nostra.*

I. Quels lugubres souvenirs ! Comptez, si vous le pouvez, du Rhin jusqu'à la Loire et des chaînes du Jura à celles de l'Armorique, les champs de bataille où nos braves ont été ensevelis dans leur manteau de soldat ! La France en cite plus de cent, et notre Comté seule a le patriotique honneur d'en posséder vingt : Cussey, où l'incendie a mêlé ses flammes au sifflement des balles ; Auxon, que nos zouaves ont repris à la baïonnette ; Châtillon, que le boulet de l'ennemi n'a pu atteindre, mais d'où notre feu, habilement conduit, a forcé les Allemands à se replier sans avoir pu surprendre Besançon ; Pesmes, que la vaillance a tant de fois disputé au nombre ; Villersexel, où la journée fut si chaude et la victoire si pleine d'espérances, hélas ! trop tôt confondues. La Saône a bu, aussi bien que l'Ognon, ce sang généreux : Seveux, Gray, Talmay, Essertenne, ont leur page dans ces nobles annales. Mais c'est aux pieds de nos montagnes et en remontant de votre fertile vallée jusqu'à ces hauteurs où serpentent les sources du Doubs, que l'on a vu les derniers efforts du courage accablé par la fortune. Héricourt, Montbéliard, Audincourt, Blamont, Ambiévillers, Bethoncourt, autant de noms consacrés désormais par l'histoire des batailles ! autant de journées-marquées par une trace de sang dans ce mois de janvier 1871, commencé avec les naïves illusions de la revanche que nous nous étions promise, fini avec toutes les horreurs d'une suprême déroute ! Consolons-nous cependant, car il y a de quoi nous consoler encore ! L'héroïque Belfort ne s'est pas rendu ; Besançon, tant de fois menacé et presque cerné de toutes parts, n'a été ni attaqué ni surpris ; Salins, du haut de ses forts, a balayé l'ennemi comme la poussière ; le combat de la Cluse, le dernier combat de toute la campagne, a été une victoire et comme une première revanche ; enfin le canon de Joux, qui protégeait la retraite de notre dernière armée vers le sol hospitalier de la Suisse, a appris à l'aigle de l'Allemagne que, des Vosges jusqu'au Jura, il reste des hauteurs qui peuvent défier son vol, des barrières de rochers où ses serres triomphantes viendront se briser encore dans leur audace et dans leur orgueil.

Mais, dans ces jours de détresse et de deuil, que n'avez-vous pas souffert ! Quelles épreuves ! quelles

douleurs ! quelle attente plus cruelle et plus mena-
çante encore que la douleur et que l'épreuve ! Deux
fois le pont qui unit les deux parties de cette paroisse
a été coupé ; deux fois la disette vous a réduits aux
extrémités les plus inattendues. Le pillage désolait
les maisons, les obus y pleuvaient par centaines, et
les édifices publics chancelaient sur leurs fondements. Français et étrangers, tous les soldats qui
ont foulé votre sol achevaient d'en épuiser les dernières ressources. Tantôt c'est Treskow qui sème
la terreur à la tête de ses vieux régiments, tantôt
c'est l'armée de Cambriels revenant des Vosges
sans avoir pu engager la bataille, mais haletante,
épuisée, et regagnant à marches précipitées les
murs de Besançon, qu'elle va couvrir contre l'attaque imprévue de Werder, trompé cette fois dans
ses desseins. Puis, trois mois après, c'est la retraite
plus malheureuse et plus éplorée encore de l'armée
de l'Est, avec ses canons devenus impuissants,
ses chevaux abattus, ses soldats mourant sur toutes
les routes, de faim, de fatigue et de froid. Voilà ce
que vous avez vu ; mais, ce qui était plus navrant
encore, vous avez vu vos rues et vos places encom-
brées de blessés et de mourants, six mille malades
entassés sur des chariots et attirant, dans ces
lamentables convois, les offrandes des plus pauvres
et la pitié des plus indifférents ; six cents soldats
recueillis dans vos ambulances, et l'Isle devenu
comme un vaste hôpital ouvert à toutes les misères.

Là, tous les dépositaires de l'autorité publique ont mis le dévouement et l'héroïsme au rang des plus stricts devoirs. Là, vos médecins disputaient à vos prêtres l'honneur d'arriver les premiers au chevet de cette glorieuse douleur; les instituteurs de la jeunesse enseignaient la charité par leurs exemples; les sœurs de Saint-Vincent de Paul se rendaient plus dignes que jamais de porter le nom de leur fondateur, et le premier magistrat de cette ville (1), se plaçant, comme il en a la noble habitude, à la tête de toute cette charitable entreprise, paraissait plus que jamais le bienfaiteur et le père de toute la contrée, précédé auprès des malades de celle qui a été pour vous comme un autre lui-même, accompagné, comme autant d'infirmiers, de tous les serviteurs de sa maison, et suivi de tous les secours que l'opulence peut offrir à la charité.

Au milieu de tant de vertus et de sacrifices, voilà que Dieu met le comble à vos épreuves et à vos regrets. Votre curé, de si digne et de si douce mémoire, meurt à la peine (2), et, le jour même où il est porté au tombeau, son confrère, son ami, le pasteur de la paroisse voisine (3), tombe au sortir des obsèques, autre victime de l'invasion, autre cœur blessé à mort par le glaive des calamités

---

(1) M. Meiner, maire de l'Isle et membre du conseil général du Doubs.

(2) M. l'abbé Chavonnet, curé de l'Isle, mort le 13 décembre 1870.

(3) M. l'abbé Barthe, curé de Rang-lez-l'Isle, mort le 17 décembre.

publiques. Esprits élevés, âmes délicates, tous deux si bien faits pour s'estimer et se comprendre! Saints prêtres qu'unissait la plus tendre amitié! Ils embellissaient le sanctuaire par leurs vertus, et leurs mains formaient autour de l'autel des nœuds d'une aimable et touchante fraternité. Rien ne les a séparés, ni dans la vie, ni dans la mort, et leurs noms montent encore de votre cœur à vos lèvres pour être honorés et bénis dans une commune louange: *Amabiles et decori in vitâ suâ, in morte quoque non sunt divisi.*

Ah! si votre pasteur a donné sa vie pour ses brebis, si son vicaire, demeuré seul sur la brèche envahie, a risqué cent fois la sienne, si une humble religieuse formée à leur école a emporté de vos ambulances les germes de la maladie qui l'a tuée, qu'est-ce que tous ces traits, sinon des traits de foi et de dévouement, sinon d'obscures batailles livrées au monde, à la chair, au démon, et gagnées devant Dieu avec tous les lauriers de la victoire! Tant il est vrai que la foi triomphe là où succombe la nature, et que la vraie victoire, celle qui met sous nos pieds le monde, c'est notre foi. *Hæc est victoria quæ vincit mundum, fides nostra.* Vous aussi, fidèles qui m'écoutez, vous avez vaincu mille et mille fois. Ames charitables qui vous êtes dévouées au soulagement des blessés et des malades, magistrats si empressés à les recueillir, pieuses dames dont les mains délicates ont retourné leur lit et pansé leurs blessures, vous tous enfin qui leur avez apporté ce verre d'eau à qui Jésus-Christ a promis une récompense, ce denier que le bon maître a vu tomber, comme celui de la veuve, dans le trésor du temple et dont il a vanté le prix devant les anges, vous avez vaincu, et je vous en bénis ! Vous avez vaincu la mollesse du siècle et l'égoïsme de la société moderne. Vous avez regardé en face la douleur, les larmes, les menaces de la mort. Vous avez fait triompher la charité et glorifié la foi chrétienne. *Hæc est victoria quæ vincit mundum, fides nostra.*

Mais quelle victoire pour les soldats de la France ! Je ne parle pas seulement de ceux qui, ayant été ramassés sur le champ de bataille après les quatre journées de Villersexel, de Champey, d'Arcey et de Sainte-Marie, ont salué de leurs regards mourants les premières lueurs de la victoire et sont morts dans vos bras en bénissant le Dieu des armées d'avoir relevé notre drapeau de ses longues humiliations. Je parle de tant de braves gens qui ont survécu à ces quatre journées pour voir pâlir et s'éteindre nos dernières espérances. Tout était perdu, tout, excepté l'honneur, car ils venaient de tomber en héros, tout, excepté la foi, car ils voulurent mourir en chrétiens. Battus devant les hommes, ils ont pris sur le démon, mille fois plus redoutable que les hommes, une éclatante revanche. Ils ont pris le crucifix, ce glaive que les mains les plus défaillantes

brandissent encore avec sûreté, et ils ont mis en
fuite, à leur dernière heure, le respect humain, les
préjugés, le monde et le démon. Ils ont gagné
cette victoire suprême qu'on ne doit point au nombre ni à la fortune, qu'on ne partage point avec
ses chefs et dont la palme est remise tout entière
aux mains de chaque soldat. Ils ont gagné le ciel
dans leur dernière bataille, dans leur dernier soupir. Voilà la vraie et solide victoire, celle qui met
sous nos pieds le monde, c'est notre foi. *Hæc est
victoria quæ vincit mundum, fides nostra.*

II. Ces grands souvenirs sont aussi de grandes leçons. Recueillez-vous maintenant avec une religieuse ferveur, allez, sous vos drapeaux voilés de
deuil, écouter les voix qui sortent de ce cimetière
tout rempli de héros et de chrétiens. Là, vous vous
demanderez, le front découvert, la main sur la
conscience : Que faisons-nous auprès de ce triste
monument? Eh bien ! je vous le dis avec toute l'autorité de la parole sainte, vous vous donnez une
leçon de catéchisme et d'honneur national. Vous
faites une profession de foi spiritualiste, et,
ce qui est mieux, chrétienne et toute française.

Vous allez confesser devant cette tombe que
l'homme ne meurt pas tout entier, que l'âme survit
au corps, et que le corps lui-même renaîtra de sa
pourriture dans la lumière et dans la gloire. J'en
crois la raison qui me démontre l'immortalité de

l'âme, j'en crois la foi qui m'enseigne la résurrection du corps, et à défaut de la raison et de la foi, il me suffirait pour y croire de vous voir et de vous entendre. Quoi ! ce serait pour un corps à jamais dissous, pour une machine brisée, pour une ombre évanouie, que cette foule s'assemblerait de toutes parts, que ces prêtres et ces magistrats se mettraient à la tête de leur peuple, et que nous entonnerions des chants d'espérance et de repos éternels ! Quoi ! vous n'auriez recueilli qu'un peu de pourriture et de boue, ce mausolée ne garderait plus qu'une vaine poussière, et vos drapeaux s'inclineraient pour saluer ce qui n'est plus ! Non, j'en jure par votre empressement, par votre attitude, par vos regards, j'en jure par les larmes de vos yeux et les battements de vos cœurs, si nos braves ne sont plus debout à nos côtés, vous le sentez, ils vivent encore, ils vivront toujours ! Allons fouler d'un pied ferme la terre qui les couvre ; ce cimetière aux arbres d'un feuillage sombre, mais toujours vert, cette colonne de granit, ces fraîches couronnes dont vous l'avez parée, tout vous enseigne la vie, tout plaide la cause de l'immortalité. Disons-le d'une foi robuste et d'une voix sonore : Ici l'exil de l'humanité, ailleurs la patrie.

Vous allez confesser qu'il y a un Dieu et que ce Dieu récompense le courage et l'honneur. Que pouvons-nous, faibles mortels, pour reconnaître les grandes actions et les sublimes dévouements ?

Qu'est-ce que donne au soldat la patrie reconnaissante ? Un grade, une croix, de stériles louanges,
voilà, pour ceux qui survivent, tout le témoignage
de l'estime publique, sans parler de ceux qu'elle
oublie ou qu'elle méconnaît. Mais ceux qui meurent
n'ont pas même cette triste consolation. Ils meurent, et leur sacrifice demeure sans compensation.
Ils meurent, et leur nom demeure souvent sans
honneur et sans gloire. Jetez les yeux sur ce monument, vous n'avez pu y inscrire que les noms
de vos batailles : Villersexel, Arcey, Héricourt,
Montbéliard, et la date de vos grands malheurs :
Janvier 1871. Mais les cent vingt soldats couchés
sous cette pierre, victimes de la guerre, martyrs
du devoir, héros de la patrie, qui dira leur nom à
la postérité ? Je cherche dans vos registres ; ils
sont presque toujours aussi muets que vos tombeaux. Que de décès constatés d'un seul mot : un
inconnu ! Ah ! justice des hommes, que tu es ignorante et imparfaite ! Il faut lever les yeux plus haut
et implorer la justice qui voit tout, qui sait tout,
qui récompense tout. Il faut, du pied de ce monument, proclamer la nécessité, l'existence, les attri-
buts d'un Dieu rémunérateur. Qu'avez-vous vu,
dites-moi, pendant toute cette année si triste et si
mémorable ? Des soldats tombés sous le drapeau,
des magistrats frappés sous la toge, des religieux,
des prêtres, un pontife, massacrés au sortir de
l'autel ; partout le devoir, nulle part la récompense ;

partout des sacrifices méconnus, des mérites oubliés, des larmes que nulle main ne saurait essuyer
dans les yeux d'une mère, du sang que le monde
entier ne rachèterait pas. Voilà la foule qui attend
au seuil des tombeaux la récompense qui lui est
due ; mais le juge est absent, mais la palme ne
fleurit nulle part au bout de ces carrières terrestres. Oui, vous existez, Seigneur, je le proclame
pour absoudre la conscience publique. Levez-vous
et jugez nos héros. Ici le combat, ailleurs la couronne.

Vous allez confesser que la foi catholique est une
foi nationale et toute française. La France n'eût pas
été si elle n'eût pas été chrétienne ; la France ne
serait plus si elle cessait d'être chrétienne. Arrière !
arrière les théories qui nient Dieu, l'âme, la morale,
la religion ! C'est renier le génie, l'histoire, les espérances et tout l'avenir de notre malheureux pays.
C'est le livrer encore une fois aux mains de l'étranger. Ah ! que vient de faire Paris, cette autre Athènes,
aussi légère et aussi frivole que la première ?
Athènes, encore presque ensevelie sous les ruines
de l'Acropole et du Parthénon, appelle les sophistes
dans l'aréopage des lettres et donne à l'athéisme le
droit d'y siéger. Mais Démosthènes vient d'en sortir
en jetant au monde le cri de son éloquence indignée ; non, ce n'est pas Démosthènes, c'est plutôt
saint Paul secouant sur le seuil la poussière de ses
pieds apostoliques et pleurant à l'autel de ce Dieu

inconnu, que Paris, plus coupable qu'Athènes, ne veut pas même adorer (1). O France ! ô ma patrie ! Philippe est toujours à tes portes, et tu oublies que pour arrêter Philippe il faut de l'honneur, du courage, du dévouement ; il faut des sacrifices et des croyances ; il faut que le Dieu de Tolbiac te donne une seconde fois la victoire sur les Allemands et rajeunisse tes destinées. O France ! Philippe est encore là ; il prend son temps, il calcule ses forces, il guette sa proie. Ma chère Comté, j'en tremble pour ton avenir ; car, si Dieu permettait à l'aigle de l'Allemagne de reprendre son essor, c'est sur nos montagnes, jusque-là si bien gardées, qu'il viendrait s'abattre : nos plaines, nos forêts, nos cités deviendraient sa proie, et quand Dieu le veut, tout est permis aux instruments de sa justice et de sa vengeance. Sentinelles avancées du pays, gardiens de la frontière, c'est à nous de frémir et de trembler les premiers. Croyons, prions, réformons nos mœurs, relevons partout les autels du respect, ramenons la famille et la société sous le regard du Dieu qui seul peut les sauver. C'est à nous de demander la victoire, à nous de l'obtenir, à nous de l'assurer à la France. Tout nous a manqué ; mais, si la foi se ravive, tout peut renaître et prospérer encore.

---

(1) M. Littré vient d'être reçu à l'Académie française, et, par suite de cette élection, Mgr Dupanloup, évêque d'Orléans, a quitté la compagnie.

La foi, c'est la France ; la foi, c'est la victoire. *Hæc est victoria quæ vincit mundum, fides nostra.*

Dormez maintenant votre sommeil, martyrs de la patrie, ignorés du monde, mais chers à l'Eglise et connus du ciel. Dormez sous le monument bâti par la reconnaissance et par la piété. Un jour, quand le Seigneur aura béni nos armes, le vent de quelque grande bataille viendra remuer votre poussière, vos os se ranimeront, et la nouvelle d'une heureuse victoire fera tressaillir dans tous nos cimetières cette terre mêlée au sang de tant de héros. Mais ce ne sera que le prélude de la dernière résurrection. Là nous vous verrons, plus triomphants qu'à Villersexel et à Arcey, rayonnants de gloire dans votre habit de soldat, les mains remplies de ces palmes radieuses que portent les Maurice et les Victor, le front paré de vos blessures, les lèvres ouvertes pour bénir votre mort et vos destinées. Heureux si nous sommes nous-mêmes associés à votre joie, et si nous pouvons chanter dans votre chœur ces paroles du bien-aimé disciple, pour proclamer la dernière victoire de la foi sur le monde évanoui devant l'éternité bienheureuse : La véritable victoire, celle qui met sous nos pieds le monde, c'est notre foi : *Hæc est victoria quæ vincit mundum, fides nostra.*

INAUGURATION D'UN MONUMENT PATRIOTIQUE

DANS LE CIMETIÈRE DE CUSSEY-SUR-L'OGNON (DOUBS).

———

Le village de Cussey, qui a été, le 22 octobre 1870, le théâtre d'un combat fameux, a recueilli dans son cimetière, placé sous le vocable de saint Waast, les corps de quarante soldats, mobiles des Vosges et des Hautes-Alpes, qui ont succombé sous le drapeau en défendant, contre l'invasion allemande, la ligne de l'Ognon et les approches de Besançon. Leurs camarades, grâce à l'initiative de M. le sous-préfet de Remiremont, ont élevé un monument à leur mémoire, et la bénédiction solennelle en a eu lieu le 11 avril, par le ministère de M. l'abbé Dartois, vicaire général, délégué de Son Eminence Mgr le cardinal archevêque de Besançon.

La cérémonie a commencé le matin par un service où l'oraison funèbre des héros a été prononcée au milieu des larmes de l'auditoire. M. le curé de Cussey a célébré la messe, entouré du clergé du voisinage. On remarquait dans l'assistance M. le baron de Sandrans, préfet du Doubs, M. Febvay, secrétaire général, M. le sous-préfet de Remiremont, M. le commandant des chasseurs, délégué de la division militaire, M. le marquis de Lénoncourt, M. Saillard, directeur des postes, plusieurs officiers supérieurs, d'anciens commandants des mobiles des Vosges et du Doubs, des médecins civils et militaires, M. l'abbé Villion, du clergé lyonnais, qui avait donné, avec M. l'abbé Faivre, des soins aux blessés et aux mourants après la bataille, les parents des jeunes victimes, une foule de personnes considérables, accourues de Besançon et des environs pour rendre un dernier hommage à nos défenseurs.

M. le général de Cissey, ministre de la guerre, présent à Besançon depuis la veille, est arrivé à trois heures du soir pour présider à l'inauguration du monument. Il était accompagné de M. le général Picard, commandant la 7e division militaire, et suivi d'un cortége brillant d'officiers généraux et supérieurs, entre lesquels on se montrait M. le général Crouzat, qui avait figuré avec honneur dans la journée du 22 octobre, et M. de Bigot, lieutenant-colonel d'état-major, dont tout le monde se rappelle les services pendant la guerre et apprécie la compétence dans la défense du pays. La procession s'est formée au son des cloches et s'est rendue au cimetière, précédée de la croix et du clergé. Après la bénédiction du monument et les prières de l'absoute récitées par M. le grand vicaire Dartois, M. le général de Cissey s'est avancé vers la tombe et, avec cet air d'aisance et de noblesse qu'on lui connaît, a improvisé les paroles suivantes, que nous reproduisons autant que la mémoire a pu les retenir :

« Je ne m'attendais pas, en venant visiter votre ville de Besançon, qui est aussi la mienne, à assister à cette religieuse et touchante cérémonie ; mais je ne puis passer ici sans honorer le courage des braves soldats des Vosges et des Hautes-Alpes qui reposent dans ce cimetière, après avoir si vaillamment défendu le pays et sauvé la cité. Je m'associe à votre patriotique démonstration, avec ce clergé, ces riches, ces pauvres, ces propriétaires, ces paysans, tous ces Français qui entourent une tombe si glorieuse et si digne de mémoire. Enfants, souvenez-vous que c'est en devenant chrétiens que vous deviendrez à votre tour de bons citoyens et, au besoin, de braves défenseurs de la patrie. Monsieur le curé, je vous remercie, au nom de l'Assemblée que je représente, au nom du gouvernement, au nom de l'armée, de la piété et du zèle que vous avez apportés à l'érection d'un monument qui consacre la bravoure et la mort de nos jeunes soldats. »

A ces mots, les bravos ont éclaté de toutes parts, et des larmes ont coulé de tous les yeux.

M. le baron de Sandrans, préfet du Doubs, a payé ensuite à nos héros, au nom du département et de la ville de Besançon, un juste tribut de louanges. Le discours qu'il a lu, plein d'éloquence et de distinction, a soulevé, comme la harangue du ministre, les plus sympathiques applaudissements. La foule s'est retirée avec un recueillement mêlé de reconnaissance, et M. le ministre de la guerre, suivi de son état-major, a repris la route de Besançon.

(Extrait de l'*Union franc-comtoise* du 13 avril 1872.)

ORAISON FUNÈBRE

DES SOLDATS MORTS AU COMBAT DE CUSSEY,

LE 22 OCTOBRE 1870,

Prononcée dans l'église de cette paroisse, le 11 avril 1872.

Benedictus Dominus Deus meus qui docet manus meas ad prælium et digitos meos ad bellum.

Que Dieu soit béni ! c'est lui qui a instruit mes mains à combattre et mes doigts à tenir l'épée.

(Ps. <small>CXLIII</small>, 1.)

M<small>ES FRÈRES</small>,

C'était là le cri de David élevé au comble de la gloire par la fortune des combats et publiant les grandeurs du Dieu qui avait béni ses armes victorieuses. Je le prends en toute assurance sur les lèvres de ce roi triomphant et je le transporte dans la bouche de ces quarante héros dont nous venons célébrer la défaite. C'est Dieu, en effet, qui a instruit ces enfants à combattre et leurs doigts à tenir le glaive, car ils ont combattu du matin jusqu'au soir avec un indomptable courage, car ils ont tenu le drapeau de la France contre toute une armée, et ils n'ont rendu qu'à Dieu leur épée et leur âme. Les paroles des rois et des prophètes n'ont rien de trop pompeux pour inaugurer le monument que vous élevez à leur mémoire. Cette tombe vous dira comment il y a dans la défaite une gloire solide, et comment la défaite de quarante jeunes soldats sortis des Vosges et des Hautes-Alpes a fait sur ce champ de bataille le salut d'une grande cité. Ecoutez donc, ô mon Dieu, le cri de notre admiration et de notre reconnaissance, et que ce cri monte jusqu'à vous ! L'admiration pour leur courage et la reconnaissance pour leurs services, voilà le tribut que nous apportons au pied de cette colonne qui recouvrira, jusqu'au jour du jugement, ces nobles cœurs trahis par la fortune, mais agrandis par le sacrifice. Je l'apporte au nom de l'église de Besançon ; le premier magistrat du département vient le payer éloquemment au nom de la cité et de tout le pays (1), et, par une faveur inespérée, c'est un ministre (2) dont le nom est cher aux deux Bourgognes, dont les services sont précieux à la France, qui veut représenter lui-même devant cette tombe, avec tout l'éclat de sa présence et toute l'autorité de sa parole, l'armée, le gouvernement, l'Assemblée nationale. Célébrons cette journée, qui doit compter bien plus dans les

---

(1) M. le baron de Cardon de Sandrans, préfet du Doubs.
(2) M. le général de Cissey, ministre de la guerre.

fêtes de la gloire que dans les fêtes de la mort. Je rassemble toutes ces voix réunies, et je bénis le Dieu qui a soutenu les mains de nos héros, le Dieu qui nous a sauvés en agréant le sacrifice de leur vie : *Benedictus Dominus Deus meus qui docet manus meas ad prælium et digitos meos ad bellum.*

La nation française avait paru, parmi toutes les nations chrétiennes, celle qui avait fait avec la fortune le pacte le plus sûr ; cette alliance avait duré quatorze siècles, et elle s'était renouvelée de nos jours en Crimée, en Italie, en Chine, sur terre et sur mer, avec une incomparable grandeur. Mais nous ne séparions pas assez la fortune de la vaillance, nous avions oublié qu'il y a des déroutes qui triomphent à l'envi des plus belles victoires, et que la vertu aux prises avec l'adversité est le plus sublime spectacle qu'un champ de bataille puisse offrir aux regards. Eh bien ! voilà la leçon que nous venons de recevoir, adorateurs passionnés de la force et du succès. Nous serons raillés pour n'avoir pas réussi. Il nous faudra faire un retour sur nous-mêmes et convenir enfin que le devoir, la morale, l'honneur, ces grandes choses oubliées ou tournées en ridicule, peuvent consoler les vrais Français, les vrais chrétiens, de toutes les infidélités du sort. La corruption humaine a beau s'en étonner, la nature a beau regimber contre la foi ; la foi, d'accord avec la raison, avec l'histoire, nous obligera désormais à admirer davantage saint Louis dans les fers, Catinat prisonnier, la Moricière écrasé à Castelfidardo. La France toujours battue, mais toujours héroïque et semblable à elle-même, en Alsace, en Lorraine, en Champagne, devant Orléans et devant Paris, témoignera enfin quelques sympathies à ces soldats du pape revenant mourir pour elle sur les bords de la Loire, et malgré la lâcheté de nos mœurs, nous serons bien forcés de lever la tête pour admirer notre saint-père le pape, ce vaincu de la révolution, ce captif de l'audace heureuse, de l'injustice tranquille, du parjure couronné, cet abandonné de la politique européenne, continuant sur la croix de Jésus-Christ une vie, un supplice, un règne où tout est mystère, avec une vertu toujours plus haute que ses malheurs, toujours plus triomphante que ses ennemis.

Quelle incroyable obstination la France a-t-elle donc mise à rechercher cette leçon aussi bien qu'à la mériter ! L'empire est tombé, mais la nation accuse l'empire de ses revers et se promet la revanche rien que pour avoir changé de maîtres. Nos vieux soldats sont faits prisonniers, elle arme la jeunesse, elle improvise les généraux, elle se risque sous la conduite des aventuriers, elle lève son dernier homme, elle tire son dernier coup de canon, croyant toujours que cet homme peut être un sauveur, et ce coup de canon le signal d'une victoire. Rien n'était prêt, excepté la bravoure ; tout fut perdu, excepté l'honneur. Toutes les sinistres

prédictions se vérifiaient, tous les sages prévoyaient
cette fin, un long cri d'insulte et de dérision s'éle-
vait à toutes nos tentatives, et cependant nous nous
obstinions à combattre un contre dix, contre le
nombre, contre la fortune, contre la tactique, contre la nature et contre l'art, contre l'espérance, contre l'évidence de la raison, mais pour la patrie, c'é-
tait tout dire : c'était confesser que notre courage,
même malheureux, l'honorait encore, que notre
sang, fût-il en apparence versé inutilement, la pu-
rifierait, la rachèterait et la sauverait.

Nous étions aux premiers jours de cette mystérieuse histoire qui devait durer presque une année.
Strasbourg venait de se rendre, Metz tenait encore,
et les longues épreuves du siége de Paris étaient à
peine entrevues. Que fera Werder de ces Badois
triomphants qui viennent d'abattre les portes de
Strasbourg? Les bords du Rhin sont conquis, les
passages des Vosges sont forcés, et Cambriels ramène à marches précipitées, sous les murs de Besançon, ces troupes si jeunes encore, déjà si vaillantes, mais qu'il ne devait point exposer aux ha-
sards d'une bataille, après les engagements de
Raon-l'Etape et de la Burgonce. Elles cherchent
dans nos environs quelque abri pour leur tête fatiguée. N'accusez point leur général, le sang qui
coule de sa blessure atteste assez qu'il n'a pas
épargné sa vie. Ne vous récriez pas contre ce cam-
pement qui parait si misérable et qui est encore si

incertain. Les vêtements, les vivres, les munitions, les armes, il faut tout improviser. Nous nous
interrogions, il vous en souvient, sur les destinées
réservées à Besançon et à la province. C'était le
premier péril, ce fut peut-être le plus grand. L'ennemi savait tout. Il médite alors d'écraser, sous
les murs de Besançon, les restes épars de l'armée
qui vient d'y camper, et de surprendre du même
coup cette place fameuse qui, appuyée aux dernières chaînes du Jura, commande à la fois la vallée du Doubs, les collines de l'Ognon et les plaines
de la Saône. Que Besançon ne se confie plus dans
le génie de Vauban ni dans sa citadelle réputée im-
prenable. Qu'est-ce que le génie de Vauban devant
les canons à longue portée ? S'il y a encore des
villes que la valeur ne puisse forcer, il n'y en a
plus que la barbarie ne puisse brûler et réduire en
cendres. Besançon résistera-t-il à l'heureux vainqueur de Strasbourg ? Werder a tout calculé, tout,
jusqu'aux moyens de dissimuler son échec, si la
fortune, jusque-là si fidèle, trahit ses secrètes espérances. Observez sa marche : il néglige Belfort,
il traverse, sans s'y arrêter, vingt-cinq lieues du
territoire comtois, il donne à peine à ses troupes
trois heures de repos pendant le jour, mais il les
précipite pendant la nuit, et le voilà, comme en un
clin d'œil, sur les hauteurs d'Oiselay, avec quatre
généraux, vingt-cinq mille hommes, deux mille
chevaux et soixante canons. Sa joie se contient à

peine et sa pensée commence à se trahir. Qui pourrait l'arrêter ? Les bords de l'Ognon sont sans défense. Point d'armée dans la plaine, point de canons sur les hauteurs, qui puissent interdire les approches de la place. Xerxès se promet hautement d'aller souper le soir à Athènes, et le parlementaire qui doit sommer la place est déjà nommé.

Mais Dieu et les saints veillaient sur nous. Vous vous rappelez ce mandement qui vous avait convoqués pour trois jours aux pieds des autels. Votre évêque a deviné, ce semble, que ce seraient trois jours d'alarmes et de batailles ; il en a fait pour tout son diocèse trois jours de mortification et de prières. Je vois dans le sanctuaire ce pontife entouré de son clergé et de son peuple. Il se voue, comme Belsunce, au Sacré Cœur de Jésus ; il implore, comme le cardinal de la Baume dans la nuit de la surprise, les Ferréol et les Ferjeux, ces invisibles gardiens de la cité ; il fait retentir dans toutes les chaires l'expression de sa foi, le clergé répète son vœu, le peuple le ratifie, le Saint Sacrement exposé dans toutes les églises attire à ses pieds tous ceux qui croient et qui prient encore, les mérites du jeûne s'unissent à ceux de la prière, et la communion qui termine ce triduum de supplications et d'offrandes répond, d'un bout du diocèse à l'autre, aux désirs fervents du premier pasteur.

Parlez au Ciel, ô vénérable pontife ; veillez et

priez, pieux fidèles : les saints vous écoutent, Dieu
nous sauvera. C'est Dieu qui envoie aux chefs de
notre armée les généreuses résolutions, qui fait
prévaloir la sagesse dans leurs conseils; c'est Dieu
qui forme les jeunes soldats, à défaut de l'école et
de la pratique, et qui instruit leurs mains à tenir
l'épée; l'Ecriture l'affirme, Bossuet l'a redit de
Condé à l'aspect des champs de Rocroi, où ce héros de vingt-deux ans a gagné sa première bataille;
et moi je viens le redire, avec la même autorité et
la même confiance, devant le pont de Cussey, où
une poignée de braves, presque tous de l'âge du
vainqueur de Rocroi, ont arrêté pendant sept heures les efforts de l'ennemi.

Nos héros, qui sont-ils? Des ouvriers, des laboureurs, des étudiants, qui n'étaient point faits,
ce semble, pour le rude métier de la guerre. Ils
sont nés au pied des Vosges, dans ces riches et in-
dustrieuses vallées où la Moselle prend sa source.
Ils viennent de quitter, au premier appel de la patrie aux abois, les riants coteaux du Val d'Ajol, l'antique abbaye de Remiremont, le Tillot, aux métiers si florissants, Plombières, la ville aux belles
eaux, qui ne doit qu'à la paix sa prospérité et sa
gloire. La charrue, les fabriques, le barreau, les
écoles, tout est abandonné pour servir la France
envahie; tout s'oublie sous les armes, tout excepté
Dieu et la famille. Ces jeunes compagnies ont déjà
reçu dans les Vosges le baptême du sang; elles se

sont à peine reposées trois jours à Chalezeule, il faut repartir ; l'ennemi approche, il faut aller à la rencontre de l'ennemi au delà de ces hauteurs d'Auxon, de Miserey, de Châtillon, qui sont les vrais remparts de Besançon. Les murs bâtis par Vauban ne nous auraient pas sauvés, malgré tout l'or qu'ils ont coûté à Louis le Grand ; c'est la nature, plus hardie et plus prévoyante que le génie de l'homme, qui nous a donné ces rochers, ces bois aux pentes abruptes, ces replis profonds, ouvrages merveilleux sortis de la main de Dieu et où la main du soldat n'a presque rien à faire pour achever jusqu'aux bords de l'Ognon la ceinture de nos forts. Voilà les portes vraiment imprenables de l'antique Vesontio, contre lesquelles viendront se heurter les canons de l'Allemagne. On le verra bien le 22 octobre, au premier essai qui en sera tenté. Mais pendant qu'on cherche les soldats qui les ferment, les bouches à feu qui les gardent, hâtez-vous, jeunes mobiles, retenez l'Allemand dans la plaine, arrêtez l'essor de cette aigle victorieuse partie de la flèche de Strasbourg, où elle vient de déchirer le drapeau français. C'est au 3e bataillon des Vosges qu'est échu ce périlleux honneur. Réduit à sept cent cinquante hommes, à peine vêtu, encore mal armé, il va coucher à Geneuille, en face des Allemands, et dès le lendemain matin, il occupe en avant de Cussey tous les accidents de terrain où il peut déployer ses tirailleurs. L'avant-garde badoise a paru à l'horizon, le canon éclate, le combat commence.

C'est ici que j'appelle le pinceau des maîtres pour rendre sur la toile la confusion et l'horreur de cette affreuse journée. Etuz, abandonné par les nô-tres, est devenu pour l'ennemi comme une vaste citadelle qui vomit sur Cussey le fer et la mitraille; les maisons criblées de balles, la mairie et l'église déchirées par les obus, le château incendié avec toutes les richesses qu'il renferme, les métairies s'abîmant dans les flammes avec toutes les mois-sons de l'année, l'horizon enseveli comme dans un nuage de fumée et de poussière, et, au milieu des plus affreuses explosions, cette vallée, sembla-ble à une affreuse boucherie où le sang coule mêlé à l'eau des rivières et où les cris des blessés et le râle des mourants sont étouffés par les hourras de la victoire.

Mais ce que la toile la plus émouvante ne rendra jamais, c'est l'honneur, c'est le courage, c'est la résistance héroïque de ces braves enfants des Vos-ges, qui ne plient pas même sous le nombre et qui se font tuer sans reculer. Ne dites plus que les mobiles, faute d'expérience, lâchent pied au pre-mier choc. Il est déjà midi, et l'Allemand, après trois heures de mitraille, l'Allemand, toujours re-poussé et toujours plus nombreux, n'a pas encore obtenu un seul avantage. Il suspend le combat et il attend de nouveaux renforts. Le feu recommence, mais l'attitude de notre bataillon est toujours la même. Leur courage croît avec les périls, et les prodiges de leur valeur se multiplient en voyant grossir les rangs de l'ennemi. Mettez leurs noms à l'ordre du jour. C'est le sergent Fleurot, nom fameux dans les Vosges et cher à l'art de guérir, qui brave une grêle de balles pour distribuer des munitions ; c'est le capitaine Colle, qui s'élance sur le pont, suivi de toute sa compagnie, et qui vient renforcer la ligne de bataille ; c'est le lieutenant Meline, qui chancelle à peine sous un coup de feu presque mortel et dont le corps mutilé atteste la bravoure encore plus haut que cette croix qui le décore. Il est quatre heures ! Allons, enfants ! c'est l'heure où Desaix entrait en ligne contre les Allemands et gagnait à Bonaparte la journée de Marengo. Voici les mobiles des Hautes-Alpes qui viennent au secours de notre bataillon décimé par la mitraille. Ils descendent d'Auxon au pas de charge ; ils se font jour à travers la poudre qui tonne et les toitures qui s'effondrent ; ils marchent à l'ennemi, et le combat recommence pour la troisième fois avec une sublime ardeur. Mais les Badois débouchent de toutes parts ; six pièces de canon couvrent de feu les ponts et la chaussée ; la cavalerie couronne les crêtes et va envelopper nos héros : il faut céder. Eh bien ! ils mettront la rivière entre eux et l'ennemi, et ils reformeront sur l'autre bord leurs compagnies sans artillerie, sans munitions, sans ressources, n'ayant pour eux que leur jeunesse, leur courage et leur désespoir. Les voyez-vous traverser à la nage l'Ognon débordé, tandis que les baïonnettes étrangères les poursuivent presque sous les eaux ? Ceux qui ont pu gagner la rive gauche se rangent à l'entrée du village et présentent encore un front de bataille. C'est le dernier effort de cette lutte magnanime. Une charge de cavalerie les tourne, les disperse ou les fait prisonniers. Ces prisonniers, on peut les compter : douze officiers et cent cinquante soldats. Belle capture pour dix-huit mille Allemands soutenus par six batteries ! On peut les montrer : leurs visages sont noircis par la poudre, leurs habits déchirés par les balles, leurs membres mutilés et tout sanglants. On peut les louer : Degenfeld les a salués le premier de ses sincères louanges. Forcé de croire à l'héroïsme de nos soldats, il ne pouvait croire à leur si petit nombre ; et quand il a fallu reconnaître que toute cette armée avait été tenue en échec, pendant sept heures, par sept cent cinquante mobiles, la louange s'est changée en admiration. Le commandant a reçu deux fois les félicitations de l'ennemi, l'histoire les répétera, et en les apportant dans cette chaire, c'est à Dieu que j'en renvoie tout l'honneur, avec l'accent de notre reconnaissance et de notre foi : « Soyez béni, mon Dieu ! vous qui avez instruit ces enfants à combattre et leurs mains à tenir l'épée. »

Mais quelle louange décernerons-nous à ces quarante martyrs du devoir qui sont tombés sous le drapeau et qui ont payé de leur vie une gloire si belle ? Les anciens les salueraient avec les vers de Virgile, les déclarant heureux de n'avoir pas vu leur chère Lorraine mise en pièces et Metz devenu la proie de l'Allemand.

> .... O terque quaterque beati
> Queis ante ora patrum, Trojæ sub mœnibus altis,
> Contigit oppetere !

Judas Machabée semble les avoir harangués avant la bataille :

« Il vaut mieux pour vous mourir dans le combat » que de rester témoins des maux de la patrie (1). » Croyons-en le héros des saintes Ecritures, et félicitons, en particulier, celui de nos braves qui est devenu, par sa mort, le chef de cette glorieuse compagnie inscrite dans le ciel au rang des martyrs. Je peux prononcer son nom devant ces autels, car sa piété a été louée comme son courage. Charles Delang n'avait pas vingt-un ans, et on le pleure à Remiremont comme à Nancy. Remiremont l'a vu croître et grandir avec tous les avantages d'un esprit distingué et d'une éducation chrétienne ; il était beau comme l'espérance, il était doux comme la vertu. Nancy avait remarqué ses débuts

(1) *Mach.*, i, 4.

dans l'école de droit, et ses maîtres viennent de
célébrer « ses attachantes qualités, sa droiture de
cœur, sa piété sincère, son dévouement absolu à la
patrie (1). » Et vous qui l'avez vu mourir, que n'a-
jouterez-vous pas à cet éloge ? Ce n'est qu'un sous-
lieutenant, mais le hasard de la mêlée en a fait le
capitaine de sa compagnie. Comme il la mène au
feu ! comme il assure sa retraite ! Faut-il marcher,
il est le premier. Faut-il se retirer : « Passez, dit-il
à ses hommes, passez, je veux être le dernier. » Non,
mon ami, vous avez mérité le premier rang, et vous
le garderez. Un éclat d'obus le frappe à la tête, il
tombe à son poste d'honneur. Regardez ! quelle
douceur éclate sur son visage ! Ses camarades s'inclinent, en passant, devant cette tête déjà marquée
de la lumière d'en haut, et ils se sentent comme en
présence d'un saint. Charles Delang est au ciel le
premier dans la gloire, comme il a été sur la terre
le premier dans le devoir et dans l'honneur. Dieu
l'a mis à la tête des quarante martyrs de Cussey ; là
il les commande comme un autre Maurice ; mais ce
n'est plus l'épée, c'est la lyre qu'il tient à la main ;
il a reçu la lyre de David pour chanter, dans la
langue éternelle de la louange, le beau cantique
dont nous ne faisons que bégayer les notes à peine
commencées dans la langue imparfaite de la prière :
« Soyez béni, mon Dieu ! vous qui avez instruit

---

(1) Discours de M. Jalabert, doyen de la faculté de droit de Nancy.

ses mains à combattre et ses doigts à tenir l'épée. »

Que les Allemands poursuivent maintenant leur triste journée, le soleil se couche, mais il en reste assez encore pour éclairer une défaite. Qu'ils envahissent Auxon sans défiance, il est trop tard, les lions du désert ont eu le temps d'accourir et de guetter leur proie. Les zouaves les attendent, leur sautent à la gorge, les culbutent, les délogent, les précipitent à la renverse ; ce n'est qu'un éclair, mais cet éclair suffit pour les terrasser. Qu'ils viennent menacer les roches de Châtillon, il est trop tard : deux pièces d'artillerie qui tonnent du haut de la montagne suffisent pour les arrêter, et leur tir, d'une admirable sûreté, atteint tout ce qu'il vise, frappe et couche par terre tout ce qu'il atteint. Que feront-ils de leurs batteries, devenues impuissantes ? Oh ! les barbares ! Buthiers, Bonnay, Geneuille, tous ces villages inoffensifs essuient leur feu cruel, toute la plaine est en flammes. Ils ne peuvent plus avancer, ils ne peuvent plus vaincre, il leur reste à se venger et de leur victoire inutile et de leur honteuse retraite. Vingt-quatre heures s'écoulent, et l'ennemi disparaît de toutes parts comme au même signal. Il a maudit en partant ces montagnes d'Auxon et de Châtillon, témoins de son échec. Besançon est délivré, Werder recule, les flots envahisseurs de l'Allemagne ont expiré au pied de ces hauteurs qui gardent la cité. Que Dieu en soit béni, et après Dieu les braves qui ont tenu

l'épée avec tant de courage et d'honneur dans les
champs de Cussey !

Non, je n'ai pas le courage d'achever ce tableau. Là où je ne vois plus que pillage, vengeance,
cruautés, ma parole se trouble, ma langue s'em-
barrasse, la chaire chrétienne devient muette. Et
cependant, pouvons-nous oublier deux tombes
placées dans votre cimetière à côté de celles de
nos soldats? Là repose l'humble femme que l'ennemi a frappée dans les champs, sans pitié pour
son sexe, pour son veuvage et pour ses trois
enfants; là repose l'instituteur dont tout le crime
est d'avoir fui devant eux pour éviter la mort. Et
vous aussi, prêtres du Seigneur, vous avez paru de
grands coupables à leurs yeux. Les uns ont été
détenus loin de leur paroisse, les autres faits prisonniers dans les ambulances, plusieurs menacés
du dernier supplice. On les a vus nu-tête, accablés
de coups, emmenés comme des criminels. On les
a accusés d'avoir sonné la cloche de la prière. On
leur a reproché d'avoir témoigné à nos braves les
égards et les sympathies que commandait la cause
nationale. Noble accusation ! juste reproche ! récriminations cent et cent fois méritées ! Oui, c'est
justice, accusez-les hautement, ils étaient accourus,
au premier coup de canon, sur le champ de bataille. Ils animaient nos braves par leurs paroles et
par leurs exemples. Ils leur prodiguaient les vivres,
les vêtements, les remèdes. Ils offraient un asile

aux blessés, des consolations aux mourants, des
paroles de courage et d'honneur à tout le monde.
Ils se montraient tels qu'ils sont et qu'ils doivent
être : de vrais citoyens français, de vrais pasteurs
des âmes, de vrais prêtres de Jésus-Christ. Que
pensez-vous maintenant de cette presse impie,
qui ne veut voir en eux que les complices de
l'étranger ? Ah ! des complices, nous en avons,
nous en avons partout, nous en aurons toujours,
et nous pouvons les nommer ici. Ce sont les complices de notre zèle et de notre charité. Ce sont les
prêtres venus de Lyon au secours de nos soldats.
Ils se sont précipités pêle-mêle avec les zouaves, à
Châtillon et à Auxon, ils ont pansé, confessé, consolé nos mourants. L'un d'eux est dans ce sanctuaire (1), et il pleure encore au souvenir de cette
soirée fameuse ; l'autre, M. l'abbé Faivre, a achevé
par cette campagne cette longue vie de dévouement et d'honneur passée au service des soldats.
Sous ses cheveux blancs, il garde le courage de la
jeunesse. Il nous a donné comme les derniers
soupirs de sa vie militaire, et, du fond de sa retraite, il se rappelle en pleurant ces nobles traits,
ces touchantes paroles, ces marques de foi et de
religion qu'il a recueillis dans ces lieux ; Cussey et
Auxon auront une page dans ses souvenirs, et, en
les lisant, les générations futures béniront encore

---

(1) M. l'abbé Villion.

le Dieu des batailles qui instruit le soldat français
à tenir l'épée.

Je ne descendrai pas de cette chaire sans vous
bénir aussi, vous tous, habitants de cette paroisse,
dont la maison a été si hospitalière aux soldats.
Toutes les portes étaient ouvertes, toutes les tables
dressées, tous les lits préparés d'avance. Les secours
de l'art étaient aussi empressés que ceux de la religion, et votre seul médecin a pansé plus de deux
cents blessures [1]. Entrez dans cette paroisse hospitalière, ô vous qui, ayant appris les douloureuses
nouvelles du combat de Cussey, venez chercher ici
un fils ou un frère ; demandez sans crainte comment
ces braves sont tombés. Venez, mères chrétiennes,
le prêtre n'a que des détails consolants à vous donner sur les derniers moments de celui que vous
pleurerez toujours. Ce chapelet, ces médailles, ces
lettres si pleines de pieuses recommandations, vous
les reconnaissez. Voilà ce qui vous reste ici-bas de
ces héros que vous avez mis au monde. Ah ! c'est à
ce signe que le prêtre a reconnu l'éducation chrétienne, il a pris cette croix, il l'a fait baiser au
blessé, et votre enfant y a revu votre image avec
l'image de son Dieu. A ces mourants il a parlé de
leur Dieu, il a parlé de leur mère, et ces deux mots
ont été les derniers que la mort a glacés sur leurs
lèvres ; mais leurs lèvres se sont déjà rouvertes et

---

[1] M. le docteur Frayon.

elles chantent maintenant le Dieu qui leur a appris à combattre pour la patrie, la mère qui leur a appris à servir leur Dieu.

Veillez sur cette tombe, pieux habitants de Cussey. Les mains qui l'ont élevée ne sauraient la confier à de plus dignes gardiens. Qu'il vive, qu'il dure, ce monument bâti par le patriotisme et par la religion ! Il est placé dans le cimetière de saint Waast, sous le vocable d'un saint fameux dans les annales de la nation française. Nom béni ! présage heureux ! C'est le nom de l'évêque qui a instruit Clovis après la victoire de Tolbiac ! C'est le présage d'une éclatante revanche. J'invoque ce nom, j'accepte ce présage, je sens que les Francs, régénérés par la foi de Clovis, descendront un jour sur les bords du Rhin ; j'espère qu'à force de vertu, de prières, de sacrifices, ils forceront la fortune à revenir sous leurs drapeaux ; je supplie toutes les épouses et toutes les mères de commencer dès aujourd'hui l'office de Clotilde auprès de son époux encore païen, et quand viendra le jour décisif, ce sera, comme à Tolbiac, le jour de la conversion aussi bien que de la victoire, et il n'y aura plus qu'une voix, un cœur, une langue, pour chanter avec David dans nos temples couronnés de drapeaux et de trophées : Soyez béni, mon Dieu, c'est vous qui avez instruit mes mains à combattre et mes doigts à tenir l'épée. *Benedictus Dominus Deus meus qui docet manus meas ad prælium et digitos meos ad bellum.*

SERVICE FUNÈBRE D'ORNANS.

Le 8 février 1872, un service solennel a été célébré par M. le curé d'Ornans pour les militaires morts l'année dernière dans les ambulances de cette ville. Cet anniversaire rappelait de touchants et tristes souvenirs. Aussi l'assistance était fort nombreuse. Les pauvres soldats que nous avons recueillis à Ornans appartenaient presque tous aux départements de l'Ouest et du Midi ; ils moururent loin de leurs foyers, mais à leur dernière heure, la religion a remplacé leurs familles et apporté un précieux soulagement à leurs souffrances.

L'office étant terminé, l'assistance s'est rendue au cimetière pour y réciter les dernières prières et bénir la tombe élevée à la mémoire des morts ; 117 noms y sont gravés sur une pierre tombale que surmonte une colonne brisée, ornée d'emblèmes et d'inscriptions destinés à rappeler la patience de ceux qui ont succombé et l'espérance de ceux qui survivent. Après les prières de l'Eglise et les symphonies funèbres de la fanfare, un sous-lieutenant de la garde mobile, M. Sanderet de Valonne, a prononcé une belle allocution sur la tombe de ses compagnons d'armes. Les parents des défunts n'ont pu, à cause de l'éloignement, assister à cette cérémonie. Mais ce sera pour eux une consolation d'apprendre que leurs enfants n'ont été oubliés ni avant ni après la mort.

(Extrait de l'*Union franc-comtoise* du 12 février 1872.)

DISCOURS

PRONONCÉ DANS L'ÉGLISE PAROISSIALE D'ORNANS,

Le 8 février 1872,

POUR LA BÉNÉDICTION DES TOMBES

élevées

A LA MÉMOIRE DES SOLDATS FRANÇAIS.

Confitemini Domino quoniam bonus, quoniam in sæculum misericordia ejus.

Confessons-le : Dieu est bon et sa miséricorde est éternelle.

(*Ps.* cxvii, 1.)

Je ne saurais emprunter aux Ecritures une parole plus touchante pour célébrer dans ce temple l'anniversaire de vos grandes épreuves et saluer dans votre cimetière le monument qui doit en conserver le souvenir. Notre devoir est, en effet, de vous expliquer en quelques mots le mystère de miséricorde et d'amour qui s'est accompli sous vos yeux dans cette campagne si fatale aux armes de la France, mais si belle et si glorieuse pour le salut de ses enfants. D'autres lieux ont vu tomber la foudre,

étinceler le glaive et le sang couler à grands flots :
c'était la justice et l'expiation. Dieu exerçait ainsi ses
conseils de juste vengeance sur notre patrie ; il
l'instruisait, par d'affreux désastres, à ne point mé-
priser le respect, la discipline, l'obéissance, les
bonnes mœurs ; il voulait lui montrer jusqu'où elle
peut descendre quand il l'abandonne, et ce qu'il
lui en coûterait pour avoir déserté la garde de notre
saint-père le pape en tournant le dos au Christ et à
l'Eglise. Mais ici vous n'avez guère connu que la
consolation et la grâce, et vous en avez été les
dociles instruments. Venez donc, prêtres du Seigneur, et vous, fidèles, et vous, soldats échappés à
tant de désastres, commençons d'une même voix le
cantique d'actions de grâces, et ne cessons de répéter avec David : « Dieu est bon, et sa miséricorde
est éternelle : *Confitemini Domino quoniam bonus,
quoniam in sæculum misericordia ejus.* »

Dieu, du même coup qu'il a brisé les portes de
Paris, de Metz et de Strasbourg, balayé devant lui
quatre grandes armées, renversé un trône, empri-
sonné un empereur, jeté en exil une dynastie tout
entière, a ramené à lui par un brusque mouvement
les âmes égarées et ouvert le ciel à cent mille soldats.
Les préjugés, le respect humain, l'oisiveté des garnisons, l'impiété du siècle, le torrent des mauvaises
mœurs, tout s'opposait à leur salut éternel. En quelques jours, tout s'est évanoui. Dieu ébranle la
France et l'Allemagne jusqu'en leurs fondements ;

il remue le ciel et la terre pour enfanter dans la douleur ces élus qui allaient se perdre dans la corruption. Rien ne lui coûte, pourvu qu'il les sauve. Et
regardez comme le salut s'opère. Sur les champs de
bataille, dans les prisons de l'exil, dans les ambulances et dans les hospices de la patrie, partout c'est
Dieu qui cherche les âmes et qui leur demande leur
dernier souffle et leur dernier soupir. Ses prêtres
vont partout : quand l'action s'engage, ils chevau-
chent à côté du soldat et marquent du signe du salut
toutes les têtes qui se courbent autour d'eux : ils
courent au signal de la trompette, ils se précipitent
où le canon tonne, ils volent où siffle la balle ; les
voilà qui s'agenouillent dans la mêlée et qui collent
aux lèvres expirantes leur oreille paternelle, ravis et
transportés d'enthousiasme par ces braves qui se
convertissent et qui leur disent toute leur âme,
d'un mot, d'un regard, d'un serrement de main.
Mais où emmenez-vous nos soldats faits prisonniers?
O puissances ennemies de la France, vous avez beau
les éloigner de la frontière et les entasser au fond
de ces villes où la faim, la fatigue, le froid, la
maladie, achèveront leur ruine. Dieu vous a devan-
cées, il faut lui faire place ; gardez le corps, il veut
l'âme, et il l'obtient. Elles se rendront, ces âmes
poursuivies par la grâce, et confesseront dans
l'amertume le Dieu qu'elles avaient oublié dans la
mollesse et dans les délices. L'autel élevé dans la
prison attire et charme les regards, au lieu de les

blesser ; on ne redoute plus le prêtre, on l'attend,
on le cherche, on le bénit ; l'accent de la France
éclate dans sa voix, et quand il faut mourir sur cette
terre lointaine, c'est la France qu'on embrasse dans
la personne de ce pauvre aumônier dont on aurait
peut-être raillé le caractère et déchiré la soutane.
Vingt mille tombes ont été creusées pour nos soldats
dans ce cruel exil ; mais Dieu est toujours là, Dieu
les garde, Dieu les bénit, et le sang de son Fils
coule auprès d'elles pour en effacer les dernières
souillures.

N'est-ce pas dans le dessein d'une miséricorde
plus sensible encore que Dieu vous a confié, mes
Frères, le soin de plus de deux mille soldats, et
qu'il a fait de vous, prêtres et fidèles, les instruments de sa grâce ? Au milieu de la tempête universelle, cette vallée gardait une assiette tranquille.
L'ennemi l'a traversée à peine, et je ne vois nulle
part la trace de ses violences. Ornans, qui avait
joui dans tout le moyen âge du droit d'asile,
semble avoir recouvré ce droit précieux ; vos
maisons semblent inviolables, et la charité prépare,
presque sans trouble, des lits, des vêtements, des
vivres, des remèdes, à tout ce peuple de braves,
nus, malades, affamés, dont nos routes étaient
comme inondées au lendemain des batailles.

Que de maisons ouvertes dans cette ville de
refuge ! que de secours ! que d'infirmiers ! Ré-
jouissez-vous, filles de sainte Marthe, votre

hospice sera rempli et votre zèle satisfait. Sœurs
de la Sainte-Famille et du divin Rédempteur,
comme vous allez mériter votre nom ! Mais je vois
les filles de saint François de Sales changer leur
monastère en infirmerie et lutter avec vous de
zèle et d'abnégation. Voici les Frères des écoles
chrétiennes : ils seront pour les malades de vrais
frères en Jésus-Christ. Le séminaire est devenu,
comme les petites écoles, un vaste hôpital. Les
prêtres ne connaissent plus de repos ; ils se sentent,
plus que jamais, les débiteurs de tous ; plus que
jamais, ils sont prêtres, ils sont pères, c'est tout
dire, et, pour reconnaître tout leur mérite, je ne
puis leur décerner une louange plus noble, plus
simple et plus vraie.

Vous n'avez pas attendu les malheureux, vous
êtes allés à leur rencontre. Au premier coup de
canon tiré sur les hauteurs, vous voilà debout,
prêtres, médecins, magistrats ; vous formez un
comité de secours ; les uns commandent et dirigent
le service, les autres préparent ou conduisent les
chars, les autres vont chercher à Besançon votre
part dans les misères publiques. Vous ramenez
ici trente-sept soldats ramassés sur les champs de
bataille d'Auxon et de Cussey ; on s'empresse
autour d'eux, on se dispute l'honneur de les
servir. Heureux service, où les secours et les bras
ont dépassé tous les besoins ! La mort s'éloigne ;
elle n'a frappé qu'une seule victime. La guerre

semble changer de théâtre ; on dirait que la paix rentre dans le vallon et dans la cité, si l'on peut goûter la paix quand la patrie déchirée agonise et râle entre l'étranger qui la souille et la démagogie qui la pille ! Non ! ce n'était point la paix, mais la douleur et la mort !

Que votre charité respire et prenne courage ; bientôt elle n'aura ni jour ni nuit. Voilà que cent vingt mille hommes remontent discrètement la Saône, le Doubs et l'Ognon et entreprennent d'aller secourir Belfort, qui tient en échec depuis cinq mois toutes les forces de l'Allemagne. Nous les avions vus passer avec les espérances de la victoire, et quinze jours après, ils battent en retraite, repoussés de Montbéliard et d'Héricourt, vaincus non par l'ennemi, mais par les éléments, tremblant de froid, mourant de faim, jetant leurs armes, tombant d'épuisement, défaillant sur tous les chemins, plus haletants et plus égarés que les débris de la grande armée après la bataille de Moscou. Parlez de hasard, de fortune, de courage, discutez les chances possibles de la victoire et les causes de la déroute, accusez ou excusez les hommes, les hommes qui n'en peuvent mais ! Dieu était là, c'est son souffle qui nous a touchés, c'est sa main qui nous a abattus. Nos braves ont été abattus, mais c'est aux pieds du Seigneur ; ils sont tombés, mais c'est dans les bras du prêtre ; ils avaient désappris l'art de vaincre, mais ils vont apprendre à bien mourir. Les voici,

pressés entre l'armée de Werder et celle de Manteuffel, qui se réunissent pour les accabler. L'une a
franchi le Doubs et gagné les plateaux des hautes
montagnes ; l'autre, plus rapide encore, se répand
de Dole à Salins et va escalader d'un seul bond les
sources du Lison et de la Loue. Chaque jour, le
cercle se resserre, et notre malheureuse armée sera
comme enveloppée dans une immense forêt de
casques et de baïonnettes. Il n'y a plus un jour,
plus une heure à perdre ; encore une heure, et
toutes les issues seront fermées sans retour. Dieu
était là ! il avait permis la défaite de l'armée, mais
il voulait la conversion du soldat. Il a mesuré
l'espace entre l'aigle de l'Allemagne et le drapeau
de la France ; il a tenu les portes de Besançon ouvertes aux vaincus et fermées aux vainqueurs ; il a
rendu libre l'accès de votre vallée, il a empêché
l'ennemi de répandre dans vos rues, vos places et
vos maisons les flots tumultueux de ses bataillons
enivrés de tant de succès. C'est à nos soldats que
vous devez vos soins, c'est sous vos toits qu'ils
doivent reposer, c'est à vos prêtres et à vos religieuses qu'il est ordonné de les soigner, de les
panser, de les guérir. Il faut les guérir, les uns du
découragement, les autres de la maladie, plusieurs
de l'irréligion, tous du péché. Quelle variété infinie
d'origines, de mœurs, de langues et de misères !
Parmi ces deux mille malades, les uns appellent
et revoient dans leurs rêves les bords chéris de la

Garonne, du Tarn et de la Charente, où ils ont reçu
le jour. Vos montagnes rappellent aux autres leur
berceau suspendu aux pentes des Pyrénées, des
Corbières ou du Puy-de-Dôme. Ils tendent les bras
aux images lointaines de leur foyer, de leur village
et de leur clocher, soldats d'un jour qui hier encore
étaient des laboureurs et des ouvriers et qui sont
venus des extrémités de la France pour livrer la
suprême bataille en rendant avec leur dernier
soupir la patrie aux abois. Oh ! pauvres enfants !
comme ce sacrifice vous a rendus chers à nos soins !
Vous êtes pour nous des inconnus, mais non des
étrangers. Entrez dans ces refuges, acceptez ces
lits que la bienfaisance a préparés et que la charité
retourne chaque matin. Ces religieux, ces prêtres,
ces dames pieuses, ces magistrats, ces médecins,
toute cette cité est à vos ordres. Dictez vos lettres,
faites vos recommandations et vos confidences,
parlez de vos mères, la charité de Jésus-Christ
vous écoute, vous console et vous presse dans ses
bras.

Ce n'était pas tout encore ; un mois après,
quand l'armistice est signé, la garnison de Belfort
sort avec tous les honneurs de la guerre de cette
place fameuse dont l'ennemi n'a pu forcer les
portes. Elle passe, vaillante et radieuse, à travers
nos montagnes, le pied ferme, l'épée haute, les
enseignes trouées par les balles. Elle passe, les cités
la couvrent de lauriers, on croyait voir passer

l'honneur de la France. Mais il y a parmi ces héros cent cinquante soldats, épuisés de privations et de fatigues, qui ne peuvent plus soutenir cette marche victorieuse. Le Rhône les a vus naître, le Rhône les rappelle et leur apprête des couronnes. Hélas ! il faut rester sur les bords de la Loue. Il faut renoncer aux vains lauriers et aux stériles éloges. Encore des lits, encore des remèdes, encore des prières et des soins, encore des confessions à recevoir et des onctions à donner. La mort va faire sa moisson, mais Dieu vous envoie pour prévenir la mort, pour séparer l'âme du corps, le bon grain de la paille, rendre à la terre la paille qui en est sortie et remettre aux mains des anges les âmes qui seront serrées, pressées, entassées comme des épis dans les greniers de la miséricorde et de la gloire.

Qu'étaient-ils, hélas ! beaucoup de ces chrétiens ainsi frappés de la foudre et tombés dans ces miraculeuses ambulances ? Que restait-il de leur foi, de leurs pratiques, de leurs premiers sentiments ? Que restait-il, si ce n'est ce que dit saint Augustin, la souveraine misère et la souveraine miséricorde ! Il restait le secret regard du Dieu qui les voulait rappeler à lui en les frappant et qui les ramenait des dernières extrémités des choses humaines. Il ne faut point manquer à de telles prévenances ni les recevoir avec mollesse. Nos soldats aux prises avec la maladie se jettent dans les bras du Dieu qui les appelle. Entrez, prêtres du Seigneur, passez en revue les armées de la mort. La grâce, cette excellente ouvrière, a fait dans quelques heures l'œuvre de plusieurs années. Point d'embarras, point de résistance, point de détours pour solliciter les derniers aveux, point d'appréhensions de cette huile sainte qui va donner à leurs pieds la vitesse des anges et les mettre debout sur le chemin du ciel. Ah ! que de douces larmes ont été essuyées ! Que de bonne volonté ! que de sincérité dans les aveux ! que de ferveur dans le repentir ! Ici j'entends un jeune Alsacien devancer les désirs du prêtre et demander dans la nuit même les secours de la religion qu'on lui avait promis pour le lendemain, tant il savait qu'il allait mourir, tant il voulait mourir saintement. Là je vois un disciple de Mahomet mêlé à ces pieux moribonds, s'inclinant au nom de Dieu, appeler un prêtre du regard et du geste, et pour mourir à la même école, courber sa tête docile sous l'eau du baptême. De tous côtés partent les mêmes soupirs, les mêmes prières. Mon Dieu ! s'écriaient-ils avec l'accent de l'espérance. Ma mère ! répétaient-ils en essuyant leurs dernières larmes. Mon Dieu, ma mère ! c'étaient les cris par où leur âme, sortant de ce monde, jetait à la terre leurs derniers adieux, au ciel leurs premiers regards. Ils n'avaient plus que ces deux mots à la bouche, et, longtemps après que leur âme avait passé, on les eût recueillis encore sur leurs lèvres entr'ouvertes et souriantes, tant l'empreinte de leur foi était vive et forte, tant leur âme avait passé avec douceur.

Joignez à ce spectacle celui des joies les plus inattendues ou des plus cruelles douleurs. Non, jamais la guerre n'a causé plus d'alarmes. Jamais le Mexique, la Crimée, la Chine, malgré les espaces immenses de terre et de mer qui les séparent de nous, n'ont tenu dans une incertitude plus longue, plus vive, plus mortelle, la mère ou la femme du jeune soldat. Elles descendent des Vosges et des Pyrénées, elles partent du fond de la Charente, du Rhône et de la Gironde, cherchant un fils, un frère, un époux. Elles le demandent à toutes les ambulances, de la Loire jusqu'à la Saône ; Genève, Pontarlier, Baume, Vesoul, Besançon, sont quelquefois visités sans succès. Ornans est nommé : elles courent à Ornans. Elles pâlissent d'émotion au seuil de votre séminaire. Mon fils est-il vivant ? O bonheur ! Ce cri, poussé par les entrailles maternelles, a rempli trois fois la maison ; trois fois un soldat s'est levé de son lit et s'est jeté dans les bras de sa mère. C'est la résurrection du fils de la veuve de Naïm. Les pères dominent mieux leurs sentiments; ils s'arrêtent sur le seuil sans se nommer ; ils regardent, ils cherchent leur fils ; ils hésitent à le reconnaître, tant la maladie l'a amaigri. Mais au premier signal de la reconnaissance, l'émotion éclate, les larmes coulent : c'est Joseph dans les bras de Jacob. Louez le Seigneur, louez-le, pères attendris, enfants ressuscités, mères consolées ! Chantez en chœur sa miséricorde éternelle : *Confitemini Domino quoniam bonus, quoniam in sæculum misericordia ejus.*

Mais, quand il ne vous reste qu'un cercueil à rendre à la famille en deuil, comme la tristesse est tempérée par le récit des derniers moments du soldat! Vous avez gardé du moins ses lettres, son sac militaire, ses habits, tels que les avaient rangés la main d'une pieuse mère ou d'une jeune épouse. Vous menez cette famille étrangère dans le champ du repos, vous pleurez avec elle sur ce brave que vous aviez déjà pleuré sans le connaître ; les cœurs se fondent, les larmes se mêlent, on se promet un mutuel souvenir, et ces chrétiennes, qui ont traversé la France d'un bout à l'autre pour ne retrouver ici qu'une tombe déjà fermée, emportent du moins la pensée que leur fils est mort tel qu'elles l'avaient souhaité, pour la patrie et pour l'Eglise, que leur fils est mort en bon Français et en bon chrétien. Ils bénissent vos murs, vos séminaires et vos hospices ; ils bénissent Dieu et se résignent dans la pensée de sa bonté et de sa miséricorde éternelle : *Confitemini Domino quoniam bonus, quoniam in sæculum misericordia ejus.*

Consolons-nous donc en allant planter sur cette tombe le signe auguste de la rédemption. Non, je n'appellerai pas votre cimetière le champ de la mort. Jamais on n'y a enfoui tant de germes de vie, jamais on n'a préparé au ciel une plus belle moisson. Vous avez enseveli nos soldats dans la misère, dans le froid, dans l'ignominie de la défaite. Qu'importe ! ils ont tous reçu la marque de l'huile sainte, ils sont tous sacrés d'avance pour le jour de la résurrection. Et quand le souffle du Seigneur viendra remuer cette terre, de cette armée vaincue, de cette paille infecte, de ce cimetière aujourd'hui si triste et si rempli, il se lèvera une troupe de bienheureux aux vêtements de gloire, aux palmes radieuses, aux lèvres souriantes, en qui saint Louis viendra reconnaître ses enfants morts, comme lui, à l'école de l'adversité et du martyre, sur la paille que l'Eglise a bénie. « Fils de saint Louis, montez au ciel, » s'écrieront les anges en reconnaissant les marques de leur héroïsme, et ils chanteront avec les anges la bonté et la miséricorde du Seigneur : *Confitemini Domino quoniam bonus, quoniam in sæculum misericordia ejus.*

C'est de la France que je parle, c'est son sol que nous foulons, c'est sur ce sol que vous élevez aujourd'hui la croix du souvenir. Mais la France s'appartient-elle ? Ce sol est-il à vous ? Cruelle réflexion ! Je parle de l'avenir, il faut songer au présent. Il faut racheter cette terre sur laquelle l'ennemi fait peser une si lourde hypothèque, il faut lui rendre, à force de sacrifices, la liberté, l'honneur et le repos. Combinaisons financières, emprunts, impôts, tout ce que la science invente, tout ce qu'une sage politique conseille, il faut l'entreprendre. Mais que les dons devancent les impôts et les rendent moins lourds. Donnez, je vous le demande au nom de ces morts à qui nous devons assurer la paix, et qui s'indigneraient si, après tant de sang répandu, l'aigle de l'Allemagne allait s'abattre sur leur tombe et en arracher nos drapeaux. Donnez, c'est dans le temple que je vous le demande, au nom de Jésus qui a vu tomber dans le trésor du temple les deux deniers de la veuve. Donnez sans vous laisser détourner de ce généreux mouvement par la fausse sagesse ou le misérable égoïsme aux yeux de qui nos aumônes ne semblent qu'un verre d'eau pour combler un abîme. Ah! ce verre d'eau, Jésus l'a loué, Jésus l'a béni, Jésus a déclaré qu'il ne demeurerait pas sans récompense! Eh bien! cette récompense, ce sera de demeurer Français, pour répéter au nom de la France, comme au nom de l'Eglise : « Que Dieu est bon et que sa miséricorde est éternelle ! »

CÉRÉMONIE FUNÈBRE D'HÉRICOURT.

La bataille d'Héricourt fut le dernier grand effort de l'armée française, et depuis longtemps on attendait le jour où l'on honorerait d'une manière solennelle la mémoire des soldats tombés dans ces journées mémorables.

Le mercredi 10 juillet 1872 a été choisi pour cette cérémonie, et c'est dans l'église de la ville que s'était donné rendez-vous le public d'élite chargé d'exprimer les regrets et les sympathies de la France pour ceux qui sont morts en la défendant.

Dès mardi soir et mercredi matin, en visitant ce champ de bataille qui nous est familier, nous avons rencontré quelques-uns des principaux invités, parcourant ces lieux où plusieurs d'entre eux avaient combattu et versé leur sang. Du côté de Coisevaux, c'était le brave général Pallu de la Barrière, tout entier à ses souvenirs, et se promenant triste et pensif à travers les champs où campait sa vaillante troupe de réserve. Plus près d'Héricourt, à Byans, ce sont trois officiers des mobiles du Jura reconnaissant l'endroit où l'un d'eux est tombé, la poitrine percée d'une balle. Au cimetière, c'était M. le président Clerc, le meilleur historien de notre Franche-Comté, dessinant le monument élevé sur la fosse où reposent les victimes tombées sur le territoire d'Héricourt.

Dans la matinée, les trains venant de Delle, Besançon, Belfort et Vesoul, amènent une foule considérable d'invités et de curieux. Les maisons principales de la ville sont pavoisées de drapeaux ornés de crêpes noirs et de couronnes d'immortelles, la multitude est en habits de fête, et tout se prépare pour la cérémonie, qui commence à dix heures.

A ce moment, le cortége sort de l'hôtel de ville, précédé de l'excellente fanfare de la Roche (près Audincourt, Doubs), dont la bannière chargée de médailles obtenues dans les concours publics raconte éloquemment l'habileté et les succès. Derrière les quarante-cinq exécutants, qui jouent une marche funèbre, s'avance un groupe nombreux, à la tête duquel on remarque M. le général de Vouges, commandant la Haute-Saône et la Haute-Marne, délégué du ministre de la guerre, M. de Bardonnet, préfet de la Haute-Saône, le général Pallu de la Barrière, le lieutenant-colonel Godefroy, du 30e de ligne, les commandants Michaud, de Vaulchier et Papillard, des mobiles du Jura, survivants de la bataille, le chef d'escadron Bouquet, commandant l'artillerie pendant le siége de Belfort, et une foule d'autres officiers de l'armée, des mobiles de la Haute-Saône, du Haut-Rhin, du Doubs, de la garde nationale de Belfort, avec des soldats de toutes armes et de tout âge, ayant pour la plupart combattu pendant les trois terribles journées, et dont plusieurs étaient mutilés ou amputés.

L'élément civil était représenté par le maire et le conseil municipal d'Héricourt, l'honorable juge de paix M. Lubert, M. Noblot, membre du conseil général, les habitants les plus recommandables de la ville et des environs, les parents des victimes et des étrangers de distinction, invités à divers titres, comme M. le vicomte René de Vaulchier, M. le président Clerc, M. Chavanne, sous-préfet de Baume, M. Emile Desloye, membre du conseil général pour Champagney, etc.

L'église était tendue de noir, pavoisée de drapeaux et ornée d'inscriptions rappelant les lieux où les victimes ont combattu et sont inhumées. Notons, au sujet des drapeaux, que les Prussiens, qui ont amené plus de soixante canons cette semaine à Belfort, n'ont pas voulu en laisser sortir cinquante drapeaux tricolores demandés pour la circonstance pour l'église d'Héricourt. Il a fallu en faire venir de Dijon.

La cérémonie religieuse était présidée par M. Perrin, vicaire général du diocèse, délégué par Mgr le cardinal archevêque de Besançon. En face de lui, on voyait, dans le chœur, Mgr Bastide, camérier de Pie IX, si connu de tous les soldats français qui ont habité Rome. Autour de ces deux dignitaires, étaient rangés trente curés des cantons d'Héricourt, Montbéliard et Villersexel, presque tous éprouvés par la guerre et victimes de ses rigueurs.

A la messe célébrée par le curé d'Héricourt, les chants plaintifs de l'orgue accompagnant le chœur alternent avec les sons lugubres de la fanfare placée dans la tribune, et couvrent les bruits de la foule immense restée au dehors. Les étrangers s'étonnaient avec raison de trouver une église aussi étroite pour une population aussi considérable, et se demandaient comment la ville pouvait hésiter depuis si longtemps à bâtir un temple dont la construction mettrait à l'aise les protestants aussi bien que les catholiques.

Les autorités avaient pris place dans le chœur, près du catafalque, aux quatre coins duquel un mobile, un marin, un turco et un artilleur représentaient les principaux corps ayant pris part à la bataille. Les officiers étaient devant le chœur, les soldats dans la grande allée, le reste de l'assistance s'était placé comme il avait pu.

Après l'oraison funèbre prononcée par M. l'abbé Besson, l'absoute a été faite par Mgr Bastide, ce soldat du pape qui pendant vingt ans a aidé les soldats de la France à bien vivre et à bien mourir ; puis le cortége s'est mis en marche vers le cimetière. La croix paroissiale, voilée d'un crêpe, était portée par un jeune caporal de la ligne, chevalier de la Légion d'honneur, ayant pour acolytes un artilleur amputé du bras gauche et un mobile amputé du bras droit, tous deux décorés de la médaille militaire. La fanfare de la Roche marchait devant le clergé et jouait la marche des Girondins, dont le refrain souvent répété nous a paru d'un à-propos saisissant dans cette procession funèbre destinée à honorer les martyrs de notre défense nationale.

Le monument érigé dans le cimetière par une souscription

publique des habitants d'Héricourt est une pyramide quadrangulaire en pierre blanche surmontée d'une croix et dont le piédestal repose sur un massif de rocaille. Les inscriptions en sont correctes et chrétiennes, ce qu'on ne rencontre pas toujours et partout.

A ce moment le cimetière d'Héricourt offrait un spectacle original et grandiose. Outre la foule considérable qui affrontait un soleil torride, dans l'intérieur de l'enclos, les murs étaient couronnés par une longue ceinture de spectateurs qui formaient un cadre vivant à ce pittoresque tableau.

La bénédiction du monument a été faite par M. le vicaire général, et à quelques pas il bénissait aussi la tombe d'une jeune sœur de Charité morte à la tête de son ambulance et inhumée non loin des blessés dont elle avait soulagé les douleurs.

Une fois la cérémonie religieuse terminée, les discours ont commencé.

M. le préfet de la Haute-Saône a pris la parole le premier. D'une voix émue et avec un accent vraiment oratoire, il a remercié dans M. le curé d'Héricourt le véritable organisateur de la fête, et trouvé des paroles aussi touchantes que chrétiennes pour faire ressortir la fin glorieuse de ces victimes ensevelies à ses pieds.

Après lui, M. le général de Vouges, dans une courte allocution, a demandé aux assistants d'élever un monument plus précieux et plus patriotique qu'une pyramide de pierres, en formant les nouvelles générations à l'esprit de sacrifice, de dévouement et de respect à l'autorité.

J. Morey.

(Extrait de l'*Union franc-comtoise* du 16 juillet 1872.)

ORAISON FUNÈBRE

DES

SOLDATS MORTS A LA BATAILLE D'HÉRICOURT,

LES 15, 16 ET 17 JANVIER 1871.

Surgamus et eamus ad adversarios nostros; moriamur in virtute propter fratres, et non inferamus crimen gloriæ nostræ.

Levons-nous, marchons à l'ennemi, mourons dans notre vaillance pour le salut de nos frères, et ne laissons pas une tache à notre gloire.   **(I *Mach.*, IX, 8-10.)**

Ainsi parlait Judas le Machabée avant d'engager sa dernière bataille. Jérusalem était assiégée par les généraux des rois de Syrie; Galgala, Masaloth, Arbelles, tombés en leur pouvoir, étaient retranchés comme des camps, remplis de lances et de cuirasses, et couverts au loin par une brillante cavalerie; l'ennemi possédait à un haut degré l'art de la guerre; il avait pour lui l'audace, le nombre, la tactique, et malgré ses victoires passées, Israël succombait au découragement. « Levons-nous et marchons, » s'écrie le Machabée. A cette parole, la terre s'émeut, la bataille s'engage et dure jusqu'au soir. Judas tombe, comme il l'avait dit, il tombe dans sa vaillance, il tombe pour ses frères, mais la gloire d'Israël demeure sans tache jusque dans le trouble et la confusion qui suivent la mort du héros.

N'était-ce pas là d'avance comme un crayon de notre histoire et des trois fameuses journées d'Héricourt? Mais il y a ici quelque chose de plus grand et de plus national encore. Ce n'est pas un héros, c'est toute une armée, c'est toute la France qui l'a juré, avec une magnanime résolution : « Levons-nous et marchons à l'ennemi. » Ce n'est pas seulement du matin au soir, mais pendant trois jours que nos soldats tombent dans leur vaillance. Les bords de la Lizaine, plus désolés que ceux du Jourdain, pleurent avec les voûtes de ce temple tant de fois ébranlées par le tonnerre des combats; et de Montbéliard à Chenebier, vos forêts, vos collines, vos villages, encore teints d'un sang généreux, diront d'une voix émue jusqu'à la fin des siècles comment les Français s'immolent et meurent pour le salut de leurs frères. Saluons ce drapeau qui flotte parmi nos armes humiliées et vaincues. Quand il a fallu se retirer d'Héricourt, le serment des braves était tenu jusqu'au bout, le texte des Écritures se vérifiait jusqu'à la dernière lettre; nous n'avions pas une tache à notre gloire : *non inferamus crimen gloriæ nostræ.*

Vous venez aujourd'hui, à l'exemple d'Israël, rapporter dans leur sépulcre les restes de vos Machabées et offrir des sacrifices pour le repos de leur âme. Recueillons-nous devant ce monument; écoutons d'un esprit docile et d'un cœur ému toutes les paroles qui sortent du fond de la tombe; remercions Dieu de nous avoir avertis, frappés, anéantis jusqu'à la mort, consolés, ressuscités. Soyons humbles, soyons sincères. Nous aurons, s'il plaît à Dieu, moi le courage de tout dire, vous le courage de tout entendre. Tout nous parle, tout nous instruit : le champ de bataille, les trois journées de cette grande mêlée, la retraite de nos armes. Le champ de bataille nous donne une leçon de stratégie, la mêlée une leçon de vaillance, la retraite une leçon de politique. C'est de l'Allemagne que la France a reçu une leçon de stratégie, il faut en profiter et assurer l'avenir. C'est la France qui donne au monde une leçon de vaillance, il faut la raconter pour servir à nos neveux de consolation et d'exemple. C'est Dieu qui fait à l'Allemagne, à la France, au monde entier, une leçon de politique ; chrétiens et Français, remettons-nous à cette école et confessons qu'il faut remonter jusqu'à Dieu pour découvrir le fond des choses humaines.

I. Il y a des lieux qui semblent faits pour la rencontre des nations et le choc des batailles, et l'em-

pire y demeure au peuple qui, dans ce jeu sanglant,
ne se montre pas seulement le plus courageux,
mais le plus patient, le plus avisé, le plus habile.
Tels sont, entre la France et l'Allemagne, ces bas-
sins que les races et les langues se disputent depuis
tant de siècles : au nord, le Rhin, la Moselle, la
Meuse, qui se développent le long des Vosges ou
des Argonnes, et qui vont se perdre dans les sa-
bles de l'Océan; au midi ces plaines fécondes,
bornées par le Jura, où la Saône promène ses eaux
tranquilles jusqu'à ce que le Rhône, sortant des
Alpes, les entraîne avec la rapidité d'un torrent et
livre aux vaisseaux de la Méditerranée nos bois,
nos fers, descendus le long de nos grands fleuves.
Que de fois ces terres fameuses ont occupé la pensée des conquérants! Les Germains les enviaient
aux Gaulois; César en chassa Arioviste; Clovis en
enleva aux Burgundes la domination suprême;
Charlemagne en avait fait comme une clef de communication entre les différentes parties de cet immense empire qui comprenait la France, l'Allemagne et l'Italie; mais après ce génie, qui tenait tout
dans sa main, le nom et la fortune de nos contrées
sont encore la proie des armes, et la lutte se renouvelle dans les mêmes lieux entre les deux races
jalouses et ennemies qui se partagent l'Occident.
La France ne commencera-t-elle qu'à la Saône?
Ou bien l'Allemagne sera-t-elle refoulée au delà du
Rhin? C'est demander à laquelle des deux restera

le sceptre des affaires. Redoutable question qui s'a-
gite pendant tout le moyen âge, au milieu des
querelles des cités, mais qui semblait terminée
dans les temps modernes à l'honneur et au profit
de notre patrie. L'Alsace, la Franche-Comté, la
Lorraine, étaient devenues nos frontières. Tous les
grands princes y avaient mis leur épée, tous les
grands négociateurs leur signature. Charles-Quint
avait reculé devant Metz, Louis XIV s'était avancé
jusqu'au Rhin, Napoléon l'avait franchi partout.
C'était trop de puissance et de grandeur : l'Europe
en fut jalouse, et les trois journées de Leipzig nous
ramenèrent au delà du fleuve. Mais quoi ! les trois
journées d'Héricourt viennent de nous ôter l'Alsace, la Lorraine, la ligne des Vosges. L'Allemagne
déborde, et l'équilibre européen n'est-il pas rompu
une seconde fois ?

Ce fut la faute de notre stratégie. Pourquoi faut-il
que nous apprenions de nos voisins l'importance
capitale de cette frontière, la nécessité de l'occuper,
l'art de la défendre ! Fatal oubli ! cruel effet de
cette confiance aveugle avec laquelle nous prenons
les armes sans regarder assez ni où nous sommes,
ni où nous allons. Je ne parle pas des citadelles de
Metz, de Strasbourg, de Besançon, qui étaient à
peine à l'abri d'une surprise. Il fallait conserver
encore d'autres forteresses cent fois plus hautes,
cent fois plus nécessaires, et où il n'y a ni tant d'or
à dépenser ni tant de sang à répandre. Ces défilés

des Vosges d'où Turenne était sorti quatre fois
comme la foudre pour écraser à Ludenbourg, à
Turqueim, à Mulhouse, à Belfort, un ennemi qui
lui était trois fois supérieur en nombre ; ces plateaux du Jura où l'on trouve, d'étage en étage, tant
de gorges étroites, de chemins creux, de brusques
détours, de hauteurs imprenables, et où la moindre troupe peut arrêter si longtemps la plus grande
armée ; toute cette admirable ligne de retranchements combinés par la nature elle-même, entre
nos montagnes, nos rivières, nos forêts, n'attendait, ce semble, qu'un mot d'ordre pour s'armer
contre l'étranger et lui interdire l'entrée du pays.
Ah ! si l'on eût disputé pied à pied les cols des
Vosges, établi un camp entre Héricourt et Belfort,
échelonné le long du Jura, de Belfort à Besançon,
et de Besançon à Gray, une armée toujours prête à
fondre sur les derrières de l'Allemand et à lui
couper ses passages, quelle tranquillité pour les
plaines de l'Ognon et de la Saône, quelle inquiétude pour l'étranger répandu jusque sous les
murs de Paris, et comme il eût redouté de voir se
refermer sur lui les portes de la Lorraine et de la
Champagne ! Dans cette immense citadelle, com-
muniquant librement avec la Suisse, Lyon, tout le
Midi, nous aurions eu les avantages de l'art et de
la nature, des mouvements libres, des vivres assu-
rés, et le jour où l'Allemand aurait été forcé de se
retourner contre nous, toutes les facilités d'une

belle défense au lieu des mortelles alarmes d'une attaque désespérée. Quel changement de rôle ! quel changement de fortune ! C'était une autre guerre, c'était une autre paix ! Et au lieu de ces hymnes de deuil, nous chanterions ici le *Te Deum* des grandes délivrances et des grandes victoires !

Ecoutons cette leçon et acceptons-la. Ce que la France néglige, l'Allemagne l'observe. En vain le théâtre de la guerre semble transporté tout entier sur les bords de la Loire, il n'échappe pas à la pénétration de nos envahisseurs qu'il faudra revenir tôt ou tard entre le Jura et les Vosges pour y jouer la dernière bataille. Quels pressentiments ! quelles précautions ! quels travaux ! Mettons-nous résolûment à leur école pour étudier le terrain. A peine ont-ils investi Belfort qu'ils étendent leur armée jusqu'à Héricourt et qu'ils disposent sur trois lignes tout l'appareil de leurs formidables batteries. C'est la Lizaine qui forme leur dernier retranchement. Regardez cette humble rivière : son nom est ignoré, son cours n'est pas de quatre lieues, et nos cartes l'indiquent à peine. Mais le génie de la guerre en a deviné toute l'importance. Elle coule du pied des Vosges au pied du Jura, de Chenebier à Héricourt et d'Héricourt à Montbéliard. Quelle belle ligne de défense pour qui saura la garder ! A Montbéliard, un château fameux qui domine la ville et d'où le regard commande au loin dans la vallée du Doubs. A Chenebier, un bassin élargi, des versants pres-

que sans relief, et une vaste plaine propre aux ma-
nœuvres de la cavalerie. D'une extrémité à l'autre,
des bois où les routes s'entrecoupent, des gorges où
elles s'enfoncent, des hauteurs difficiles à forcer,
plus difficiles à aborder l'épée à la main, tant le canon en défendra bien les approchés. Héricourt, qui
est au centre, deviendra plus redoutable que tout
le reste. Ici se dresse un mont isolé dont la cime
vaste et arrondie regarde Belfort d'un côté, domine
de l'autre Chagey, Luze, Couthenans, toute la forêt
d'Apremont, la grande route qui la traverse et les
embranchements qui desservent tous les villages
de la contrée : c'est le mont Vaudois. Les Prussiens
y établissent sept batteries où les canons se
comptent par douzaines. Leur longue portée dé-
passe la vue, de solides épaulements les abritent,
et leur tir, dont la précision égale la portée, enfile
de toutes parts les débouchés du vallon.

Ce n'est pas tout. A peine entrés dans la ville,
les Allemands la changent en un camp redoutable,
creusant des retranchements, minant les ponts,
élevant trois barricades au milieu des rues, prati-
quant dans les maisons de larges meurtrières,
renversant ou transportant les murs des cimetières et des vergers, cherchant partout aux environs, dans les fossés, sur la lisière des bois, derrière les talus, ces endroits propices où le soldat
se cache, d'où le fusil porte au loin et où l'art
n'a presque rien à achever dans l'ébauche de la

nature pour en faire d'inexpugnables défenses.

Ah ! j'en atteste ici vos plus cuisants souvenirs, nobles habitants de cette cité. Ce n'était rien pour votre patriotisme de voir ruiner vos champs, chômer vos fabriques, envahir vos demeures : vous supportiez que l'étranger s'assît à votre table et qu'il vous traitât en peuple conquis ; le maire (1) et le curé (2), unis dans les sentiments de la même douleur et du même devoir, ne s'effrayaient point d'être emmenés en otage, et l'exil dont ils étaient menacés n'avaient pas un instant étonné leur grande âme. Qu'est-ce que l'invasion, la ruine, l'exil, au prix de tout ce qui se prépare ? Héricourt, tombé aux mains des Allemands, verra sous ses murs la France épuisée ; il recevra nos derniers coups ; il essuiera le feu de notre armée aux abois, et l'incendie s'y allumera sous l'éclat de nos dernières bombes. Héricourt fera des vœux pour être emporté, et ses vœux ne seront point entendus. Il sera forcé d'admirer en pleurant une résistance si bien conçue, si bien ménagée, si bien conduite, si bien récompensée par le succès. Mais quoi ! cette résistance devait être notre ouvrage ; et par quelle misérable imprévoyance en avons-nous laissé à nos ennemis la pensée, la fortune et la gloire ! O terre d'Alsace et de Comté, pardonne-nous d'avoir ou-

(1) M. Bretegnier.
(2) M. l'abbé Gatin.

blié que tu étais la frontière naturelle de la France, que ces montagnes, ces bois, ces rivières, étaient comme des places dont il nous faut rendre compte, et qu'en les défendant, nous défendions l'œuvre de notre nationalité avec l'épée de Turenne, le génie de Vauban et la politique de quatorze siècles !

Après six mois de revers, nous avons beau nous éloigner encore de ces lieux où la France et l'Allemagne doivent s'enfermer pour décider leur querelle comme deux braves en champ clos. L'instinct de la défense nous y ramène comme malgré nous. Un général d'une grande valeur et d'un grand renom a reçu la mission de conduire cent vingt mille hommes devant Belfort et de débloquer cette place, qui étonne par sa résistance héroïque l'obstination de nos ennemis. Nos espérances n'ont déjà plus de bornes, Bourbaki victorieux délivrera l'Alsace, passera le Rhin, envahira le grand-duché de Bade. Que l'entreprise est belle ! Mais que de difficultés pour l'accomplir avec toute la rapidité qu'elle demande et tout le secret qu'elle impose ! Il faut quitter la Loire, remonter à l'Est, marcher d'un pas vif, ferme et discret, en trois colonnes serrées, vers le Doubs, vers l'Ognon, jusque vers la Saône, tromper la vigilance de Werder, ou le prévenir, ou l'écraser dans ces montagnes où les deux nations vont se heurter pour la dernière fois. Werder est averti. Il quitte Dijon, il traverse en courant Gray, Combeaufontaine, Port-sur-Saône ; on le signale à Frasne, à Mailley, aux environs de Vesoul, nulle part on ne peut ni l'atteindre ni pénétrer son dessein. On dirait une fuite, et c'est à peine si les deux armées marchant parallèlement l'une à l'autre vers le même but, échangent quelques coups de fusil entre leurs avant-postes ou leurs grand'gardes. Où Werder acceptera-t-il la bataille? A Vesoul peut-être? Non, sa position n'y serait pas assez forte, il évacue Vesoul et continue son mouvement vers la Lizaine, où ses campements l'attendent. Pour l'assurer, que ne risquera-t-il pas? Il aventure une colonne entière à Villersexel, à Moimay, à Marat, jusqu'à Esprels; il dissimule derrière ce rideau la pensée de toutes ses opérations; il demeure deux jours sur les hauteurs dans une sorte d'attente, l'oreille au vent qui lui apporte le bruit de la bataille, les yeux fixés entre Héricourt et Belfort, sur ce bassin prêt à le recevoir. Cependant la mêlée s'engage à Villersexel, et le bourg, inondé de sang, couvert de ruines, est tour à tour pris, perdu, repris, parmi des prodiges de courage où les deux peuples ne peuvent se refuser une mutuelle admiration. La victoire nous reste, mais Werder profite de notre victoire comme il eût profité de notre défaite. Il sème de loin en loin ses éclaireurs pour essuyer le feu de nos avant-gardes. On croit le surprendre et on ne trouve plus que la trace de son passage. Tantôt il nous attend, tantôt il nous tient à distance, et, multipliant ainsi les piéges, les escarmouches, les simulacres d'attaque, il passe la Lizaine, s'enferme sur la rive gauche avec cinquante mille hommes, et attend, dans ces retranchements préparés depuis trois mois, l'heure décisive de la suprême rencontre.

Heure attendue et redoutée de toute la France, que la crainte, la confiance, le désespoir, se partageaient dans toutes les âmes. J'hésite de la peindre : c'est l'heure de l'agonie, et cette heure durera trois jours. Mais pourquoi nous taire? Il faut nous élever au-dessus de la fortune et démontrer que si nous avions contre nous la nature, l'art, la stratégie, il nous restait quelque chose de plus noble, de plus beau, de plus Français que ces grandes choses : il nous restait le courage. Nos soldats n'ont pas vaincu, mais ils étaient dignes de vaincre. Acceptons que l'Allemand nous donne une leçon de stratégie, et donnons à la postérité la leçon mille fois plus sublime du courage malheureux.

II. Je revendique hautement le courage comme une qualité naturelle à notre nation, et qui a éclaté devant Héricourt avec d'autant plus de vivacité et de grandeur qu'il n'était presque plus soutenu par l'espoir du succès. Je vais plus loin, et je le déclare à l'honneur de la France et de l'armée, ce courage est demeuré jusqu'à la fin obéissant, discipliné, héroïque. L'armée, en face de l'ennemi, écoute encore ses chefs, et tout marche à leur parole. Rappelez-vous la situation des affaires et des esprits dans les trois journées que nous célébrons. Tout était abattu, tout était désespéré. Au timon de l'Etat, l'incapacité et la division ; le silence des lois dans le tumulte des armes ; la désorganisation dans les services, la contradiction dans les dépêches, et, parmi toutes les incertitudes du commandement, un mot jeté à l'étranger comme un défi, à la France comme un ordre, à l'histoire comme un trait de folie : la guerre à outrance ! La guerre, mais tout manque pour la continuer, l'argent, les soldats, les équipages ; tout la condamne, la saison, le climat, l'état des chemins ; tout la rendra mortelle, le froid, la faim, la défaite. La guerre à outrance, mais c'est la guerre aux éléments, à la raison, à l'évidence, c'est l'aveuglement et la fureur. Cette politique, cette incapacité, je la déplore ; ces vivres épuisés, ces munitions qui vont manquer de toutes parts, ces chevaux qui reculent sur des routes couvertes de glace, ces canons d'une portée trop courte, l'histoire les signale, l'histoire a déjà prononcé. Mais le soldat français, malgré l'esprit révolutionnaire dont tant d'âmes sont comme remplies et affolées, n'en viendra pas moins donner l'assaut durant trois jours, sur une longueur de quatre lieues, à cette formidable ligne de la Lizaine, fortifiée par le vainqueur de Strasbourg, couverte de tant de batteries, pleine d'Allemands enivrés de leurs succès et qui n'ont plus qu'une palme à gagner pour assurer à leur patrie deux provinces, cinq milliards et la gloire immortelle de toute la campagne. Le soldat français ne tremblera ni de peur, ni de froid, ni de faim. Il obéira sans se plaindre, il marchera sans pâlir, il tombera sans reculer. N'est-ce pas là le courage, la discipline et l'honneur?

Ce n'est pas avec les larmes de la parole sainte que l'on peut songer à peindre ce combat d'artillerie qui a mis en mouvement des deux côtés de la Lizaine plus de six cents canons. Nous avions chassé l'ennemi devant nous à Coisevaux, à Byans, à Verlans. La réserve générale campe à Coisevaux, en face du mont Vaudois, et, poussant sa reconnaissance à découvert, elle est saluée par les obus de l'Allemand. Les chevaux se cabrent, plusieurs hommes sont blessés, mais le colonel Carré, à la tête du 29ᵉ de marche, demeure immobile sous cette pluie foudroyante. C'est un marin, c'est Pallu de la Barrière, qui commande le corps d'armée. La résolution froide dont il a contracté l'habitude au milieu des tempêtes de l'Océan éclate dans sa tête réfléchie, sa parole précise et son attitude martiale. Il sort victorieux du combat d'Arcey, il espère devant Héricourt une journée plus décisive. Après avoir reconnu distinctement les sept batteries disposées en étage sur les pentes du mont Vaudois, il ouvre le feu dès le 15 à deux heures du soir, éteint une batterie, oblige une autre à se retirer, et concourt ainsi au succès du jour, qui fut marqué sur toute la ligne de bataille. A droite, le 24e corps éclate et tonne avec non moins de fureur, le 20e remplit tout le centre de ses feux et de ses coups, tandis que le 18e, un peu retardé dans sa marche, prend ses positions à gauche au sortir de la forêt, entre Luze et Couthenans, espace ses pièces et prolonge sa vive attaque jusqu'à la nuit. Quel spectacle ! l'air est tout en flammes, le sol tremble et s'ébranle au loin, Belfort espère, la France écoute, et le canon de la Lizaine semble retentir, avec un douloureux écho, au fond de toutes les âmes.

Mais ce n'est ni l'obus ni la bombe qui décideront de tout ce duel. L'artillerie commence ou achève les batailles, la cavalerie les précipite, l'infanterie seule peut les gagner. Il faut marcher, échanger des balles, s'aborder à la baïonnette, se disputer corps à corps les positions favorables. Choisissez sur toute la ligne tel corps qu'il vous plaira, dans chaque corps telle division, tel régiment, telle compagnie, du 14 au 18 janvier, tel jour ou telle heure que vous voudrez, partout où notre brave infanterie a reçu cet ordre qui était pour tant de braves un ordre de mort, elle s'est levée, elle a marché, elle a fait œuvre d'obéissance, de discipline et de cœur. Partout le même obstacle, le même effort, la même grandeur d'âme. Pas une défection, toujours le courage, souvent l'héroïsme.

Fixez d'abord vos regards sur Montbéliard où la Lizaine achève son cours et où la droite de notre armée cherche à s'établir. Pendant que le 4e bataillon des mobilisés de la Haute-Saône répand ses éclaireurs sur le plateau de la Petite-Hollande, les turcos envahissent au pas de charge la hauteur qui domine la ville, chassent les Prussiens, s'emparent de leurs canons, descendent dans les rues et bravent le feu du château. Que l'ennemi s'abrite derrière ces murailles, qu'on ne puisse ni le compter ni l'atteindre, qu'il lance ses obus pour attester sa présence sans se découvrir, il y a là de la tactique et de la prudence, mais le courage est ailleurs. Je l'honore et l'admire dans ces braves Français qui viennent d'être frappés et qu'on rapporte les uns morts, les autres mutilés et sanglants, dans les maisons de la ville. Le prêtre accourt. A la première vue de ces corps en lambeaux, un mouvement de surprise s'empare de lui : un des blessés l'a remarqué, il se lève à demi, et de la main qui lui reste, il invite le ministre du Seigneur à s'approcher. Quel noble geste ! quelle ferme parole ! Le prêtre l'aborde et veut le consoler. « Combien je voudrais adoucir vos souffrances ! — Mes souffrances ! mais je ne sens rien , on ne souffre pas quand on meurt pour la patrie ! »

Avançons un peu, voici le village et la plaine de Bethoncourt encore couverts d'un crêpe funèbre. Ici l'ennemi a tout gagné, excepté la gloire ; les nô-

tres ont tout perdu, excepté le courage. Tout est
fait pour la sûreté de l'ennemi : les sommets couronnés de bois où se cachent les batteries fou-
droyantes ; les maisons en amphithéâtre où les
soldats s'échelonnent et se dissimulent ; un cimetière qui les abrite par milliers ; le talus du chemin
de fer qu'il faut gravir pour parvenir au village ; la
rivière qui baigne le talus et qui en forme avec des
rochers à pic la principale fortification. Eh bien !
il s'est rencontré des chasseurs, des soldats de
ligne, des mobiles, pour tenter l'assaut de tant de
remparts et pour mourir à leurs pieds. C'est le
16e bataillon de chasseurs qui y perd cent soldats
et cinq officiers ; c'est le 63e de ligne qui partage
les mêmes dangers, se signale par la même vaillance, et se console aussi de ses pertes par la pensée qu'il a fait son devoir. Les mobiles de la Savoie
campaient en face, sur la lisière de la forêt. Le
marquis Costa de Beauregard les commande :
imaginez la bravoure unie à la popularité. Un
prêtre est au milieu d'eux : imaginez le zèle avec
l'éloquence (1). Ce prêtre a partagé depuis quatre
mois leurs privations, leurs souffrances, leurs
périls. Maintenant qu'il faut marcher contre Bethoncourt, on le regarde, le silence se fait, le
signal se donne et tout le bataillon tombe à genoux sous cette main qui absout et qui bénit.

_____

(1) M. l'abbé Juteau.

Les voilà qui se relèvent, échangeant entre eux
des regards où les adieux se peignent, laissant
tomber des larmes silencieuses à la pensée de leurs
mères, de leurs montagnes et de leur Dieu. Ils
marchent, tout se taisait à leur approche, et Bethoncourt semblait évacué. Mais à peine ont-ils
traversé la moitié de la plaine, que le village, le talus, la crête, se peuplent de fusils. L'ennemi est
invisible, mais il est partout. Les balles sifflent, les
obus pleuvent, les braves tombent. A la tête de ces
braves, deux capitaines, François Milan et Félix Besancenot ; à côté d'eux le chirurgien Desmoulins
qui reçoit le coup mortel en les assistant ; avec eux
soixante-onze enfants de la Savoie, héros de vingt
ans, Français depuis dix ans à peine, et qui viennent mourir pour leur nouvelle patrie avec ce zèle,
cette obéissance, cette abnégation qui accomplit le
devoir, mais qui ne le discute jamais. Le prêtre
témoin de leur mort a recueilli leurs dernières paroles. Il les a citées sur leur tombe, je les répète
devant ces autels, les anges et les hommes en ont
fait le sujet de leur entretien. Un obus éclate auprès du capitaine Besancenot et lui brise la main
droite. « Ce n'est rien, » dit-il ; il ramasse son épée,
et regardant sa troupe avec plus de fierté encore :
« En avant ! » Il s'avance le premier, sa troupe le
suit, deux balles le frappent, il tombe pour ne
plus se relever. Eh bien ! le capitaine servira, en
tombant, de rempart à ses soldats : « Abrite-toi

derrière mon corps, » dit-il au caporal qui l'accompagne. Son testament n'a qu'une ligne : « Ecris à ma famille que je suis mort en brave. » Son dernier soupir est une prière : « Mon Dieu ! ayez pitié de moi. »

La Charente aura des héros dans cette journée aussi bien que la Savoie. Je n'en veux pour exemple que le jeune et brillant Marcellus, sorti de l'école de droit avec tous les lauriers, cher à tout l'Angoumois, à cause des espérances de son nom, l'unique consolation d'une mère vénérable, l'unique appui de ses neveux encore en bas âge. Laissez donc un tel soutien à cette mère, à ces quatre sœurs, à ces deux petits enfants. Marcellus a vingt-six ans, il n'a point rêvé la carrière des armes ; c'est à la famille qu'il veut dévouer sa vie, c'est aux lettres qu'il veut demander un peu de cette gloire qui a consacré le souvenir de son aïeul. Son âge le dispense, mais son nom l'oblige ; sa santé ébranlée demande les ambulances, mais sa noblesse soupire après la bataille. Soldat, lieutenant, capitaine, soit qu'il obéisse, soit qu'il commande, il se donne toujours. Il donne, il prodigue autour de lui l'argent, les soins, les conseils, les exemples, soutenant par ses lettres sa mère, qui n'espère plus le revoir, par ses paroles l'esprit de ses compagnons d'armes, par ses prières son propre courage et ses propres résolutions. « Je suis, disait-il, le soldat de Dieu avant d'être le soldat de la France. » Il sent que Dieu lui demande sa vie pour faire monter devant lui la flamme épurée du sacrifice. Que n'imagine-t-il pas pour la purifier encore davantage ? Le 13 janvier il se confesse avec le pressentiment qu'il le fait pour la dernière fois. Dès lors il se bat tous les jours, à Sainte-Marie, à Montbéliard, à Bethoncourt. Là il entraîne sa compagnie par son élan contre cette forteresse pleine d'ennemis invisibles. La mitraille éclate au milieu de ces jeunes mobiles, tue les uns, disperse les autres, et le laisse seul avec son sergent. Qu'importe à Marcellus ! Il voudrait tomber seul et satisfaire pour toute l'armée. En avant ! toujours en avant ! Une balle l'atteint au cœur et l'étend par terre. Prenez ce corps, fidèle sergent, confiez-le à la piété des habitants de Dung, bientôt vous viendrez le reconnaître et vous le rapporterez aux lieux qui l'ont vu naître, sous les yeux d'une mère qui le réclame, qui le couvre de baisers et de pleurs, qui l'enferme dans le tombeau de ses pères et qui va s'y ensevelir elle-même après cinq mois passés dans les pleurs de l'agonie. Soldat de Dieu, reposez en paix ; soldat de la France, attendez au fond de ces caveaux funèbres le jour du réveil et de la victoire. Vous êtes tombé pour Dieu dans les batailles, comme vos aïeux tombaient pour leur roi sur l'échafaud ; mais ce n'est point la tristesse, c'est l'espérance qui chante sur la tombe des Marcellus. Ecoutez dans quels vers ils prophétisent nos destinées :

La France a triomphé des vains efforts du crime
Et trompé des méchants l'espoir audacieux.
Elle renaît plus belle et du fond de l'abîme
S'élance au haut des cieux (1) !

Mais les champs de Bethoncourt cachent des
piéges jusqu'au dernier moment ; il faudra y voir
tomber des braves jusqu'après la bataille. A côté du
grand nom de Marcellus, je place avec le même
respect un nom plébéien digne des mêmes honneurs et des mêmes souvenirs. Le maréchal des logis
Simon est Bisontin. Il a vingt-trois ans, il n'a manié
jusque-là que les crayons de l'architecture ; mais il
appartient à cette mobile du Doubs dont l'infanterie a si bien tenu tête à l'ennemi à Voujaucourt et
à Bondeval, et dont l'artillerie, mêlée au 24ᵉ corps,
se signale par sa ferme attitude sous la conduite
du capitaine Grévy. Un obus le frappe entre ses
pièces, déchire ses entrailles et le jette dans les
bras de la mort. Je cherche un prêtre, je ne vois
que des camarades. Rassurez-vous, il y a là un
chrétien qui le relève, qui le console, qui l'assiste,
qui tourne vers Dieu son dernier soupir : c'est la
mort de Bayard.

En face du mont Vaudois, où campe le 20ᵉ corps,
les deux armées se touchent, leurs batteries mêlent de plus près leur feu redoutable, et cinq cents

(1) *Odes sacrées, idylles et poésies diverses*, par le comte de Marcellus, p. 293.

mètres à peine séparent les combattants sur un terrain qu'ils occupent et qu'ils cèdent tour à tour. Clinchant se réjouit de serrer l'ennemi de plus près, et avec le magnifique mépris qu'il professe pour la mort, il a résolu de mener son infanterie à cette vive et impétueuse attaque où il faut cent fois plus d'hommes pour l'entreprendre que pour la soutenir, dans chaque homme cent fois plus de courage, et où, malgré le nombre, malgré le courage, il restera toujours cent fois plus de périls que de confiance. Ses officiers d'état-major ne se ménagent pas : témoin ce Villeneuve, qui avait disputé pied à pied, chambre par chambre, tout le château de Villersexel aux Prussiens, et qui reçoit ici un éclat d'obus comme pour consacrer par une noble cicatrice la fin de sa campagne; témoin ce Saint-Raymond, qui continue son service les jambes traversées par une balle et qui parle en souriant de sa blessure. Le général Thornton est animé de la même ardeur et la fait partager à sa division. Après avoir repris Aibre, Trémoins, Couthenans, il campe à Tavey, face à face avec l'ennemi. Au delà s'élève le moulin de Bourangle, dont l'Allemand a fait une citadelle et qu'il a rempli d'une redoutable infanterie. Trois fois nos tirailleurs, sortant des bois, ont traversé la plaine à découvert, touché au moulin, commencé l'assaut : trois fois il a fallu reculer sous la mitraille; deux cents zouaves sont restés sur place, leur commandant est blessé, et le général qui a exposé sa personne dans cette attaque trois fois entreprise, trois fois repoussée, ne saurait dire ce qui le désole le plus ou d'avoir perdu tant de braves ou de leur survivre. L'Allemagne triomphe dans ces forteresses. Ah! derrière de tels murs on peut garder l'avantage, mais est-ce donc de ce côté-là qu'est le courage, la discipline et l'honneur?

Le même jour, à la même heure, la première division du 20e corps prenait l'offensive avec la même impatience. Elle a reçu l'ordre d'attaquer le coteau de Saint-Walbert et de pousser jusqu'à Héricourt. C'est aux troupes les plus voisines de l'ennemi d'engager l'action. Le général Logerot a confié ce soin au commandant de Vaulchier et à six compagnies choisies parmi des mobiles, des francs tireurs et des régiments de marche. Vaillante troupe, sous les apparences de la fatigue et du dénûment! Je salue d'abord le drapeau du 85e avec tout le respect dû à ses vieux services, mais que ces braves me pardonnent si j'appelle vos regards sur des mobiles qui viennent de prendre le fusil et qui ne datent que d'hier. Ce sont les compagnies du Jura, recrutées dans nos plaines et dans nos montagnes avec ce patriotisme ardent, servi par une rare intelligence, qui signalait déjà à la fin du dernier siècle les enfants de notre province à l'admiration de l'étranger. Elles comptent trois campagnes dans quatre mois d'exercice; elles ont reçu dans les Vosges le baptême du feu ; le combat de Beaune-la-Rolande les a affermies en les décimant, et les voici plus décimées encore par le froid et par la faim, aux prises avec un ennemi qui les attend à couvert et qui guette leur entrée en bataille. A côté d'eux, marchent les compagnies du Haut-Rhin. Elles se sont levées à la voix d'un orateur qui s'est fait soldat(1), que les suffrages unanimes ont porté au grade de colonel, et qui, retournant à la tribune après la campagne, laisse échapper encore dans sa parole en deuil tous les regrets et toutes les espérances de l'Alsace. Il avait donné à ces francs tireurs son âme encore plus que son nom. Quelle épreuve le jour où il lui faut quitter cette Alsace envahie et perdue ! quelle épreuve plus cruelle encore le jour où il faut quitter à Besançon ses chers soldats et se coucher sur un lit de douleur pour suivre du regard seulement leur marche et leurs exploits ! Mais le Bourguignon vaut l'Alsacien dans la défense de la France. Le commandant de Lupé les mène de périls en périls avec cette fermeté vive dont le souvenir demeurera attaché à son nom ; l'abbé de Dartein les suit partout, toujours debout, toujours au milieu des balles ; ils ont pris Byans, et maintenant il faut escalader la hauteur de Saint-Walbert. Allons ! enfants de l'Alsace et de la Comté, marchez encore une fois sous le même

---

(1) M. Keller.

drapeau et donnez-vous la main. Jamais le froid
n'avait été plus intense, jamais les vivres n'avaient
plus fait défaut. Le pain manque depuis cinq jours,
le biscuit est insuffisant, on est réduit à disputer
aux habitants affamés leur dernière ressource. Les
villages sont abandonnés et une multitude' de
malheureux meurent au fond des bois, de faim, de
froid et d'épouvante. Les soldats gèlent sur place,
l'effectif des bataillons diminue, mais le courage
croît, l'honneur parle, on oublie tout, tout excepté
le devoir. Le commandant de Vaulchier à la tête
de ses Jurassiens traverse le vallon de Verlans,
rallie à sa gauche les tirailleurs du 85e, commence
à gravir les mamelons de Saint-Walbert, et se mêle
aux francs tireurs du Haut-Rhin. Les murs crou-
lants, les carrières ouvertes, les buissons pleins de
glace, sont franchis au pas de course. Nos braves
montent toujours, mais les Allemands à demi
cachés dans les brouillards font pleuvoir sur eux
une grêle de balles. Il n'y a plus qu'un gradin à
franchir pour atteindre le sommet et planter le
drapeau, mais l'ennemi est à cent pas, il tire à
bout portant, les Français tombent de toutes parts,
le commandant de Vaulchier, le corps traversé par
une balle, essaie de se relever, ses camarades le
reçoivent dans leurs bras et prennent encore ses
ordres. A la nouvelle de cette fatale blessure, tout
le bataillon se sent comme frappé du même coup,
Besançon y voit le présage d'un fatal dénouement,

la Comté s'émeut pour l'aîné de cette noble race à qui l'épée et la plume sont également familières, et qui les met avec tant de zèle et de talent au service de la France. Dieu soit béni! Dieu nous l'a rendu, et je le vois agenouillé devant ces autels avec l'expression de la reconnaissance. Relisons cette page à nos neveux, ce n'est pas le succès, mais c'est le courage modeste, c'est l'indomptable honneur, c'est la foi chrétienne.

Et vous aussi, vous la relirez, derniers restes des francs tireurs de l'Alsace, si miraculeusement échappés à la bataille. Les braves des meilleures provinces, les fils de la Comté, de la Lorraine et de la Champagne, se sont donné rendez-vous dans ce corps d'élite, mais appelez-le aujourd'hui l'élite du tombeau, tant la mort y a couché de victimes. Encore cette élite, aux prises avec la mort comme avec l'ennemi, l'a quelquefois terrassée et vaincue. Citons ce sergent-major comtois qui est revenu à Montbozon la poitrine percée de coups, cet adjudant Colin, né en Lorraine, que deux balles ont frappé à la tête sans l'écraser, que tout le monde a cru mort et qui, trois mois après, a rapporté à sa famille, à sa province, à ses compagnons d'armes, la joie d'une résurrection. Pourquoi faut-il que la Champagne n'ait recueilli ici que des larmes et des souvenirs, et que vous n'ayez pas même pu lui rendre le corps de Lagrelette? De quel nom l'appellerai-je, cet héroïque enfant de Châlons-sur-

Marne ? Est-ce un officier ? Est-ce un médecin ? Il vient de commander le feu, l'épée haute, le regard ferme, le front découvert. Un soldat tombe à ses côtés. Il se penche vers lui. « Vous êtes blessé ! » Il cherche un appareil, il sonde la plaie, il apprête un pansement. Une seconde balle suit la première et frappe le médecin dans l'exercice de sa charité évangélique. Soldat et médecin tout ensemble, médecin pour panser les blessures, soldat pour les faire à l'ennemi et les recevoir lui-même, Français deux fois si ce n'est pas assez de l'être une fois pour se dévouer et pour mourir, héros dix fois par jour et comme médecin et comme soldat. Il aimait l'étude avec passion, mais ses études étaient déjà des batailles. Au collége, à l'école de médecine, dans les hospices de Paris, il s'empare d'abord du premier rang, le garde comme un fief, et jouit modestement de sa jeune renommée, tant il se trouve dans son naturel. Ses thèses sont des assauts, ses concours des victoires, les médailles de la science sa première décoration. Il n'a que vingt-six ans, quatre compagnies savantes lui ont déjà ouvert leurs portes, et on lui prédit tous les honneurs de l'Institut.

Ah ! fatale guerre, pourquoi êtes-vous venue interrompre de si belles espérances ? Le jeune docteur a tout oublié pour se dévouer au soulagement de ses semblables. Il offre ses services, et sans attendre la réponse, le voilà qui forme avec

quelques camarades une société de secours pour
visiter les champs du carnage et soigner les
blessés. On les a vus à Châlons-sur-Marne, à Gra-
velotte, à Amanvillers, à Montigny-les-Granges,
cherchant partout la trace des victimes et poursui-
vant d'ambulance en ambulance, dans cette mer de
sang, la France vaincue et malade, avec plus de
zèle et d'amour qu'Ulysse ne cherchait autrefois sa
chère Ithaque. Après Sedan, ses compagnons le
quittent, mais il commence une nouvelle odyssée,
toujours à la recherche de la misère, toujours à la
recherche de la patrie ; il la trouve dans les ambulances de l'étranger et jusque dans celles de l'ennemi, en Suisse, en Belgique, en Allemagne ; il
rentre en France par Mulhouse, c'était la France
encore, et après quelques jours de repos, le voilà
chirurgien et lieutenant dans les francs tireurs du
Haut-Rhin. Que vous dirai-je de ces deux mi-
nistères, de ces deux vies, de ces deux morts ?
Rien n'est à lui, ni ses jours, ni ses nuits, ni son
temps, ni sa solde, ni même le pain qu'il reçoit
pour sa subsistance. Ses jours se passent dans les
guets, les expéditions, les tranchées ; ses nuits au
chevet des malades ; sa solde lui semble inutile, il
la distribue à ses soldats, un peu de pain lui suffit ;
mais le pain devient rare ; les habitants de Byans
ont pris la fuite, il ne reste qu'une humble femme,
retenue par l'âge et qui pleure de faim sur un banc
de pierre devant sa maison abandonnée. Lagrelette

l'aperçoit, la console, tire de son sac ses dernières provisions, et lui donne à manger. C'est au sortir de Byans, c'est non loin de ce banc de pierre où vous faisiez l'aumône, que vous êtes tombé, noble jeune homme. Ah ! je ne m'en étonne plus, Dieu vous a appelé. Vous méritiez de voir celui qui a apparu à saint Martin le jour où ce soldat fameux a partagé son manteau avec un pauvre. Entrez dans sa gloire. Les anges des hospices disputent aux anges des combats l'honneur de vous présenter. Le pain que vous avez donné s'est déjà changé dans leurs mains, comme dans le tablier de sainte Elisabeth, en fleurs d'immortalité. O lauréat des grands concours, vous tenez la vraie palme. Médecin et soldat, vous serez deux fois cité sur la terre à l'ordre du jour, deux fois couronné dans le ciel. On a vu, quelques semaines après, le père du héros fouiller inutilement les coteaux de Byans et de Saint-Walbert, pour retrouver la dépouille inanimée à laquelle il voudrait attacher encore une fois ses yeux et ses lèvres. Il n'a exhumé que des visages inconnus ; il a renoncé à cette stérile recherche, il n'a emporté de ce long et triste voyage que le souvenir de vos sympathies et de votre accueil. Non, je me trompe, il a une autre consolation : cette terre était faite pour recevoir son fils, la chapelle de Saint-Walbert est restée debout, comme un asile inviolable, entre ces deux batteries qui l'ont canonnée de si près ; c'est au-

jourd'hui l'asile de la bravoure. Il y a vingt ans que
l'eau sainte l'a trempée, et que le sang de Jésus-
Christ y coule sur l'autel. Soyez béni, ô vénérable
pasteur (1) qui avez planté la croix sur ce coteau, en
y jetant comme un linceul ce lierre, ces églantiers,
ces herbes grimpantes, ces fleurs agrestes, mêlés à
l'immortelle verdure du sapin. C'est un cimetière
que vous avez bâti à la patrie, c'est un champ de
gloire que vous avez semé pour la résurrection de
la France !

Plus nos lignes se rapprochent de Belfort, plus
la lutte est acharnée et la mêlée sanglante. On
touche à l'enjeu de la campagne, et les deux peuples
s'animent à cet aspect. Le 18ᵉ corps s'est disposé
en bataille de Couthenans à Luze, de Luze à Chagey
et à Chenebier. Chagey supporte presque tout le
poids de la journée du 15 janvier. Malheureux
village, puisque l'ennemi l'occupe, deux fois malheureux puisque le Français l'attaque, malheureux
mille fois, puisqu'il n'a pu le reprendre. C'est en
vain que le général Bonnet s'empare des premières
maisons, couronne les crêtes, et, quand l'ennemi
veut l'en déloger, lance de toutes parts ses bataillons, paie de sa personne, multiplie les prodiges de
tactique et de valeur. C'est en vain que le 4ᵉ zouaves
marche à la tête de cette vigoureuse attaque avec
une ardeur soutenue ; ici encore il faut reculer. La

(1) M. l'abbé Gatin, curé d'Héricourt.

perte est affreuse : un millier de morts, une foule d'officiers hors de combat. Quel carnage ! Mais aussi quelle vaillance ! A vous la victoire, puissances ennemies, à nous la couronne.

A nous la couronne, et j'en détache deux fleurs pour les jeter du haut de cette chaire sur deux tombes ignorées que le gazon a déjà recouvertes, et où dorment deux braves en qui se peignent, en qui je loue tout ce que l'armée d'Héricourt avait de bravoure dans la jeunesse, d'expérience dans l'âge mûr, de foi dans tous les âges et dans tous les rangs.

A Louis de Courtois, douce et noble victime, qui gardait encore à vingt ans son innocence baptismale et qui, n'ayant quitté sa mère que pour revêtir l'habit du soldat, n'avait d'autre peine que de s'endormir chaque soir sans l'embrasser. Il dort maintenant, ce jeune soldat, et le baiser de l'amour filial semble encore errer sur ses lèvres muettes. Cueillez-le, saints anges, et portez-le à sa mère avec cette humble fleur de nos regrets, toute pleine de nos. larmes, toute teinte de son sang, mais déjà toute rayonnante de la bienheureuse immortalité.

Au colonel Pech, qui est venu achever sa vie militaire sur les bords de la Lizaine, où Louis de Courtois commençait la sienne. Il n'avait jamais connu ni la flatterie ni la peur. Il était sorti le dernier, en 1848, des Tuileries envahies par l'émeute.

Il était entré le premier, en 1849, dans les murs de Rome reconquis sur la révolution. Pie IX l'a décoré, et cette croix lui a porté bonheur. Ah! quoi que vous fassiez, le cœur qui bat encore sous le portrait d'un pape, ne sera pas longtemps sans se réveiller aux saintes pensées de la foi et de la vertu. Le prodigue qui a emporté l'image de son père ne tardera pas à soupirer après la maison paternelle. Le colonel Pech s'est réconcilié avec son Dieu, il s'honore de pratiquer sa foi, il a reçu dans la chapelle de Fourvières le viatique de sa campagne, et le voici, le 14 au soir, frappant à la porte du presbytère de Magny-lez-Lure pour y goûter le repos de sa dernière nuit. Il est tard, ses soldats dorment, mais la vue d'un prêtre lui fait oublier ses fatigues. Il veut parler de Dieu et de la religion. Ecoutez-le, c'est un testament : « Je n'ai pas toujours rempli mes devoirs, mais la pratique m'en est chère aujourd'hui. Le jour où je me suis confessé a été le plus beau jour de ma vie. A présent je me sens sans aucune peur, parce que ma conscience ne me fait plus de reproches. Peut-être je mourrai demain, le champ de bataille m'attire, Monsieur le curé, priez pour moi et bénissez nos armes. » Oui, Dieu les a bénies, car c'est une bénédiction de mourir avec de tels sentiments dans l'âme et de telles paroles sur les lèvres. Le lendemain le colonel Pech était tué à la tête des mobiles de l'Aude. Il laissait la victoire et prenait la couronne !

A nous la victoire et la couronne dans le combat de Chenebier, qui marque la journée du 16 et qui suffirait pour apprendre au monde que les Français d'aujourd'hui valent ceux des siècles passés. Chenebier menaçait notre gauche, l'Allemand s'y était répandu dans tous les accidents du terrain, et ses batteries, placées l'une au pied du bois, l'autre sur un plateau élevé, formaient comme une ceinture de fer autour des mamelons qui se partagent l'intérieur même du village. Deux divisions du 18e corps reçoivent l'ordre d'attaquer ce point redoutable. Cremer y fera connaître la valeur de ses jeunes troupes ; Penhoat y agrandira son renom de marin en menant à l'assaut des chasseurs d'Afrique ; Billot y paraîtra digne du commandement. C'est l'artillerie qui engage le combat. Pendant près de deux heures les feux se croisent sans pouvoir s'éteindre, mais la neige molle où s'enfoncent les obus les empêche d'éclater, et l'action demeure indécise. A l'ordre du général Billot l'infanterie va entrer en ligne. Cremer lance sur la droite ses soldats de marche et ses mobiles avec une égale impétuosité ; le colonel de l'Epée attaque la gauche, suivi de deux régiments ; au centre c'est l'amiral qui déploie sur le front de la bataille ses tirailleurs échelonnés et qui imprime à toute la manœuvre l'élan de son audace. La charge sonne, la fusillade s'engage, les colonnes se précipitent. L'Allemand, attaqué de toutes parts, commence à plier. On le

presse, on le cerne, on l'aborde à la baïonnette. Il
recule, se dérobe dans le bois voisin et bat en retraite sur Echevanne. Chenebier reste dans nos
mains, et la journée du 16 se termine par une victoire qui devait, ce semble, nous ouvrir dès le lendemain le chemin de Belfort. Mais l'ennemi préparait sa revanche à la faveur de la nuit. Quelle
mystérieuse et tragique surprise! Un ordre est
parti du cabinet de Versailles, je voudrais dire de
Berlin, avec la rapidité de l'étincelle électrique :
Reprenez Chenebier à tout prix. A ce mot on sacri-
fiera tout. Le vaincu ne se donne pas une minute
de repos, mais il observe et choisit ses positions
pour l'attaque, se dissimule dans les plis du terrain et ramène à travers les bois cinq régiments
soutenus par trois batteries d'artillerie. Sentinelles,
où est l'ennemi : *Custos, quid de nocte?* Nos
grand'gardes veillent, mais elles aperçoivent à
peine, à travers les ombres, quelques silhouettes
prussiennes. Sentinelles, soyez attentives : *Custos,
quid de nocte?* Mais les grand'gardes, dont la jeunesse excuse l'inexpérience, se bornent à quelques
coups de fusil, et le camp français qui interroge
son oreille, ne recevant pas d'autre avis, repose
enseveli dans la fatigue du combat et dans la sécurité de la victoire. Sentinelles, la nuit va devenir
fatale à nos armes : *Custos, quid de nocte?* L'Allemand se glisse à pas de loup, il reprend l'offensive,
il entre à Chenebier, il écrase deux compagnies

du Tarn. Nous sommes attaqués à la fois au nord
et au sud, on nous enveloppe et l'on essaie de nous
couper en gardant les bois d'alentour. N'importe,
il n'y aura ni terreur, ni confusion, ni méprise.
Penhoat commande sur terre comme sur mer ;
son intrépide sang-froid ne se dément pas, son
feu n'a rien de désordonné ; tantôt il le retient,
tantôt il le précipite, et sa vaillante division ne
chancelle pas plus sous sa main, au milieu de cette
grêle de balles et d'obus, que l'équipage et les matelots dont il a cent fois enflammé le courage au
milieu des mers. C'est à quatre heures du matin
que cet affreux réveil a commencé ; à dix heures
l'étranger a évacué Chenebier. Ce n'est pas une
retraite, c'est une fuite ; il a abandonné ses morts,
ses blessés, ses armes ; cent prisonniers sont entre
nos mains. Chenebier est repris. Voilà le sanglant
et héroïque exploit qui signale la matinée du
17 janvier. Cet exploit consacre tous nos avantages. Encore une heure ! encore un effort ! Officiers
et soldats, chacun regarde, interroge son voisin,
attend des ordres. L'armée marchera-t-elle vers le
nord en tournant le mont Salbert ? Elle donnerait
la main à la garnison de Belfort, débloquerait la
place, et, soutenue par le canon aussi bien que par
les sorties, elle rejetterait l'Allemand sur la rive
gauche de la Savoureuse. Ou bien franchira-t-elle
partout la Lizaine du même pas et au même signal
pour attaquer par un immense mouvement les re-

doutes du mont Vaudois. La question s'agite dans toutes les têtes ; il y a au fond des cœurs, sinon sur les lèvres, un cri unanime : En avant ! en avant !

Ecoutez : l'Allemagne tremble dans son camp. On a entendu des exclamations de douleur et de désespoir : « Héricourt sera le Sedan de notre campagne. » Regardez : les pièces se démontent, les équipages sont attelés, les sacs sont bouclés, l'ordre du départ est prêt. Hommes et chevaux sentant, pour ainsi dire, la terre se dérober sous leurs pas, tournent les yeux du côté du Rhin. Les bagages filent à toute vitesse à Valdieu, à Dannemarie, à Altkirch. C'est le prélude de la fuite. L'Alsace n'en doute plus. Elle apprête ses faux, elle aiguise ses piques, elle est debout, l'oreille tendue, l'œil au guet, elle attend les premiers soldats de l'Allemagne en déroute, elle hâtera, la fourche en main, la sortie de l'ennemi, elle veut venger cinq mois d'ignominies et de désastres.

Ecoutez encore : En face de ce mont Vaudois qui est la clef de toute la position et qui va, ce semble, être envahi de toutes parts, la réserve générale frémit d'une noble impatience. Trois fois Pallu de la Barrière a offert pour tenter l'attaque ses onze mille fantassins, vieux d'expérience, jeunes d'honneur et de courage. Les lignes amincies des Allemands lui semblent épuisées. Il se disait à lui-même : « Que faut-il pour les percer et les dissoudre ? Une épée hardie qui marche droit au rideau et qui le déchire. Ainsi s'élèvent au milieu des mers des îles entourées de nuées brumeuses que les navigateurs timides n'osent pas reconnaître. Mais qu'un vaisseau plus fier traverse la ligne obscure, le jour se fait, la côte se découvre et les matelots saluent le port dans la lumière. En avant ! en avant ! A la guerre comme à la mer ! » Cela est vrai, général, mais à la guerre comme à la mer, il y a des jours où l'équipage et le pilote sont tout à coup saisis par une trombe qui descend du ciel. L'équipage et le pilote n'en peuvent plus. On ne sait plus où l'on va. Dieu seul le sait. La victoire était dans nos mains, Dieu nous l'a reprise. Dieu, après cette belle leçon de courage que nous venions de donner, voulait donner lui-même à l'Allemagne, à la France, au monde, une grande leçon de politique.

III. Dieu ne l'a pas voulu ! La guerre, comme l'a dit Joseph de Maistre, est un département dont Dieu s'est réservé le ministère. Il la mène du haut des cieux avec la vive et magnifique allure d'un cavalier qui fait sentir à son cheval tantôt le frein, tantôt l'éperon. Les vents, les frimas, les tempêtes, marchent devant lui et servent de ministres à ses desseins. Il sème à travers les armées les brouillards ou la lumière, et par les brusques changements qui se succèdent du soir au matin dans cette

atmosphère qui nous enveloppe, il change, en dépit de toutes les combinaisons, la volonté des chefs
et le destin des batailles. Les esprits flottent ou
s'affermissent à son gré ; il donne ou il ôte, comme
il lui plaît, la confiance aux plus hardis ; son glaive
invisible frémit au milieu de ces milliers de glaives
levés les uns contre les autres ; il pénètre au fond
des âmes, les retourne pour ainsi dire contre elles-
mêmes, et les pousse, malgré leurs convictions
personnelles, malgré leurs instincts, à des résolutions inattendues où éclate, au-dessus de la faiblesse humaine, toute la grandeur et toute la miséricorde de Dieu.

Qui semblait mieux prédestiné que Bourbaki à
jouer, d'un coup de dé, devant Héricourt, la partie
suprême ? L'Afrique, la Crimée, l'Italie, avaient vu
sa bouillante audace. Il avait attaché son nom aux
plus belles affaires d'avant-garde, prodigué sa vie,
électrisé des bataillons d'un geste ou d'une parole,
emporté d'assaut, avec un égal entrain, les murs
des cités ou les tentes du désert. Mais, après les
trois journées d'Héricourt, en face de ce mont
Vaudois qu'il faut forcer à la baïonnette, voilà
qu'au lieu de ces soudaines illuminations qui
éclairent la témérité, il n'a plus que des réflexions
profondes. Son cœur est le même, mais sa tête est
devenue attristée et pensive. Ce n'est plus un lion,
c'est un sage. Il regarde, il consulte, il écoute.
Un dernier avis qu'il reçoit le rend plus soucieux

encore. Il faut entrer en conseil. Est-ce l'attaque ou la retraite qui sera résolue ?

Le 17 janvier, à trois heures du soir, deux généraux, Billot et Bonnet, se rencontrent avec Bourbaki près de Couthenans, descendent de cheval et s'entretiennent un quart d'heure. Ce fut le quart d'heure qui décida peut-être des destinées de la France et de la paix du monde. En un quart d'heure tout est jugé : l'attitude de l'ennemi, la force de ses positions, les chances possibles du succès, les risques probables d'une défaite. Le succès est possible, l'échec est probable, mais l'épuisement des troupes est visible, les provisions manquent, un échec serait un désastre. Ce n'est pas pour eux que les généraux tremblent, c'est pour les cent mille vies qui leur sont confiées. Voilà notre dernière armée, voilà notre dernière ressource. On hésite encore. Mais non, il n'y a plus à hésiter. Il faut la sauver : les heures sont précieuses et la fatale nouvelle n'est que trop certaine. Ce n'est plus seulement Werder à combattre, c'est Manteuffel à prévenir. Manteuffel est déjà en Bourgogne, et personne ne va à sa rencontre, personne ne songe à l'arrêter ! Manteuffel précipite sa marche pour couper nos vivres, intercepter la route de Lyon, tomber sur nos soldats épuisés et étouffer entre deux feux le dernier bataillon de la France aux abois. Retirons-nous les pleurs dans les yeux, le deuil dans l'âme ; sauvons la France par la retraite, puisque nous n'avons pu la sauver par la victoire. Tout est dit : Dieu ne l'a pas voulu !

Dieu ne l'a pas voulu, parce que nous ne le méritions pas. A qui avions-nous confié le soin de veiller sur les limites de cette province, et d'assurer nos derrières pendant cette fatale campagne ? Vous le nommez assez, cette chaire ne le nommera pas. Je dois taire devant les autels de mon Dieu et le tombeau de mes frères un nom fatal à l'Italie aussi bien qu'à la France, et pour lequel l'Eglise, déchirée par ses mains, n'a plus que les larmes versées sur la croix. A qui nous étions-nous confiés, grand Dieu ! et comme le Ciel nous punit pour avoir, je ne dis pas accepté, mais souffert ces tristes services ! A l'arrivée de ce blasphémateur public qui s'est donné la mission de délivrer notre patrie, non pas de l'Allemand qui l'occupe, mais du prêtre qui l'honore et qui la sert, il avait fallu feindre la reconnaissance, commander l'enthousiasme, imposer silence à nos lois, absoudre le pillage des maisons religieuses, fermer les yeux sur l'enlèvement des pasteurs, vanter sans y croire les avantages les plus stériles, oublier les fautes les plus graves de stratégie et de discipline, entendre l'Allemand nous faire la leçon sur nos vaines espérances et sur nos petites victoires, et après quatre mois d'une confiance toujours croissante et toujours déçue, il faut apprendre que les trente-cinq mille hommes réunis sous un tel commandement n'ont pas arrêté un seul jour, une seule heure, entre la Bourgogne et la Franche-Comté, ces troupes fraîches que Manteuffel amène à marches forcées, des bords de la Loire et de la Sarthe, au secours de Werder assiégé dans ces murs. Ce n'est pas le soldat que j'accuse, c'est le chef. Le soldat est Français, il sait combattre, il sait mourir, pourquoi ne le menez-vous pas à l'ennemi ? Ah ! il faudrait à la tête de ce corps d'armée le geste, la parole, l'épée de la France, et je n'y vois que l'étranger et la révolution. Ce défenseur volontaire n'a rien défendu ; ce sauveur imaginaire a tout laissé perdre. On l'a averti, et il s'est obstiné à ne pas entendre. On lui a reproché son inaction, et il s'est retranché dans son ignorance. Quelques bataillons reçoivent l'ordre de le provoquer en passant, et le voilà qui s'applique à les poursuivre, sans s'apercevoir qu'ils masquent autour d'eux le mouvement de toute une armée. Pour la vanterie italienne, ce sera un triomphe, pour la tactique allemande un amusement, pour la cause française une ruine. Pendant que le conspirateur émérite repose à Dijon, la Côte-d'Or est franchie sur dix points différents, par des corps séparés qui inondent comme en un instant les plaines de Dole, le val d'Amour, la forêt de Chaux, les bords de l'Ognon et de la Saône. Nos chemins sont coupés, nos approvisionnements sont perdus, il ne nous reste plus que nos montagnes pour retraite, et Manteuffel les envahit au pas de charge en jetant derrière lui un regard ironique au héros qu'il a joué. Triomphez maintenant d'avoir préservé Dijon d'un redoutable assaut ; vantez-vous d'avoir délivré la Bourgogne où l'ennemi ne fait que passer aujourd'hui parce qu'il a la certitude de s'y établir demain ; huit jours après, la délivrance est une invasion, le sauveur n'a sauvé que sa personne, et il laisse à la Bourgogne comme à la Franche-Comté, l'Allemand pour maître, le mensonge pour excuse, le blasphème pour adieux. Ah ! périsse le jour où il a mis le pied sur le sol de la patrie ! Périsse le jour où ce pied a foulé le sol de cette province : *Excidat illa dies ævo !* Ce jour, je voudrais l'effacer de nos annales, car Dieu, ce jour-là, s'est retiré de nous. Avec de telles alliances, pouvait-on encore espérer la victoire ? Le courage nous l'avait mérité, la mauvaise politique nous l'a fait perdre, Dieu ne l'a pas voulu [1].

Dieu ne l'a pas voulu, parce qu'il voulait imposer un terme à cette dictature qui épuisait nos forces, versait notre sang, décrétait la guerre à outrance et ne faisait triompher que l'outrance insolente de l'impiété et de la révolution.

Dieu ne l'a pas voulu, parce qu'il voulait nous apprendre à quelles extrémités la France peut être réduite, quand elle oublie sa vocation, quand elle abandonne le pape, quand elle s'allie aux ennemis

---

[1] Voir les *Pièces justificatives*, à la fin du volume.

de l'Eglise, quand au lieu du Dieu des armées elle invoque la fatalité et le destin.

Dieu ne l'a pas voulu, parce qu'il voulait nous mettre à l'école du malheur et nous obliger à reprendre les traditions de la politique française, qui ne sont pas autre chose que les traditions de la politique chrétienne. Avant que le *Te Deum* revienne épanouir nos lèvres, il faut que ces lèvres superbes ne répugnent ni aux *Miserere* des grandes supplications, ni aux *Veni, sancte Spiritus,* des délibérations solennelles et des conseils souverains. Soyez béni, mon Dieu ! cette leçon de politique chrétienne et française a été enfin entendue. La France a remis ses destinées aux mains de l'assemblée la plus religieuse qui nous ait représentés depuis quatre-vingts ans. Cette assemblée a décrété la prière publique, elle s'incline au nom de Jésus-Christ, elle vient d'être unanime pour publier dans les camps et dans les armées la loi sacrée du dimanche. C'est l'armée qui nous donnera l'exemple de la foi comme elle n'a cessé de nous donner l'exemple du courage. Le drapeau qui est à la prière ne tarde pas à être à l'honneur : courbez-le devant Dieu, il se redressera devant l'ennemi.

Vous l'avez vu s'éloigner le 18 janvier, au sortir de ce conseil fameux où la retraite fut résolue. La retraite est ferme, modeste et lente. On n'entamera le 20ᵉ corps ni à Tavey ni à Verlans.

A Tavey, la 2ᵉ et la 3ᵉ division se succèdent

pendant la nuit et font voir deux nuits de suite que le Français veille sur ses lignes et sur son honneur. Regardez ces régiments qui s'éloignent avec tant de douleur et de fierté. Celui qu'on appelle aujourd'hui le 47ᵉ de marche porte un autre nom dans l'histoire. C'est la légion romaine que le colonel d'Argy a formée avec tant de zèle, que notre archevêque aimait à recruter lui-même et dont il s'est montré, avec autant de générosité que de noblesse, l'insigne bienfaiteur. Comme elle s'est bien battue à Villersexel ! Comme elle tient jusqu'au dernier moment à Byans et Tavey ! Mais par quelle heureuse rencontre leur illustre aumônier, ce prêtre comtois si cher au pape, au soldat, à notre province, vient-il, au retour de son pèlerinage de Jérusalem, retrouver aujourd'hui sur ce champ de bataille les dernières traces de leur campagne et jeter l'eau sainte sur cette terre arrosée de leur sang (1) ! Disons-le bien haut, tels il les a vus sur les bords du Tibre, tels nous les avons admirés sur les bords de la Loire, de l'Ognon et de la Lizaine. Ce sont toujours les héros de Mentana, ce sont toujours les soldats du pape. Ils l'étaient hier, demain ils le seraient encore. Disons-le bien haut, que leur aumônier le redise au saint-père, et que

---

(1) Mgr Bastide, né à Ornans (Doubs), chanoine de Sainte-Marie-Majeure, protonotaire apostolique, camérier secret de Sa Sainteté, aumônier de la légion romaine.

ce témoignage, venu de si loin, mais apporté par une bouche si chère, mêle un peu de joie au calice dont le vicaire de Jésus-Christ épuise l'amertume avec une si lumineuse sérénité.

A Verlans, la première matinée de la retraite est pour nos armes une journée glorieuse. Je vois plus de mille Prussiens se précipiter sur nos positions, gardées par les mobiles de la Haute-Garonne et de la Loire ; mais le 85ᵉ les a prévenus. Le colonel Godefroy, qui commande ce régiment, lance deux compagnies à leur poursuite. C'est un combat à la baïonnette, c'est une lutte corps à corps, c'est un de ces bonheurs que rêve le soldat français, et le commandant Ferrier, qui y trouve une blessure, ne songe pas à s'en plaindre. Sur un pareil terrain deux compagnies suffisent pour battre un millier d'Allemands. Le sol est jonché de morts, et cinquante prisonniers restent entre nos mains. Quelle belle escorte pour ce drapeau qui se retire ! Comme il nous sied bien de répéter qu'il n'emporte pas une tache : *non inferamus crimen gloriæ nostræ.*

Il faut cependant en détacher nos yeux pour adorer les desseins de la divine Providence et accomplir les devoirs qu'elle impose au courage religieux et civil aussi bien qu'au courage militaire. Entrez dans ce conseil éternel où s'élaborent les desseins de miséricorde aussi bien que les desseins de justice, et bénissez Dieu qui a sauvé votre ville.

Assez de sang, assez de pleurs avaient inondé notre sol. Assez de mères avaient pleuré sur leurs fils. Assez de prêtres avaient tremblé à l'autel, assez de vierges avaient gémi et prié dans le cloître. Résignons-nous à la retraite, acceptons l'armistice, jouissons de la paix. C'est à vous, cité d'Héricourt, qu'il convient de reconnaître avant toutes les autres les soins maternels de la Providence. Encore un jour peut-être, et vous étiez ensevelie au milieu des flammes. Dieu ne l'a pas voulu : c'est ici que la foudre s'est éteinte, c'est au-dessus de vos têtes que l'ange exterminateur a remis son glaive dans le fourreau.

Vous voilà tout entiers aux devoirs de la charité. Quels legs affreux la guerre laisse entre vos mains : des morts inconnus semés çà et là dans la plaine et sur les coteaux, trois ambulances remplies de blessés et de malades, plus de pain, plus de vêtements, presque plus de remèdes, douze cents ouvriers sans nourriture et sans travail, six mois de chômage, une année de misère. N'importe, bénissons Dieu et relevons-nous à force de vertus. C'est la misère qui fera reluire le mérite de vos pasteurs, de vos magistrats, de vos religieuses et de vos médecins. Ils ont fait leur devoir, et leur modestie, qui m'écoute, ne veut de moi que cette louange. Toute la ville a fait son devoir, vos mobiles à Belfort, vos citoyens dans le conseil, vos femmes et jusqu'à vos enfants dans les ambulances. C'est

vraiment une ville française, elle se lève tout
entière le soir où l'on découvre le corps du sergent
Lepault, elle prend des flambeaux et des torches,
elle l'accompagne à l'église avec le recueillement
d'un deuil national. Quand vous ne pouvez plus
suffire à la tâche, voici l'école de médecine de
Zurich avec toutes les ressources de la science et
toutes les inspirations du dévouement. Elle s'offre,
elle se donne, elle se prodigue à tous les malheureux, sans distinction de culte ni de nationalité ;
elle laisse dans cette ville les plus sympathiques
souvenirs. Quand les pauvres et les blessés manquent de servantes, voici, comme au temps de
saint Vincent de Paul, les dames les plus qualifiées
du pays. Elles revêtent le tablier des ambulances,
elles préparent les remèdes, elles refont la couche
du soldat, elles tendent à des inconnus la main
d'une sœur, non, ce n'est pas assez dire, elles ont
pour eux le sourire, les paroles et les larmes d'une
mère. Quand vos provisions s'épuisent, Lyon,
Marseille, Lausanne, Genève, Londres, Saint-
Pétersbourg, les renouvellent à l'envi. Quand votre
bourse est vide, les Etats-Unis organisent pour
vous de brillantes loteries, les princes de la maison
de Bourbon donnent la main aux filles de la maison
de Bragance pour quêter en votre faveur au Brésil,
en Angleterre, en Belgique. La Belgique a ses Mé-
rode, la Franche-Comté ses Grammont; ces deux
maisons deviennent pour nous de vrais couvents

de charité; le nom de Montalembert, qui les couronne, ajoute à toutes ces recommandations celle de l'éloquence ; la noble femme qui le porte a ému les deux mondes en leur peignant vos douleurs, elle a reçu l'or à pleines mains, elle l'a versé à pleines mains dans les deux Bourgognes. J'acquitte, en publiant toutes ces choses, la dette de la reconnaissance publique. Vos bienfaiteurs sont les mêmes qu'il y a trois siècles. Vous les reconnaîtrez plus longtemps encore à leurs hospices qu'à leurs palais. L'hospice de Luxeuil s'achève, quand le château de Villersexel s'abîme dans les flammes. La charité s'est vengée d'avance des outrages de la guerre et de la fortune. Bénissons Dieu, saluons les économes et les dispensateurs de ses bienfaits, entrons à force de reconnaissance dans le dessein si visible qu'il a de sauver la patrie par la solidarité de toutes les classes, la concorde de tous les sentiments, l'union de tous les cœurs.

Faisons notre devoir, nos morts ont fait le leur avec une incomparable magnanimité. Un jour, Démosthènes se leva au milieu de la Grèce assemblée, et il jura, par les grands morts et les grands souvenirs, qu'Athènes ne s'était pas trompée en livrant à Chéronée, pour l'indépendance de la Grèce, le combat où devaient échouer ses derniers efforts. « Oui, s'écria-t-il, si l'avenir eût été manifesté à tous, si tous l'avaient su d'avance, Athènes même alors n'aurait pas dû changer de conduite, pour

peu qu'elle tînt compte de sa gloire, de ses ancêtres et de l'avenir. Il semble maintenant qu'elle
ait échoué. C'est le sort commun des hommes
quand les dieux l'ont ainsi voulu. Mais si Athènes
eût abandonné sans combat tout ce que nos pères
ont défendu au prix de tous les dangers, qui donc
n'eût pas à bon droit couvert de son mépris les
lâches conseillers auxquels elle eût obéi ? Non, vous
n'avez pas failli en vous risquant pour le salut et
pour la liberté de la Grèce. Non, j'en jure par vos
pères qui, à Marathon, offrirent leur poitrine à la
mort, par ceux qui se sont rangés en bataille à
Platée, par ceux qui ont combattu sur mer à Sala-
mine et à Artémise, par tant de héros que la ville a
ensevelis dans les tombeaux publics. Elle les a
tous jugés dignes du même honneur, tous ont fait
œuvre de gens de cœur, et pour la fortune, ils ont
eu celle que les dieux ont voulue (1). »

Eh bien ! je viens, comme Démosthènes, le jurer
au nom de cette assemblée si imposante et si belle
où les défenseurs de Belfort se mêlent aux derniers restes de la bataille d'Héricourt; au nom de
ces prêtres, de ces soldats et de ces magistrats qui
forment à nos morts un si magnifique cortége ; au
nom de l'armée et au nom de la France ; au nom
de tout le sang versé sur les bords de la Lizaine, et
dont Bourbaki vous parle dans ses lettres (2) avec

---

(1) *Discours sur la Couronne.*
(2) Lettre à M. le curé d'Héricourt. Voir aux *Pièces justificatives.*

tant de foi, de patriotisme et de larmes ; je le jure,
ce qu'ils ont fait, ces morts, il fallait le faire, nous
le ferons nous-mêmes, s'il le faut, et nos derniers
neveux le feront à leur exemple. Non, vous ne
vous êtes point trompés en vous risquant pour le
salut de tous. Non, par les grands noms de Clovis,
de Charles Martel et de saint Louis, par vos pères
qui ont combattu aux Pyramides et à Navarin, par
vos compagnons d'armes dont les ossements victorieux blanchissent sur tous les rivages de l'Afrique,
de la Crimée et de la Cochinchine, non, vous n'avez
point failli à votre honneur et à votre devoir ; je
vais plus loin que Démosthènes : non-seulement
vous n'avez pas failli, mais vous nous avez glori-
fiés dans votre défaite, mais vous avez offert à
Dieu un sacrifice agréable, mais vous avez racheté
la France.

Elle a cru comme vous, elle s'est dévouée comme
vous, elle a fait comme vous le sacrifice de sa vie à
Dieu et à la France, cette humble religieuse d'Héricourt qui est morte en soignant vos blessures, et
dont le cercueil a été déposé à côté du vôtre [1].
Soyez bénis, jeunes soldats tombés dans la fleur de
votre vaillance ; jeune religieuse, soyez bénie, vous
êtes tombée dans la fleur de votre dévouement. Il
est juste de rapprocher ces deux tombes ; allons
les saluer des mêmes acclamations, couronnons-les

---

(1) Sœur Marie Kostka, religieuse de la Charité à Héricourt.

des mêmes palmes, demandons-y d'une seule et même voix la grâce de la France.

C'est la grâce que j'implore, ô mon Dieu, au nom de ce sang répandu. La France est coupable, mais pesez dans la balance de votre équité éternelle tout le sang qui crie pour elle grâce, pitié, pardon. C'est le sang du fils de saint Louis, et il a été versé sur l'échafaud ; c'est le sang de nos prêtres et de nos pontifes, et il a coulé par torrents dans nos rues et sur nos places ; c'est le sang de nos soldats, et il vient d'abreuver tous les champs de bataille ; c'est le sang de nos religieuses, et nos ambulances, nos hospices, en exhalent partout la suave odeur. Laissez éteindre dans ce sang précieux les derniers éclats de votre justice. O Jésus, vous venez d'être notre juge ; ô Marie, soyez maintenant notre avocate, et la France, qui a reconnu votre Fils pour son maître à la clarté foudroyante de sa main, se sentant enlevée et bénie dans les bras de votre miséricorde, proclamera le Christ comme son roi, son sauveur et son Dieu.

CÉRÉMONIE FUNÈBRE

DE SAINT-PIERRE-LA-CLUSE.

Le dernier et héroïque effort de notre arrière-garde dans la campagne de l'Est a été célébré à Saint-Pierre-la-Cluse, mardi 21 mai. Le clergé, l'armée, la magistrature, des populations entières, sont allés auprès d'un modeste, mais glorieux tombeau, verser des pleurs avec des prières, et écouter une parole qui sait toucher, émouvoir et charmer. La ville de Pontarlier s'était associée tout entière à cette grande démonstration, le tribunal avait suspendu ses séances, la compagnie du chemin de fer avait organisé un train spécial, et, à neuf heures du matin, une foule compacte descendait au Franc-bourg, au pied même du vieux fort de Joux, et se dirigeait du côté de l'église de Saint-Pierre.

Tout était en deuil, le ciel comme la terre. La pluie tombait à torrents ; des brouillards, pareils à de blancs linceuls, se traînaient le long des noires forêts de sapins, aux flancs des rochers, et semblaient voiler les divers lieux où tant de braves soldats étaient tombés pour défendre ces portes de la France. La foule s'arrêtait émue à l'entrée du cimetière, regardant en silence le monument funèbre élevé par les soins de M. le curé de Saint-Pierre. Au milieu de fragments de rochers se dresse la tombe, surmontée d'une croix. Autour du signe sacré s'enroule une guirlande de fleurs, symbole d'une double espérance : celle qui touche au ciel, celle qui se rattache à notre chère patrie.

Sur des plaques de marbre blanc se lisent ces mots :

« A la mémoire des soldats morts au combat de la Cluse, le 1er février 1871.

» Ils ont résolu de combattre avec courage.

» Pareils à des lions, ils se sont précipités et ont fait périr plus de mille ennemis. (Machab.) »

> Passants, saluez en silence
> Ceux qui reposent en ce lieu ;
> Soldats, ils sont morts pour la France,
> Laissant aux jeunes la vengeance,
> Leur âme et leur épée à Dieu !

Une grande draperie noire, semée de larmes et de croix, fermait l'entrée de l'église. Dans le sanctuaire, tout rappelait le deuil, mais aussi la vaillance : de sombres tentures, sur lesquelles se détachaient des couronnes d'immortelles, des fusils en faisceaux, des tambours et des drapeaux voilés de crêpes funèbres.

A dix heures, les soldats du fort de Joux descendent les pentes rapides de la montagne : le clairon résonne, les portes de l'église s'ouvrent, et le cortége vient prendre place dans le sanctuaire.

En tête, M. Picard, général commandant la division de Besançon, M. le préfet du Doubs, le général Robert, un des héros du 1er février, M. l'abbé Morel, l'intrépide aumônier des Vosges, qui a pris une si grande part à la bataille, le sous-préfet de Pontarlier, le lieutenant Jozan, beau-frère du colonel Achilli, cette grande victime de la journée, une foule d'officiers de tous grades; le président du tribunal et le procureur de la république, les membres du barreau de Pontarlier, d'anciens magistrats de Besançon, M. le président Clerc et M. de Jallerange, les curés et les maires de toute la contrée, un grand nombre de Suisses et parmi eux M. le curé de Neuchatel et plusieurs autres prêtres.

Ce sympathique empressement-témoignait de l'honneur que l'on voulait rendre aux morts; mais ce qui touchait davantage, c'était de voir des pères, des veuves, des enfants, venus de bien loin pour prier sur cette tombe, et qui se consolaient du moins en voyant comment, en Franche-Comté, on honore le courage et le dévouement. En un clin d'œil, les trois nefs de l'église furent remplies, les tribunes envahies, et on entendait au dehors le bruit d'une autre foule, bruit semblable à la voix des grandes eaux. La cérémonie était présidée par M. Perrin, vicaire général délégué de son Em. Mgr le cardinal Mathieu; M. le curé de la Cluse offrit le saint sacrifice, et l'oraison funèbre fut prononcée après l'évangile. La bénédiction de la tombe nouvelle ayant été faite, M. le général Picard fit, en quelques belles paroles, l'éloge des vaillants soldats, et M. le baron de Sandrans, préfet du Doubs, exprima, avec son éloquence accoutumée, les émotions de la cérémonie.

La foule qui n'avait pu prendre place dans l'église, vint, à son tour, offrir le tribut d'une prière pour ceux qui dorment en attendant le jour glorieux de la résurrection. Plusieurs suivaient les chemins des forts, et de là se montraient les divers lieux où avait éclaté le courage des nôtres : les Fourgs, le val d'Oye, Notre-Dame de Montpetot, le château de Joux, et le Larmont d'où partait la fusillade, et surtout cette longue route des Verrières, où aucun Prussien n'imprima ses pas.

Les canons de l'enceinte du vieux fort reposaient sur leurs affûts, veillant sur la frontière. Qui eût jamais pu croire qu'ils tonneraient un jour contre l'ennemi, du côté de la patrie? Mais ils tonneront encore et réveilleront d'autres échos; alors on dira: Ils saluent la gloire de la France et font tressaillir les braves qui reposent dans le tombeau du col de la Cluse. **H. RIGNY.**

(*Union franc-comtoise,* 24 mai 1872.)

ORAISON FUNÈBRE

DES

SOLDATS MORTS DANS LE COMBAT DE LA CLUSE,

LE 1ᵉʳ FÉVRIER 1871.

Leonum more irruentes in hostes, prostraverunt ex eis mille....
universos autem in fugam verterunt.

Ils se précipitèrent sur l'ennemi avec la fureur des lions, ils en abattirent mille à leurs pieds et mirent tout le reste en fuite. (*II Machab.*, XI, 11-12.)

J'étais donc destiné à répandre partout les pleurs des Livres saints sur cette longue trace de sang que la guerre a imprimée, à travers nos plaines et nos montagnes, d'une extrémité à l'autre de notre chère Comté. Après avoir suivi nos braves le long de l'Ognon et de la Saône dans leur campagne, le long du Doubs et de la Loue dans leur retraite, à Cussey, à Héricourt, à l'Isle, à Ornans, nous voici, prêtres, soldats, magistrats, rassemblés dans le dernier coin de terre que nous ayons disputé à l'ennemi, sur le théâtre du dernier combat, en face du dernier

tombeau. La reconnaissance et l'admiration ne se
lassent jamais. Ce champ de bataille, un ministre (1)
le regarde avec tout l'intérêt du patriotisme et de
la stratégie, et les généreuses sympathies qu'il
nous témoigne s'expriment avec assez d'éclat, puisqu'il se fait représenter ici par un de ses frères
d'armes (2), Comtois de naissance comme il l'est
lui-même par l'adoption et par le cœur. Ce monument, un grand prélat (3) a donné l'ordre de l'élever à la mémoire de nos morts ; les paroisses voisines viennent y apporter leur offrande ; des pères,
des veuves, des frères, des enfants, des prêtres,
viennent y verser les larmes de la famille, de l'a-
mitié, de la paternité spirituelle ; des soldats viennent revoir les lieux où ils ont tiré l'épée pour la
dernière fois, et les maisons hospitalières où ils ont
serré la main à leurs camarades aux prises avec la
mort ; enfin l'Eglise et la France, réunies dans cet
humble village désormais cher à l'histoire, s'agenouillent ensemble au pied des autels pour bénir
le cimetière des héros et consacrer la pierre du
souvenir. Mais un rayon de gloire se mêle ici à
notre deuil. C'est avec l'accent du triomphe qu'il
convient de raconter le combat de la Cluse ; c'est
avec des lauriers et des couronnes que nous irons

(1) M. le général de Cissey, ministre de la guerre.
(2) M. le général Picard, commandant la 7ᵉ division militaire.
(3) Mᵍʳ le cardinal archevêque de Besançon.

environner ce tombeau. Nous célébrons le dernier combat, mais ce combat est la première revanche. Nous saluons le dernier tombeau, mais les soldats qui y dorment ont déjà été vengés par la victoire, et je peux leur appliquer la louange que l'Ecriture décerne aux Machabées : *Ils se sont battus comme des lions ; ils se sont précipités sur l'ennemi, ils en ont tué plus de mille, et ils ont mis tout le reste en fuite.* Il fallait combattre, il fallait mourir. Ecoutez cette leçon d'honneur militaire et de valeur chrétienne, la dernière, mais la plus éloquente peut-être de toute la campagne, et qui, si les paroles me manquent, parlera assez d'elle-même à votre patriotisme et à votre foi.

I. Il fallait combattre : c'est un mot que je n'hésite pas à prononcer et qui résume ici tout l'honneur, tout le devoir, tel qu'il convient à la France de l'entendre. On reconnaît assez que nous avons de la générosité dans le caractère et de l'élan au début d'une campagne ; mais on nous accuse d'être incapables d'attendre, de résister, de souffrir ; on nous reproche d'avoir lâché pied ; on nous compte parmi les nations découragées. Je viens répondre à ce reproche par le récit du combat de la Cluse : ce récit est un grand exemple. Je ne le propose pas seulement aux soldats, mais aux citoyens, mais à tous ceux qui, dans la vie civile comme dans la vie militaire, ont un devoir à remplir, et qui n'osent plus se promettre le succès. A ceux qui se croisent les bras en attendant la catastrophe suprême, je viens dire : la catastrophe, c'est votre lâcheté. Battez-vous, au lieu de vous plaindre et de vous désespérer, battez-vous jusqu'à la dernière heure, la plume à la main, la parole aux lèvres, l'énergie au fond de l'âme. Les ennemis jurés de l'ordre social tomberont à vos pieds par milliers, et les lâches qui les suivent seront mis en fuite. A ceux qui demandent à Dieu des miracles pour se dispenser d'avoir eux-mêmes des vertus, je viens dire : Le miracle, c'est à vous de le faire. Sauvez-vous du découragement, et Dieu sauvera la France de la décadence et de la ruine. Du courage après la défaite ; de l'espérance après le désespoir ; de l'action, encore de l'action, toujours de l'action, tant qu'il vous reste un devoir à remplir, c'est-à-dire un vote à donner, une vérité à soutenir, un coin de terre à défendre, un tronçon de plume ou d'épée au poignet, un cri dans la bouche, une étincelle dans le regard, un battement dans le cœur.

Il fallait combattre à la Cluse, même le 1er février 1871, quand tout le reste de la France venait de déposer les armes. Quel devoir inattendu ! quelle espérance trahie ! La continuation de la guerre était impossible, la conclusion de la paix était évidente. A la nouvelle de l'armistice, une vive et profonde joie avait circulé dans tous les rangs, et notre armée de l'Est, épuisée de fatigues, accablée de froid, mourant presque de faim, plus traînante et plus malheureuse que la grande armée après le désastre de Moscou, avait ralenti sa marche entre Montbenoît et Pontarlier, comme pour reprendre haleine et mettre plus de liberté dans ses mouvements. Mais quoi! l'armistice n'est point fait pour elle, et cette fatale exception, ignorée des nôtres, ne profite qu'à nos ennemis. Manteuffel précipite sa marche, surprend à Chaffoy et à Sombacourt nos troupes qui reposaient sur la foi de la bonne nouvelle, et couronne de son avant-garde toutes les hauteurs du Jura. Mouthe, Foncine, Saint-Laurent, Saint-Claude, tombent en son pouvoir. Toutes les routes sont fermées, excepté celle de la Suisse; encore un jour, et cette dernière ressource sera à jamais perdue. Tous les yeux se tournent vers le général en chef. Ah! sauvez-la, général, sauvez-la de la captivité ou de la mort, cette armée de cent mille hommes, la dernière de la France, signez cette convention qui vous ouvre un territoire neutre; la Suisse vous tend les bras, la France vous remercie, l'honneur vous absout.

L'honneur! que dis-je, ce n'est pas assez : non-seulement l'honneur y sera, mais encore la victoire, qui devrait être partout, comme à la Cluse, l'inséparable compagne de l'honneur. Clinchant a juré, comme autrefois Moreau, qu'il ne perdrait dans sa retraite ni un soldat ni un canon. C'est au général Billot et au 18e corps, c'est à la réserve

générale qu'est échue la tâche suprême de veiller
aux portes de la France et d'assurer le salut de
l'armée. Ce rôle convenait au 18ᵉ corps. Formé en
un mois, grâce à l'incomparable activité du général, moitié par des soldats de marche, moitié
par des gardes mobiles, il avait battu l'étranger à
Juranville ; l'extrême jeunesse de certaines troupes
était soutenue par l'expérience des plus vieilles ;
enfin il y avait dans l'âme des chefs du patriotisme,
du courage, un vif et généreux sentiment de l'honneur militaire. La réserve générale se trouvait réduite, le 1ᵉʳ février, à trois régiments d'infanterie,
soutenus par trois batteries de huit, mais c'était encore un véritable corps d'armée. Ses cadres étaient
d'une solidité unique, ses officiers supérieurs anciens et éprouvés, et l'intrépide capitaine qui la
commandait, Pallu de la Barrière, changeant d'é-
lément sans changer d'habitudes, apportait au milieu des soldats cette prévoyance du danger, ce soin
de l'équipage, ce fier mépris de la mort, qui carac-
térisent le marin français.

La plupart de nos braves gens, attristés de céder au froid et à la fatigue, se sentaient comme
impatients de se retourner contre l'étranger. On
leur annonce qu'ils vont tirer le glaive avant de
le remettre aux mains d'une nation voisine et amie,
et les voilà qui déploient leur ligne de défense le
long des hautes chaînes du Jura, des Verrières à la
Cluse, dans le val d'Oye, jusqu'aux hauteurs des

Fourgs, partout où l'ennemi peut attaquer nos derrières, tourner nos lignes ou couper nos passages. Essayez maintenant, heureux vainqueurs, d'entamer cette ferme arrière-garde ! La France vous attend, et vous saurez ce que vaut, ce que coûte le dernier soupir de la défense nationale.

Non, l'Allemand ne le savait pas. Il cherche sa proie, il la guette, il croit la tenir. Voyez, dans la matinée du 1er février, ces longues files noires qui se dessinent à l'horizon, et qui se détachent, par un mouvement rapide, sur la neige dont le sol est couvert. C'est une armée tout entière acharnée à notre perte. L'infanterie en occupe le centre, la cavalerie en forme les ailes, l'artillerie en soutient la marche à travers des routes déjà détrempées par un affreux dégel et couvertes de débris plus affreux encore. Pontarlier même ne les arrête pas. Ils se précipitent à travers la ville, ils remplissent les rues de leurs détonations et de leurs cris, ils franchissent le Doubs, ils demandent à tous les points de l'horizon où est cette dernière armée qui leur échappe, cette dernière proie qu'ils ont promise à leur rapacité et à leur orgueil. Le Français s'est donc dérobé à cette furieuse attaque ? Non, il repose dans ses lignes, et vous ne les forcerez pas. Une colonne prussienne, forte de cinq cents hommes, s'engage d'un pas rapide à travers la montagne, s'avance à la faveur d'un bois et médite de surprendre le village d'Oye, où le général Brémond d'Ars a disposé sa cavalerie

appuyée par quelques compagnies de chasseurs
d'Afrique. Les lions d'Afrique suffiront à notre défense. A peine avertis, ils accourent au pas de
charge, fondent sur les flancs de l'ennemi, le délogent du bois qui le couvre et le refoulent jusque
sur Pontarlier avec un immense convoi de morts
et de blessés.

Ce n'est là que le présage d'un plus beau succès.
L'Allemand avait tourné contre la Cluse ses meilleures armes, car le col de la Cluse est comme une
clef mystérieuse pour ces barrières de rochers dressées par la main de la nature entre la Suisse et la
France. On dirait une brèche à peine élargie par la
main de l'homme, mais gardée à vue par les forts
de Joux et du Larmont. Quel étroit passage! C'est
là que les hommes, les canons, les chevaux, les
voitures, se pressent par milliers. La nuit succède
au jour, le jour à la nuit, et le défilé dure encore.
L'Allemand le sait, mais il ne savait pas que la
foudre éclaterait sur sa tête du haut de ces remparts qui semblaient abandonnés, ni que nos lions
blessés à mort se retourneraient au dernier moment
contre cette nuée de triomphateurs. Comptons les
heures, mesurons les coups, jouissons de notre
dernière victoire et de notre première revanche.

La dernière division du 18e corps venait de quitter
Pontarlier. Il reste encore derrière elle le corps de
réserve, avec l'ordre donné par le général Billot de
se retourner contre l'ennemi, si l'ennemi l'attaque, et

de répondre pour toute la France aux balles de l'Allemagne. Glorieuse mission pour cette extrême arrière-garde à qui sont confiées les destinées de la patrie et qui seule va garantir, pendant près de trois heures, l'honneur du drapeau et le salut de l'armée. Il est midi, le combat commence. Les nôtres ne se sont repliés qu'au contact de l'ennemi, et, marchant lentement vers le col de la Cluse, ils en défendent les versants, du côté de Pontarlier, par une vive fusillade qui décime les Prussiens jusque dans le faubourg de Saint-Etienne. C'est en vain que Zastrow établit ses batteries sur un plateau voisin, ouvre un feu violent et couvre d'obus la route et le vallon. Le canon des forts l'oblige au silence, quand une panique répandue au milieu des convois par les décharges de mousqueterie rejette les conducteurs sur le front des troupes déployées au delà du col, se communique à quelques compagnies et les fait reculer jusqu'aux premières maisons de la Cluse. N'appréhendez rien de ce mouvement involontaire. Pallu de la Barrière ramène ses braves au combat et gravit, sous un feu meurtrier, les pentes escarpées de l'étroit passage. Il faut reconquérir le terrain perdu. Le 18e corps entre en ligne. Trois généraux y mettent leur personne, leur épée, leur magnanimité et leur sang-froid : Billot, Pilatrie, Robert. Excusez-moi si je les nomme, malgré la présence de plusieurs ; je parle d'avance le langage de la postérité. Trois officiers supérieurs y mettront leur tête. Quel prix, grand Dieu ! mais qu'importe le prix là où commande le devoir ? Saint-Aulaire est tombé, Achilli le venge et tombe à son tour ; Gorincourt reçoit un coup mortel. Qu'importe que les officiers tombent quand les soldats les suivent ! L'aigle d'Allemagne recule, et les trois nobles victimes demeurent ensevelies dans leur triomphe.

Il se fait alors entre les deux armées comme un moment de trêve et de silence. Un Prussien se détache des lignes, et, s'adressant au général Robert : « Toute résistance est inutile ; vous êtes tournés, il ne vous reste plus qu'à vous rendre. » La réponse du général est aussi fière que celle de la vieille garde ; elle est plus simple peut-être : « Pardon, répond-il avec une tranquillité sublime, il nous reste à mourir, » et il donne dix minutes au parlementaire pour rejoindre les siens. La même réponse, le même sang-froid éclate en d'autres termes sur toute la ligne. « Vous êtes prisonniers, » criait un Allemand au lieutenant-colonel Coquet, qui commande l'infanterie de marine. « Prisonniers ! non, c'est vous-mêmes. » Et l'Allemand recule, car ce mot vaut une décharge de mousqueterie. Un autre interpelle Pallu de la Barrière, c'est un autre mot qu'il obtient, mais le sentiment ne change pas : « Jamais ! je reprends le feu. » La fusillade recommence, en effet, plus vive que jamais. A côté de cette vaillante réserve qui avait

supporté jusque-là tout le poids de l'action, le
42ᵉ et le 44ᵉ de marche soutiennent l'attaque et
gardent l'honneur du passage. Partout la résistance,
partout la victoire. Les soldats du génie se barri-
cadent dans les maisons de la Cluse ; le 92ᵉ de
ligne, rappelé des Verrières, s'embusque en tirailleurs et répond avec un sang-froid merveilleux au
feu plongeant de l'ennemi. Sur les plateaux,
presque à la hauteur des forts, l'amiral Penhoat
brave, à la tête du 52ᵉ de marche, tout le feu de la
mousqueterie. Sa fermeté ne se démentira pas. Il
est de ces marins qui sont venus donner à nos
soldats l'exemple entraînant du dévouement et du
sacrifice. Son courage a je ne sais quoi de simple,
de familier et de communicatif. Il se répand autour
de lui avec la tranquille sérénité de son âme.
Toute l'armée le connaît. Il s'est illustré devant
Sébastopol par la résolution froide qu'il a prise
de mourir à la tête d'une batterie abîmée par le
feu de l'ennemi. Cette batterie a reçu le baptême
de l'admiration publique, et on l'appelle dans
le récit de la campagne, la batterie des hommes
sans peur. L'amiral, préservé des balles de la
Russie, s'expose, seize ans après, aux balles de
l'Allemagne. Ici il déploie le même sang-froid, ici
il trouve encore cette main invisible et puissante
qui a fermé tant de fois au-dessous de nos flottes
les abîmes entr'ouverts de l'Océan. Quelle heureuse
rencontre ! Il était, sans le savoir, en face de la

chapelle de Notre-Dame de Montpetot, si chère aux
marins et aux soldats des siècles passés, et où l'on
voit encore, parmi les *ex-voto*, l'image d'un vaisseau échappé au naufrage. O Marie ! ô douce étoile,
si propice aux matelots français, levez-vous sur
eux, dans ce ciel tout chargé de poudre et de
fumée, et donnez-leur d'achever la bataille. Certains mobiles plient un moment, mais deux compagnies du Tarn, conduites par le commandant de
Bourbon-Busset, offrent l'exemple de la résistance,
et le 52ᵉ reprend l'offensive. Citons encore les
compagnies de l'Allier ; elles étaient à la peine, il
est juste qu'elles soient à l'honneur. *En avant ! à
la baïonnette !* crient les officiers. Ce cri, redouté des
Prussiens, commence leur déroute, et les plateaux
demeurent au pouvoir de l'amiral. Il est six heures,
la nuit tombe, on tire encore, les dernières balles
se perdent dans les ténèbres, ce sont les derniers
coups de fusil que la France échange avec l'Allemagne. Une de ces balles va frapper, à côté de Pallu
de la Barrière, le chef d'escadron de Maumigny
qui recevait un ordre. Le cheval est foudroyé, le
cavalier tombe, sa main droite est percée et couverte de sang. Enfin la nuit est venue, le feu s'a-
paise, tout se tait, tout est fini. La France a main-
tenu sa ligne de défense dans toute sa longueur,
l'Allemagne a reculé partout. Quel défilé ! quelles
Thermopyles ? Là, nous mourons comme les Spartiates, mais plus heureux que les Spartiates nous

avons refoulé la barbarie ; le sol nous reste, et le pied de Xerxès ne le foulera pas.

Levez maintenant les yeux avec un légitime orgueil vers ces deux sentinelles qui ont si bien gardé les portes de la patrie. C'est la première fois que le fort du Larmont est à la bataille. Mais comme il a supporté le feu et comme il a vaillamment répondu à l'ennemi ! Non, je ne passerai pas sous silence ces traits obscurs de fidélité et de valeur, qui sont restés jusqu'à présent sans récompense, parce qu'ils ont échappé aux regards des hommes. Il faut nommer les héros du jour pour que l'ingrate postérité ne les oublie pas. C'est d'abord un humble ouvrier, dont la vaillance est un titre d'honneur pour cette paroisse (1). Ancien artilleur, il s'est souvenu à quarante-cinq ans d'avoir porté les armes ; il a quitté le rabot et repris le mousquet, et le voilà enfermé avec une vingtaine d'hommes au fort du Larmont, le matin de ces engagements suprêmes ; il approvisionne les pièces, il donne de précieux renseignements aux brigadiers qui les servent, et, j'en crois votre chronique, il frappe à la tête un colonel ennemi. Venez au secours de ces braves, il en est temps. Le capitaine Malespine les relève, une compagnie du 29ᵉ de marche s'installe dans le fort, mais que de sang répandu avant d'y entrer ! Le capitaine,

_____

(1) Léandre Marchet, menuisier à Saint-Pierre-la-Cluse.

assailli par les balles, laisse en arrière douze soldats sous la conduite d'un sergent pour retarder la
marche de l'ennemi. Ni le sergent ni les soldats
n'ont reparu. Ils sont tous morts au poste de l'honneur. On n'a retrouvé que leurs corps au milieu de
leurs armes couvertes de sang ; leurs camarades
leur ont donné la sépulture dans les lieux mêmes
qui ont été sauvés par leur bravoure, et, choisis-
sant sur la montagne les deux plus belles pierres
pour leur servir de monument, ils y ont taillé, avec
la pointe de leur sabre, l'image profonde d'une
croix. Le Prussien croyait le Larmont sans défense,
le Prussien s'est trompé. Qu'il l'aborde de face ou
de revers, son sort sera toujours le même. Le sen-
tier qu'il se fraie à travers la neige sera bientôt couvert de cadavres, et en voyant tomber le long de ces
rochers fameux ces ennemis déçus dans leur espoir,
il y a, pour le patriotisme satisfait, comme le sentiment d'une première revanche. La France se tait,
mais elle est déjà vengée.

Combien cette journée fameuse ajoute à la gloire
du vieux fort. Là commande, dès la veille seulement, un officier expérimenté (1), qui va soutenir
tout le choc et dont rien n'a lassé ni le patriotisme
ni le courage. Il prenait possession d'une place qui
s'était armée silencieusement depuis six mois, et où
un simple garde d'artillerie avait tout préparé

(1) M. le commandant Ploton.

pour une merveilleuse défense (1), avec une modestie et un dévouement qu'on ne saurait trop louer. Ne lui parlez pas de capitulation ; il brave les menaces d'un ennemi incapable d'attaquer les citadelles du Jura ou impuissant à les prendre, comme on le voit de Belfort à Besançon et d'Auxonne à Salins. N'essayez pas de le tromper en demandant un armistice pour enterrer des morts. Il observe l'Allemand, il devine qu'il vient choisir des points d'attaque, il le surprend à dresser des batteries ; la fourberie est déjouée, et l'étranger est ramené de vive force au respect du droit des gens et aux règles du Code militaire. Les épreuves du fort de Joux durent presque sept jours. Chaque jour une colonne sort de Pontarlier pour tenter de tourner, d'escalader ou de surprendre la vieille forteresse ; chaque soir cette colonne rentre avec des morts et des blessés, la honte au front, le découragement dans l'âme, déclarant l'entreprise impossible, comptant tout bas ses pertes sans les avouer, maudissant tout haut ces rochers où tant de Prussiens ont mordu la poussière, et où l'aigle du nouvel empire est venue briser ses serres victorieuses. Lève la tête, ô noble château ! salue les défenseurs de Belfort qui passent devant toi, avec leurs drapeaux troués par

---

(1) Le garde d'artillerie Wagner, sous la direction du commandant Fouleux.

les balles, le front plus haut que leur fortune, le regard tourné vers ces murs qui semblent leur sourire. Tu viens d'ajouter à tes annales une page plus noble que la prison de Mirabeau et plus émouvante que les tortures de Berthe de Joux. Nous avons revu les sires de Joux avec toute leur audace ; mais il y a ici quelque chose de plus que les coups d'épée du moyen âge et les récits de nos légendes, il y a les larmes et les soupirs d'une grande nation. Ces larmes sont des batailles, ce soupir est une victoire. La France est déjà vengée.

Enfin il est sur ces hauteurs une sentinelle plus avancée, dont il me faut proclamer la vigilance pour répondre à votre reconnaissance et à votre piété. J'ai déjà nommé Notre-Dame de Montpetot. Là, s'il vous en souvient, nous avions prié, nous avions pleuré ensemble sur les journées si néfastes de Wissembourg, de Forbach et de Reischoffen. C'était le 15 août 1870 ; nous étions à la veille de Sedan. Vous étiez venus, bannières en tête, faire ce pèlerinage si cher à vos ancêtres et consacré par tant de souvenirs. Là, Montperreux, les Verrières, les Fourgs, la Cluse, agenouillés sous l'orme séculaire qui abrite l'humble chapelle, sollicitaient l'intercession de la Mère de Dieu en faveur de la France déjà battue et envahie. Nous montrions à Notre-Dame de Montpetot ces rochers et ces forts en la suppliant d'en prendre la garde. Nous lui recommandions vos enfants, avec la ferme espérance qu'elle se souviendrait de leurs mères et qu'elle étendrait sur eux, dans les batailles, son sceptre maternel. Nous regardions vos foyers et nous implorions pour vous les bienfaits de la paix, Eh bien ! ces religieuses paroisses ont été respectées par l'invasion. Pas un de vos enfants n'a péri, pas un n'a été blessé. Ces forts, ce col fameux, ces clés de la France, Notre-Dame de Montpetot les a bénis. Cette Allemagne, qui a répandu ses flots envahisseurs en Alsace, en Lorraine, en Bourgogne, en Champagne, de Metz à Paris et de Dijon à Rouen, s'est arrêtée ici sous un doigt invisible. Elle s'est arrêtée quand il ne lui restait plus à prendre qu'un lambeau de terre, au dernier jour et à la dernière heure. Elle s'est arrêtée devant la poitrine de nos braves, le canon de nos forts, le regard de Marie. Gloire à Marie ! gloire à la France ! gloire à l'arrière-garde de notre dernière armée !

Reposez donc en paix sous le toit de ce presbytère, de ces écoles, de ces maisons modestes si empressées auprès de vos douleurs, valeureux débris du combat de la Cluse. Goûtez encore sur la terre de France le sommeil de la nuit ; l'ennemi ne le troublera pas. Vous entrerez demain en toute sécurité dans cette terre helvétique si chère à l'honneur et à la liberté de la civilisation chrétienne. Quelle émotion à votre approche ! quelle noble et sympathique pitié à votre vue ! Il court d'un bout

de la Suisse à l'autre comme une étincelle qui allume
la charité dans toutes les âmes. Les portes, les
bourses, les cœurs, tout s'ouvre à la fois. Neuchâ-
tel, le Val de Travers, Lausanne, Zurich, Bâle,
Fribourg, Genève, se disputent l'honneur de nous
recevoir. Les villages le disputent aux villes à force
d'empressement et de générosité. Nous croyions
entrer chez des voisins, nous rencontrons des amis
et des frères. Tout âge, tout sexe, toute confession,
s'emploient à cette grande œuvre de la charité internationale. Les enfants et les écoliers tendent aux
affamés leurs mains chargées de vivres ; nos blessés trouvent des infirmiers par centaines, toutes
les femmes veulent être des mères auprès de nos
mourants. Est-ce la Suisse, est-ce encore la France ?
O douce illusion, qui nous rend au delà des monts
la patrie absente, mais la patrie heureuse et pros-
père, telle que nous l'avons connue dans des jours
meilleurs ! Non, jamais nous n'acquitterons en paroles assez éloquentes ni en actions assez généreuses la dette sacrée de la reconnaissance française.
Dieu vous le rende, nobles voisins ! Dieu vous l'a
déjà rendu, Dieu est avec vous. Il vient de vous
préserver de la révolution que les méchants vous
avaient préparée par leurs artifices, et votre vieille
constitution s'est raffermie sur les bases de la vraie
liberté, grâce aux votes unanimes des gens de bien,
soutenus, le jour du vote, par les prières de l'Europe chrétienne. Vous avez noblement disputé le

terrain à l'erreur, vous ne connaissez pas plus l'abstention que les vrais soldats ne connaissent la fuite, vous êtes allés au scrutin comme à la bataille, vous avez vaincu, vous triomphez! Hier, vous étiez notre refuge, aujourd'hui vous êtes notre exemple. Mais je m'arrête à vous dire comment les Suisses se battent pour la liberté, et j'oublie que je dois vous raconter encore comment les Français sont morts à la Cluse pour la patrie.

II. Il fallait mourir. Ainsi meurent les lions des batailles : Judas le Machabée pour le peuple de Dieu, Codrus pour Athènes, Epaminondas pour Thèbes, Décius pour Rome, Turenne et Desaix pour la France. Ainsi viennent mourir à la Cluse ces capitaines d'un si haut mérite, d'une espérance plus haute encore, dont je dois vous citer les noms et vous raconter les services. Ecoutez à quel prix la victoire s'achète et le ciel se gagne.

Le premier et le plus grand nom que je trouve sur ces tables funèbres, déjà tout illuminées de gloire, c'est un nom de héros et de lion, c'est le nom d'Achilli. Comment Achilli est-il devenu le héros de la Cluse? Comment sa bouillante valeur nous a-t-elle assuré le gain de la journée? Sa vie va nous l'apprendre. Il était né en Corse, cette île fameuse où le génie de la guerre s'éveille de si bonne heure dans l'enfant et où la gloire des armes parle si haut au cœur du jeune homme. La caserne est sa première école, il s'en fait une salle d'étude à force de travail; Saint-Cyr la seconde, il y travaille comme à la caserne et il en sort avec le neuvième rang. Nîmes est sa première garnison. Ne craignez pas pour lui les séductions de cette vie facile à qui la lâcheté de nos mœurs ne reproche rien et qui s'en autorise pour tout oser. Nîmes sera pour Achilli une seconde patrie, parce qu'il y trouve une seconde famille. Merveilleuse rencontre, où il faut bien reconnaître cette maternelle providence, qui prend soin des âmes, les fait l'une pour l'autre, les rapproche quand elles s'y attendent le moins, les sépare en leur laissant la même espérance et le même devoir, et les réunit enfin dans une alliance d'autant plus heureuse qu'elle a été longtemps attendue et noblement méritée. Notre sous-lieutenant a choisi à Nîmes du premier coup la compagne de sa vie, et il n'a plus d'autre pensée que celle d'obtenir sa main, en se rendant digne d'elle et de la France. Il appartenait à la légion étrangère, cette pépinière d'officiers vigoureux, dont on ne saurait dire lequel, du corps ou de l'esprit, y recevait la meilleure trempe. Les expéditions lointaines étaient faites pour ce soldat résolu. Il est sobre autant que robuste, il est laborieux autant que vaillant. Il résiste sous le ciel du Mexique aux épreuves du climat, aux regrets de la patrie absente, aux revers de nos armes, aux dangers presque sans nombre où l'entraîne son pro-

pre courage. La fièvre des Terres-Chaudes décime
son bataillon ; il se multiplie pour remplacer les
mourants. Le brigandage infeste le nord du pays, il
reçoit le commandement d'une compagnie franche
et disperse au loin la bande de Davila. On l'a vu
attaqué à Palo-Verde par quarante cavaliers de
Juarès. Des deux sous-officiers qui l'accompagnaient,
l'un est tué, l'autre reçoit une blessure. Achilli
demeure seul contre quarante. Il frappe à coups
redoublés, il tient l'ennemi à distance, il s'éloigne
peu à peu sans cesser de le regarder en face, il
rentre à la Soledad, le sabre au poing, les dépêches
serrées contre sa poitrine, la tête haute, le cœur
ferme, avec la satisfaction modeste du devoir accompli. C'est le témoignage du commandant de la
Vera-Cruz (1) que j'apporte ici. Il veut que je le lui
rende publiquement, et il s'estime heureux, lui
Comtois et Bisontin, d'avoir connu ce fier Achilli,
dont les états de service, commencés au Mexique,
devaient se clore avec tant de bravoure sur la terre
de Franche-Comté. Que l'on accumule sur ce nom
déjà glorieux les mentions, les croix, les grades :
l'estime de ses camarades ratifiera tout. Il est cité
trois fois à l'ordre du jour, trois décorations couvrent sa poitrine ; il devient en trois ans lieutenant, capitaine, adjudant-major. La France le rappelle, sa fiancée l'attend ; ses vœux vont s'accom-

---

(1) M. le général Jeanningros, originaire de Besançon.

plir. Mais quelle que soit la vivacité de son amour, l'amitié lui impose un devoir plus sacré. Il ramène un camarade presque mourant, il l'accompagne et le soigne comme un frère, il ne le quitte qu'après l'avoir déposé sous le toit paternel. L'ombre de la mort le poursuivait déjà. O mort, éloigne-toi, et laisse Achilli rapporter les lauriers de sa campagne dans ce foyer où l'on a tant de fois tremblé pour lui et où son nom s'est tant de fois mêlé à la prière du soir.

Qu'il était beau ce foyer naissant, déjà couronné de tant de gloire ! Une chaste épouse l'embaume de ses vertus ; une charmante enfant l'illumine de sa grâce et de son sourire. Il faut le quitter cependant pour la terre d'Afrique. Achilli n'hésite jamais. Il se sépare de sa fille, et toute sa consolation est de lui envoyer, de loin en loin, par la bouche d'un ami, une de ces caresses paternelles dont il goûte à travers les mers l'ineffable et idéale douceur, en se disant que tel jour, à telle heure, on lui a parlé de son père. Il se sépare de sa femme toutes les fois que la légion s'engage dans une expédition lointaine, et il n'en veut que pour lui les risques et les dangers. Au premier bruit de nos revers il ne peut supporter l'idée de n'être pas à la peine. Son régiment doit demeurer en Afrique, il change de régiment et il accourt du fond du désert pour défendre le sol natal. Le 30 août il est à Mouzon, où il se bat à cinquante mètres de l'en-

nemi, et où toute une compagnie reçoit l'ordre de
tirer sur sa personne, tant sa bouillante valeur l'expose aux coups et le signale aux regards. Un coup
de feu l'atteint à l'avant-bras, et c'est à peine s'il
veut recevoir les soins de l'ambulance. Mais l'ambulance tombe au pouvoir du vainqueur : il s'en
échappe, une ferme le recueille, un paysan lui
donne des habits de travail, sous lesquels il peut
traverser les lignes prussiennes et passer en Belgique. Là, on le reconnaît pour un officier tant il en
a bien l'allure et le langage ; mais l'hospitalité de
nos voisins ne songe d'abord qu'à favoriser sa fuite
et bientôt à assurer son retour. L'hospice de Valen-
ciennes ne peut le retenir ; ni les soins de sa femme,
ni les embrassements de sa fille, ne réussissent à
prolonger son séjour dans ce foyer domestique, dont
il a tant rêvé l'honneur et la joie. L'honneur ! c'est
de se battre pour la France ! La joie, c'est de la
venger. Achilli est nommé commandant au 42ᵉ de
marche. Il réduit à quinze jours son congé de trois
mois, et le voilà dès le mois d'octobre au milieu de
l'armée de la Loire.

Un mois s'écoule à peine, et le blessé de Mouzon
s'aventure, avec sa témérité ordinaire, au combat
de Bellegarde. Son bataillon s'est battu contre cinq
mille hommes et il a bravé le feu de douze canons.
Là, il reçoit une seconde blessure. Avec un bras en
écharpe, Achilli aura désormais un pied saignant.
Il faut le hisser sur son cheval ; il faut qu'il renonce

à porter l'épée. Mais il lui reste le regard, le cœur, tout ce qui fait l'homme, tout ce qui le rend inébranlable. Sa modestie croît avec ses succès, sa foi avec sa modestie. Il instruit sa fille de ses exploits, mais il veut qu'elle en garde le secret : « Plus tard, ajoute-t-il, quand tu liras cette lettre, tu pourras dire que ton père a fait son devoir. Tu es un ange, ô ma fille, prie Dieu que nous puissions sauver notre pauvre France. » Sa fille n'a que trois ans. O Seigneur ! faites-la croître et grandir, cette orpheline de la guerre, sous les ailes maternelles. Elle a compris ces paroles avant de pouvoir les lire, elle les couvre de ses baisers, elle les baigne de ses larmes, elle y trouve la dernière volonté d'un père et le devoir tracé pour toute sa vie : « O ma fille, prie Dieu pour que nous puissions sauver notre pauvre France ! »

« Sauver la France ! » quelle tâche imposée à la prévoyance aussi bien qu'au courage d'un chef qui se sent responsable de la vie de ses soldats ! Achilli a charge d'âmes. Après les soucis du champ de bataille, rien ne lui pèse plus que le souci des marches, des provisions, du casernement. Il fait chausser et habiller son bataillon, il organise des distributions de vivres, il pourvoit à tout, il répare tout, il préside à tout. Quand il s'agit de procurer à son régiment la nourriture ou le repos, on le trouve sévère, presque exigeant ; mais dès qu'il s'agit de lui-même, on ne le reconnaît plus. On ne l'a jamais

vu ni chercher un abri commode ni s'asseoir à une
table bien servie. Il couche au milieu de ses hommes, n'ayant d'autre lit qu'un peu de paille, d'autre
oreiller qu'une dalle humide, le sabre au côté,
l'uniforme sur le dos, l'oreille au moindre bruit. Il
veut être le premier debout, comme il est le dernier
à cheval. Sa sollicitude redouble dans cette confusion qui signale nos lamentables retraites. Ce qu'il
y déploie d'activité, d'énergie, de dévouement,
d'abnégation, est incroyable. Les combinaisons les
plus ingénieuses et les plus inattendues assurent
à son régiment du pain au milieu de la disette, des
vêtements au milieu du froid, de la régularité dans
les distributions et dans les repas, au milieu du
trouble et du désarroi qui éclatent de toutes parts.
Il est heureux en pensant que ses soldats souffrent
moins. Il n'a qu'une pensée, il n'a qu'un mot, soit
qu'il les mène au feu, soit qu'il les ramène sous la
tente : « Tout pour la France, jusqu'à la mort ! »

C'est la destinée d'Achilli d'être à toutes les affaires, toujours avec un nouveau grade, toujours
avec une nouvelle gloire. La fortune le poursuit de
ses faveurs ; mais la mort, plus fidèle encore que
la fortune, se tient par derrière, comme pour tout
offusquer de son ombre jalouse. Toute l'armée de
l'Est l'a vu, cet homme de guerre qui marche au
feu avec deux blessures ouvertes, les vêtements en
désordre, un front pâle, un air résolu, ayant en
main, à défaut d'une épée qu'il ne peut plus tenir,

un bâton devant lequel ses soldats s'inclinent avec respect, comme si c'eût été pour eux le bâton d'un maréchal de France. Tous ses chefs le connaissent, l'admirent, le félicitent. A lui les positions les plus critiques, à lui les dangers les plus redoutables. Le 9 janvier, il est à Moimay, lieutenant-colonel du 44ᵉ de marche. Il attaque ce village, défendu par dix-huit pièces d'artillerie ; il garde, pendant toute la nuit, avec un bataillon et demi, son poste en face de 6,000 Prussiens. Il entre à Moimay au petit jour, et le sang de l'ennemi a coulé avec tant d'abondance que la neige en est teinte, le sol imprégné, et l'horizon comme voilé d'une vapeur rougeâtre.

Quand il faut se replier, après les fameuses journées d'Héricourt, Achilli prend, triste et pensif, le chemin de nos montagnes, remontant de plateaux en plateaux cette belle Comté où nos rochers et nos défilés auraient tant de fois arrêté l'ennemi, si Dieu, qui se joue des pensées des hommes, n'avait ôté en ce moment aux plus braves, aux plus habiles, jusqu'à ces pensées qui appartiennent à tout le monde et qui sont de tous les jours. Le voilà sur la frontière ; encore un pas, encore un quart d'heure, et Achilli aura passé sans combattre. Non, c'est maintenant qu'il faut combattre pour la dernière fois. Mais la mort est plus près que jamais ; c'est maintenant qu'il faut mourir. Que fera le général Billot, dans cette panique où nos soldats cèdent un moment le terrain ? Il cherche, il appelle l'intrépide colonel :

« Le 44ᵉ en avant ! Achilli, mon brave Achilli, en
avant ! » Achilli était déjà à cheval. Il regarde ses
soldats. Quelques-uns lui semblent hésiter. Ecoutez ce dialogue, mille fois plus sublime que les ha-
rangues de Tite-Live : « Qu'avez-vous donc ? Vous
vous plaignez ! — Mais nos camarades passent en
Suisse ! — Eh bien ! c'est votre gloire de rester en
France. — Mais nous allons nous faire tuer ! —
Sans doute ; c'est ce que je vous disais : vous reste-
rez en France. » L'action recommence : une balle
l'atteint au début de l'action. Il faut l'emporter ;
mais il a harangué les siens, il a marché à leur tête,
l'élan qu'il a imprimé ne s'arrêtera plus, et sa
grande ombre achève de gagner la bataille.

Venez le voir dans cette maison de la Cluse où il
a été transporté, sur ce lit de douleur où son sang
achève de couler pour la France. Un prêtre est à son
chevet, la soutane déchirée par les balles, le front
couvert de sueur et de fumée, les pleurs dans les
yeux : c'est l'intrépide aumônier que le diocèse de
Besançon a donné aux francs tireurs des Vosges (1).
Elles viennent de passer la montagne, ces nobles
compagnies illustrées par tant de faits d'armes, à
Raon-l'Etape et à Ambiévillers, et dans lesquelles
notre province a compté tant de dévouements.
Ailleurs l'aumônier les devance ; ici, tranquille sur
leur sort, il reste en arrière ; mais c'est pour offrir

---

(1) M. l'abbé Morel, curé de Mersuay (Haute-Saône).

aux derniers combattants les secours de notre sainte religion ; c'est pour prendre dans le dernier combat sa part du péril et non pas de l'honneur. Il accourt auprès de notre Achilli, il entend sa confession, il verse l'huile sainte sur ses membres, et, quand le feu a cessé, quand tout le devoir est accompli auprès des combattants, le voici qui revient auprès du mourant pour l'entendre, le bénir et le consoler encore. Il le confesse une dernière fois, il apaise les derniers scrupules de cette âme religieuse, il affirme que jamais confession n'a été plus libre, plus sincère, plus édifiante. Adieu, noble Achilli, vous pouvez mourir ! vous êtes de ceux que chantait Corneille, ce poëte dont l'âme était, comme la vôtre, et si fière et si tendre. Vous serez compté parmi ces Français dont la postérité dira, comme des premiers chrétiens :

> Et, lions au combat, ils meurent en agneaux.

Vous pouvez mourir même à trente-trois ans, votre carrière est assez belle. L'Eglise, l'armée, la famille, vous serviront de témoins. L'Eglise était là avec toutes ses consolations et tous ses secours. Toute l'armée était là : généraux, officiers, soldats, chacun vante Achilli, chacun le regrette, chacun fait d'un mot toute son oraison funèbre : « C'est le plus brave de l'armée. » La famille était là avec toutes ses affections et toutes ses larmes. C'est son beau-frère, c'est le lieutenant Jozan qui l'a relevé de son cheval, qui a attaché à son cou une petite croix d'or, souvenir de son mariage et de son foyer, et qui lui a parlé de sa femme et de sa fille, de sa chère Marie et de sa chère Marguerite, avec une voix connue et un accent tout fraternel. Voyez comme ils s'aiment ! dans la bataille, chacun d'eux tremblait pour son frère et ne songeait plus à lui-même. Dans l'agonie, Achilli se console de mourir, puisque son frère lui survit. Il le serre dans ses bras, il lui recommande sa fille, il passe d'un monde à l'autre au milieu de ces embrassements si tendres ; parlons ici la langue de Bossuet, il laisse tous les cœurs remplis tant de l'éclat de sa vie que de la douceur de sa mort, et plus d'un de ses compagnons d'armes, en apprenant cette fin si héroïque et si chrétienne, s'est écrié comme Villars au récit de la mort de Berwick : « Celui-là a toujours été plus heureux que moi ! »

La mort chrétienne sur un champ de bataille est le rêve du vrai soldat. Ainsi l'entend cet aumônier des francs tireurs des Vosges, dont la modestie s'est dérobée à tous les éloges, mais dont le dix-huitième corps s'entretient toujours avec admiration. Il se cache aujourd'hui dans cette enceinte, mais le 1er février, sur le champ de bataille, il ne se cachait pas. Là, personne ne le connaissait, mais chacun se rappelle encore sa haute taille, sa jeunesse, son ardeur. Là il oubliait ses trois blessures, mais personne n'a oublié cette soutane percée de coups, qui se mêlait partout à l'habit du soldat et qui lui disputait les balles de l'étranger. Chacun le revoit courant au premier rang, calme dans le péril, partageant entre les blessés et les combattants ses soins paternels. Tantôt il s'incline sur les mourants pour les bénir, tantôt il se redresse devant les fuyards pour les ramener. Il les ramène en criant de toute la force de sa voix : « Allons ! enfants ! du courage ! Voyez, les balles ne font point de mal. » Pieux mensonge, si l'on ne voit que le corps, car un coup mortel venait à chaque instant démentir autour de lui la hardiesse de sa parole ; vérité pleine de consolation et de grandeur, si l'on ne regarde que l'âme, car la balle donne des ailes à l'âme du soldat pour s'envoler d'un trait dans le sein de Dieu même. Non, les balles ne font point de mal au chrétien qui s'incline sous l'absolution du prêtre ou qui, à défaut du prêtre, jette vers le ciel, du fond de son cœur, le cri du repentir. Mais quel cri plus éloquent, quel sacrifice plus agréable à Dieu que le sang qui coule pour la patrie ! Quel nouveau baptême ! quel généreux martyre !

Non, les balles ne l'ont point atteint au delà de la vie présente, ce vaillant Saint-Aulaire dont le nom, cher depuis plusieurs siècles aux lettres, à la diplomatie, à l'éloquence, se couvre d'une autre gloire dans le combat de la Cluse. Allez recueillir avec un soin pieux sa dépouille mortelle emportée par les flots. Que la ville de Pontarlier s'empresse autour d'elle, qu'un monument marque sa place au cimetière et dise son nom à toutes les générations à venir. Un jour les portes de ce tombeau seront brisées avec éclat, cette chair humiliée et meurtrie refleurira dans la lumière, et ses premiers regards seront pour ce champ de bataille, où il a conquis la palme des saints.

Et vous, habitants de la Cluse, vous garderez, comme un dépôt sacré, le corps de cet autre commandant que la renommée d'Achilli, toute grande qu'elle est, ne fera point oublier. Veillez sur les restes de Gorincourt : c'est un Alsacien pour qui la terre natale n'est plus la terre de France, et qui demande à reposer ici à l'ombre de nos drapeaux ! Né à Mulhouse, il a débuté comme volontaire ; il a servi en Afrique, en Crimée, en Italie ; il a obtenu sur les champs de bataille tous ses grades et tous ses honneurs : les épaulettes de capitaine à Solferino, à Frœschviller une balle à l'épaule, à la Cluse la mort des braves. Gorincourt était bon autant que brave ; il portait haut le sentiment du devoir : c'est le témoignage unanime que lui rend le 2ᵉ de ligne, où s'est écoulée presque toute cette noble vie. Il a eu comme un pressentiment de sa fin. Laissez-le se confesser avant la bataille : c'est la grâce qui l'appelle. Deux balles le frappent à la tête : c'est l'image de la gloire qui le couronne au ciel.

Un colonel et deux commandants, est-ce assez de grandes victimes ? Non, leurs officiers les suivent, ils se battent à leur exemple, ils mourront à leur école. Le lieutenant Depéry se sent frappé à mort ; il court dans la maison voisine, il s'adresse à une femme toute pâle d'épouvante : « Un prêtre, Madame, un prêtre ! » L'aumônier des Vosges est encore là : il l'a entendu, il accourt auprès de lui, il le confesse deux fois, et deux fois, sur sa demande, il le réconcilie avec Dieu ; il donne à l'Eglise triomphante un nom connu et béni dans les annales de l'Eglise de Gap par les vertus de l'épiscopat et du sacerdoce. Plus loin tombe Jules Lepain, cet enfant du Limousin sorti de nos écoles d'agriculture pour embrasser toutes les rigueurs de la vie militaire. Après sept campagnes dans la terre d'Afrique, il a fondé une famille, et il partage depuis trois ans entre sa femme et sa fille son travail, son cœur et ses espérances d'avenir. Jules a volé des premiers à la défense du territoire ; il meurt des derniers coups de feu, les yeux tournés vers ces montagnes, qui lui rappellent celles de la Creuse, mais cherchant plus haut encore, de toute la vivacité de son regard, ces montagnes saintes, cette cité éternelle, où tant de braves ont reçu déjà le prix du sang qu'ils ont versé pour la France.

Il faudrait tout citer si nous pouvions tout savoir ; mais comment oublier le sergent Lefèvre, à qui Dieu laisse ici quinze jours de souffrance pour se reconnaître, se préparer et racheter une vie agitée par les passions, tant il est vrai que Dieu

seul sait ce qu'il nous faut et qu'il nous rappelle à
lui à l'heure et dans les circonstances où sa miséricorde aura comblé notre âme des plus tendres
prévenances. Le sergent Lafleur est toujours prêt.
Ses vertus sont de celles qui consolent de tout un
père chrétien et une veuve pleine d'admiration pour
sa mémoire. Son père écrit à l'aumônier : « Vous
reconnaîtrez mon fils à un scapulaire et à une médaille de la sainte Vierge. » Sa femme n'a pas
d'autre vœu à former que de lui ressembler à force
de vertus. Mais j'oublie que je parle en leur présence. Voilons devant de telles douleurs cette
chaire chrétienne. Je n'ai plus le droit de les
plaindre ; c'est à vous, mon Dieu, de les consoler et de les bénir. Ces pères, ces veuves, ces
sœurs, ces enfants, ont traversé la France pour
venir pleurer à ce tombeau. Quelles âmes d'é-
lite ! quelles larmes dignes d'être recueillies par
les anges ! Accompagnez-les, anges du Seigneur,
dans ce noble pèlerinage, obtenez-leur pour
leur voyage, pour leur retour dans la terre natale, pour le reste de leur vie, la grâce, la paix
et le salut !

Je ne citerai plus de noms, le jour n'y suffirait
pas. Mais ils ont un nom qui leur est commun à
tous, et que je revendique pour leur mémoire en
célébrant leur mort dans une commune louange,
c'est le nom de chrétien. Ils sont tombés treize cents
à la peine ; j'en ai la ferme confiance, ils sont au-

jourd'hui treize cents à la gloire, car ils étaient
chrétiens.

Ils étaient chrétiens, ces mobiles de l'Allier, officiers et soldats, que leur curé avait suivis sur tous
les champs de bataille et qui les a assistés dans le
combat de la Cluse avec un dévouement dont son
humilité seule ne connaît pas toute la grandeur (1).
Ils étaient chrétiens, ces jeunes gens qui se tour-
naient vers lui pour implorer sa bénédiction, ces
chefs qui lui disaient au moment critique : « Restez
là, Monsieur l'aumônier, votre vue nous encourage
à ne pas faiblir ; » ce moribond qui, frappé d'une
balle à la tête, pendant que le prêtre élève la main
droite pour l'absoudre, saisit sa main gauche et
lui dit, par son silence, par sa vive étreinte, le plus
magnifique *Confiteor* que les saints et les anges
puissent entendre dans la langue humaine du geste
et du regard.

Ils étaient chrétiens, ces blessés, ces mourants,
rapportés dans ces salles d'école qui sont devenues
un hospice, où les aumôniers de l'armée se mêlent
aux prêtres de la paroisse, et où les sœurs de la
charité déploient, pendant trois semaines, un zèle,
une générosité, une abnégation, qui s'offenseraient
encore plus des éloges des hommes que de leur
oubli. Entrez dans cet hospice où tout s'improvise,
les remèdes, les soins, les pansements. La nuit est

(1) M. l'abbé Rocagel, curé de Saligny (Allier).

venue, jamais repos de la nuit n'avait été plus mérité, et cependant, avant de le prendre, les mobiles
de l'Allier se forment en groupe autour de leur aumônier et font avec lui la prière du soir. Le jour
revient, tous demandent à se confesser. L'agonie
commence, ceux qui en ressentent les premières
approches se comparent à Jésus-Christ sur la croix.
L'aumônier était demeuré auprès de ces agonisants
du Bourbonnais. « J'ai le côté ouvert, lui dit l'un
d'eux, je me meurs de soif comme Jésus-Christ,
mais ce n'est pas de l'absinthe, c'est du miel que
vous m'offrez ; ma croix est plus douce que celle du
Sauveur. » La dernière heure arrive ; on rappelle le
bon prêtre. « Ecoutez, lui dit un soldat, je veux
vous dire mon nom afin que vous puissiez écrire à
ma mère que j'ai rempli tous mes devoirs, et elle en
sera consolée. » Le dernier soupir est proche : ce
soldat qui va le rendre a eu les jambes brisées par
trois balles ; une hémorragie de cinq heures a
épuisé ses forces ; ses bras défaillent, sa tête se
penche vers la mort ; il lui reste un souffle, il le dépose, avec l'expression de sa foi, sur la croix de
l'aumônier ; il meurt entre les bras de son père et
avec le baiser de son Dieu.

La croix de Jésus-Christ ! c'est donc là tout ce
qui reste à nos braves après tant d'efforts, tant de
campagnes, tant de sacrifices, tant de batailles,
tant de gloire ! La croix ! c'est le dernier mot qui
me reste après tant d'éloges, et c'est par là que je

mettrai fin à tous ces discours. La croix ! nous l'avons plantée dans tous les cimetières où dorment nos héros. Qu'importe qu'on ignore leur nom, leurs faits d'armes, leurs services ! Il y a une date qui dit tout : 1870 ! Tout est là : le souvenir, la leçon, l'espérance. Souvenons-nous des morts, profitons de leurs exemples, préparons à nos neveux un meilleur avenir et songeons qu'il n'y a point de revanche à attendre que de la forte discipline, du courage et de la foi. Quand la patrie était victorieuse en Crimée, en Afrique, en Italie, en Chine, à peine donnait-elle une larme à ses enfants enterrés dans ces régions lointaines. Ici les larmes sont dans tous les yeux, la date funèbre se lit partout, il faut reconnaître partout la main qui nous a frappés. Ah ! que la foi endormie dans la joie et dans la mollesse se réveille donc dans la disgrâce et dans la défaite. Cette fatale année changera de caractère et de nom ; ce ne sera plus l'année terrible, mais l'année de grâce, et après avoir pleuré au pied de la croix sur la passion de la France, nous chanterons, dans un patriotique *alleluia*, les gloires de notre résurrection morale, militaire et chrétienne.

PIÈCES JUSTIFICATIVES.

I.

Opinion du *Journal de Genève* **sur la retraite du général Bourbaki.**

On lit dans le *Journal de Genéve* (15 février 1871) :

« De toutes les causes stratégiques qui ont transformé en un véritable désastre la retraite de l'armée de l'Est, la plus désastreusement efficace est la négligence vraiment incompréhensible avec laquelle les lignes de retraite de l'armée ont été abandonnées aux entreprises de l'ennemi. Un corps d'environ 50,000 hommes avait été laissé à Dijon pour arrêter au passage toutes les troupes arrivant de l'ouest et se dirigeant vers la ligne du Doubs. Au lieu de remplir ce mandat, d'une importance capitale, l'armée de Dijon s'est laissé amuser pendant plusieurs jours par des corps d'observation qui se succédaient devant cette ville et offraient sur toutes les routes à la fois des simulacres de bataille. Pendant ce temps, le gros de l'armée du général Fransceki passait, sans être inquiété, à quelques lieues au nord de Dijon et venait s'emparer sans coup férir des positions les plus importantes : Dole, Quingey, Vaudrey, Byans, Salins, Mouchard, Arbois, Poligny. Si les 50,000 hommes laissés à Dijon avaient rempli la mission qui leur avait été confiée, l'armée de Bourbaki n'aurait pas trouvé le 24 janvier sa ligne de retraite coupée tout à la fois sur Dijon et sur Lyon. Les petites victoires remportées dans la Côte-d'Or, et dont on a fait tant de bruit, ont coûté cher à l'armée française de l'Est. Nous serions bien trompés si ce n'est pas là le jugement définitif de l'histoire. »

II.

Traduction d'un rapport du *Journal officiel* de Berlin sur les opérations de l'armée allemande du sud, général en chef Manteuffel.

Jusqu'à la mi-décembre de l'année dernière, le général von Werder avait gardé avec le 14e corps d'armée la ligne de Châtillon-sur-Seine, Dijon, Gray, Vesoul et Montbéliard, n'ayant à faire qu'à un faible nombre de troupes ennemies. Garibaldi était avec 12 ou 15,000 hommes près d'Autun, et Cremer avait 20,000 hommes à Dole et Beaune. C'est alors que commençait à se former l'armée de Bourbaki à Besançon. Elle se composait des 15e, 18e, 20e et 24e corps, en tout 150,000 hommes, destinés, de concours avec les troupes envoyées de Lyon vers le nord, à débloquer Belfort, à reconquérir l'Alsace et à couper nos grandes lignes de communication avec l'Allemagne.

En face de ces forces supérieures, le général Werder, pour couvrir les opérations sous Belfort et l'Alsace, dut abandonner Dijon et se concentrer à Vesoul. Le 9 janvier, il tombait à Villersexel sur le flanc de l'armée ennemie qui marchait sur Belfort, et opposait aux 18e et 20e corps français une résistance si opiniâtre que l'armée française se trouva, par une lutte sanglante, arrêtée deux jours dans l'exécution de son plan. Jusqu'au 12 janvier, il eut le temps de se retirer dans la ligne en partie retranchée, et fortifiée par de grosses batteries, de Delle, Montbéliard, Héricourt et Lure. Mais le quartier général allemand avait déjà songé à donner à Werder un renfort aussi prompt que décisif.

Le 2e corps de l'armée royale prussienne et le 7e corps, en

tout 56 bataillons et 20 escadrons, avec 168 pièces d'artillerie, étaient destinés à cette opération. On les avait distraits, dès le commencement de janvier, de l'armée de Paris et en partie même de celle du Nord. Le 12 janvier, ces deux corps d'armée étaient concentrés sur la ligne de Noyers, Nuits-sous-Ravières, Châtillon-sur-Seine, Montigny. Un détachement de six bataillons, deux escadrons et deux batteries, couvrait ce mouvement à Montbard, sous les ordres du colonel de Dannenberg. Le même jour, le général baron de Manteuffel était arrivé à Châtillon pour prendre le commandement de l'armée du Sud, nouvellement formée, et que Sa Majesté lui confiait. Il s'agissait de porter prompt secours à Werder, qui se trouvait dans une bien mauvaise passe.

Pour cela on avait la route de Vesoul, qui était la ligne la plus courte, et d'où l'on pouvait toujours, sans obstacle, prendre l'ennemi à dos.

Que Werder pût tenir seulement quelques jours, c'en était fait du plan de l'ennemi.

Pendant que les colonnes déboucheraient de la chaîne de la Côte-d'Or sur la ligne Champlitte, Gray, l'arrivée des deux corps pour les dégager devait produire un effet merveilleux. Mais il était grand temps; il n'y avait pas une minute à perdre, et l'on n'en perdit pas une seule.

Dès les 15 et 16 janvier, on vit déboucher les têtes de colonnes; jusqu'au 18, le gros des trois colonnes défila par la Côte-d'Or à Selongey, Prauthoy et Longeau. Le 2e corps, qui était d'une étape en arrière, comme aile droite, avait en avant-garde le détachement Dannenberg, et laissait en arrière la brigade Kettler, cinq bataillons, deux escadrons et deux batteries, entre Saint-Seine et Sombernon, pour couvrir le mouvement qui se continuait contre les forces considérables de Garibaldi à Dijon, dont on ne pouvait guère présumer l'inactivité par la suite.

Le passage de la chaîne de la Côte-d'Or s'opéra sans résistance sérieuse : seulement les têtes de colonnes, en particulier celles de la 4e division et du 2e corps, eurent de petites escarmouches avec des garibaldiens, des francs tireurs et des

éclaireurs de la garnison de Langres, que nous laissions sur
notre gauche et qui venait de recevoir des renforts considérables. La marche était elle-même on ne peut plus pénible.
Ni la rigueur du froid, ni l'épaisseur de la neige, ni la diffi-
culté des chemins, glissants comme des miroirs et où tout
mouvement était impossible, ne purent vaincre le zèle, le dévouement et l'énergie des troupes. Mille fois les hommes ont
dû s'atteler eux-mêmes pour hisser les fourgons sur des côtes,
ou les retenir à des pentes où la force des chevaux de trait
était complétement impuissante.

Le 19 janvier, le gros de l'armée était concentré à Fontaine-
Française et Dampierre, tandis que les avant-postes arrivaient
sur la ligne de Gray et de Scey-sur-Saône. Des détachements
du 7e corps cherchaient pendant ce temps-là un point de
jonction avec la cavalerie de Werder du côté de Luxeuil et
Saint-Loup. Ainsi l'armée se trouvait toute prête à marcher
vers l'est et le sud, suivant les nouvelles qu'on aurait de Belfort.

Sur ces entrefaites, on apprit la résistance que Werder avait
opposée trois jours de suite, les 15, 16 et 17, aux attaques
vivement réitérées de toute l'armée de Bourbaki, et ensuite
desquelles il avait gardé victorieusement ses positions de Delle,
Montbéliard, Héricourt et Lure. Le général français, pré-
voyant une catastrophe, et instruit en tout cas de l'arrivée de
l'armée du Sud, était en pleine retraite sur Besançon, suivi
des avant-gardes du 14e corps.

Les troupes assiégeant Belfort avaient recommencé à poursuivre activement l'attaque. Dans ces circonstances, le général
en chef ne devait plus considérer comme urgente la jonction
directe de l'armée du Sud avec celle de Werder à Vesoul. Il fit
mieux, et résolut de se porter avec toutes ses forces dispo-
nibles sur les flancs de l'ennemi en retraite pour lui présenter
la bataille au besoin au sud de Besançon. On ne savait pas
encore bien sûrement s'il se replierait entre la Saône et le
Doubs, ou entre le Doubs et la frontière suisse. Si l'on réussis-
sait à le couper de la ligne de Besançon à Lyon et à faire retarder sa retraite par le 14e corps, il allait être vraisemblable-

ment forcé de se jeter sur la frontière neutre et de se battre adossé à elle. La victoire offrait les plus brillants succès en perspective, et l'activité des troupes allemandes ne permettait pas d'en douter, même contre un ennemi plus nombreux.

Dès le 19 janvier, l'armée du Sud commençait son mouvement à droite et se mettait en marche vers le Doubs, l'aile gauche (14e division) par Fresne-Saint-Mamès sur Besançon, et le 7e corps par Marnay sur Dampierre.

Le 2e corps s'avançait par Pesmes sur Dole, pour couper la voie ferrée à son embranchement près de Villers-Farlay. Le 21, Dole était occupé, le chemin de fer démoli, et 230 wagons chargés d'approvisionnements et de matériel tombaient en nos mains. A Dampierre, le 7e corps prenait, de son côté, 30 wagons chargés. Les passages du Doubs n'étaient pas détruits ; la 13e division passait le fleuve, occupait l'embranchement des routes si important de Quingey, et occupait ainsi, de même que le 2e corps, à Villers-Farlay, les communications de Besançon avec Lons-le-Saunier et Lyon. La 14e division occupait Saint-Vit, et les troupes avancées repoussaient dans un combat à Dannemarie, le 23, une sortie de Besançon, dans laquelle on constata la présence du 20e corps et plus tard celle des 15e et 18e corps français. Le 25, on était déjà arrivé à se présenter directement à l'ennemi au sud de Besançon. Le 2e corps était avec ses deux divisions « à cheval » (expression du texte) sur le Doubs à Quingey et Saint-Vit, avec des avant-postes du côté de Besançon. Le 2e corps était échelonné de Mouchard au delà de Vaudrey. Le quartier général de Manteuffel se trouvait au château de Rans, sur le Doubs. Pour couvrir les communications et se garantir d'Auxonne, on avait échelonné la brigade Knesebeck (auparavant brigade Dannenberg) de Gray à Dole, et, en outre, la brigade de cavalerie du colonel Willinen était arrivée à marches forcées à Pesmes.

De tout le 14e corps, la 4e division de réserve avait seule suivi le gros des forces ennemies, qui avaient passé sur la rive gauche du Doubs à Baume-les-Dames. Le général Schmeling avait sa base d'opérations sur la route de Besançon à Pontarlier, à Saint-Juan-d'Adam, où il était arrivé le 25, en même temps que le détachement du général Dobschütz venant de Blamont. Avec les quatre autres brigades de son corps, Werder, inclinant à droite, avait gagné Rioz et relevé avec ses têtes de colonnes les détachements de la 14e division, qui jusque-là avaient gardé le passage de l'Ognon à Voray, Etuz et Pin.

Les engagements précédents du 25 janvier n'avaient été soutenus par les 2e et 7e corps que contre des francs tireurs, des mobiles et la garnison de Besançon; au contraire, le 14e corps avait constaté que les 15e, 18e, 20e et 24e corps s'étaient retirés au complet, ou au moins en grande partie sur cette ville, tandis que des forces considérables devaient être restées au sud de Blamont; on ignorait encore si l'ennemi se reformerait à Besançon pour essayer de passer sur un des corps de la rive droite ou attendre l'attaque, ou bien s'il tenterait de marcher vers le sud par les routes situées entre Villers-Farlay et Pontarlier. En prévision du premier cas, tout était prêt pour marcher droit à l'ennemi, qui, d'après tous les bruits et au rapport des prisonniers, était très démoralisé par le manque de tout, les marches forcées et les fatigues de toutes sortes; dans l'autre hypothèse, au contraire, les 2e et 7e corps le prenaient de flanc et le coupaient plus loin.

La présence des corps garibaldiens continuait à être gênante pour les communications de l'armée du Sud avec ses derrières; on avait bien dû jusque-là laisser au petit détachement du major général von Kettler seul le soin de paralyser les troupes de Garibaldi, pour lancer en bloc les deux corps sur l'ennemi; mais, en ce moment-ci, où l'on n'était plus en communication directe avec le 14e corps d'armée, c'était le cas de tenter un coup de main sérieux pour occuper la place, toujours importante, de Dijon. Pour cette expédition contre la capitale de la Côte-d'Or, on employa, outre les troupes déjà échelonnées entre Gray et Dole, la brigade Knesebeck avec la brigade badoise de Degenfeld et la brigade de cavalerie du colonel von Willinen; le tout, ainsi que la brigade Kettler, était sous le commandement du lieutenant général Hann von Veyhern, qui, le 27, marcha de Pesmes sur Dijon.

Le major général von Kettler, resté pour couvrir les communications entre Montbard et Dijon, avait jusque-là accompli sa tâche avec autant d'audace que de bonheur. Une reconnaissance de ce général, le 21 janvier, contre Dijon, fit connaître, dans une sanglante affaire qui nous livra 500 prisonniers, la force des corps garibaldiens, montant au moins à 25,000 hommes : la position était gardée par vingt canons de gros calibre. Von Kettler recommença son attaque le 23, et s'il ne força pas Dijon, du moins son offensive audacieuse fut couronnée de succès. Garibaldi, se croyant attaqué par les forces considérables de l'armée du Sud elle-même, persista dans son inactivité absolue, et négligea de porter à l'armée de Bourbaki le secours qu'elle était assurément en droit d'attendre et qu'il était certainement en son pouvoir de lui donner. Si Garibaldi, ces jours-là, avait marché décidément sur nos communications dans la direction de Dole, et ce lui était facile avec l'appui d'Auxonne, les mouvements des 2ᵉ et 7ᵉ corps étaient certainement retardés de quelques jours, et les Français auraient eu le temps d'opérer leur retraite sur Lyon, le long de la Suisse. *Garibaldi ne fit rien, resta inactif dans Dijon,* et quitta cette ville, sans résistance sérieuse, le 1ᵉʳ février, quand le lieutenant général Hann von Veyhern vint renforcer von Kettler.

Garibaldi ramena par le chemin de fer ses troupes vers le sud, pour conserver à l'avenir de la France son activité victorieuse ; on ne manquera pas de lui rendre cet hommage de reconnaissance.

III.

Protestation de Mgr l'évêque de Dijon et de son clergé contre les proclamations de Garibaldi.

Dijon, le 31 janvier 1871.

L'évêque de Dijon à Monsieur le Ministre de la guerre.

MONSIEUR LE MINISTRE,

Après avoir hésité quelques heures entre le silence du dédain et une plainte que semble exiger de moi l'honneur du sacerdoce, je me décide à signaler à Votre Excellence l'inqualifiable proclamation que vient de lancer le général Garibaldi.

Le clergé de la ville épiscopale m'aurait d'ailleurs porté à cette démarche en venant m'exprimer sa trop légitime indignation des paroles d'un homme en ce moment au service de la France et l'un de vos subordonnés. Paroles outrageantes autant qu'impudemment calomnieuses, et que nous pourrions déférer aux tribunaux, chargés de protéger l'honneur des citoyens (Code pénal, art. 367).

Je ne veux pas m'occuper ici des attaques non moins imméritées et non moins coupables dont les riches et les propriétaires sont l'objet dans la proclamation du général Garibaldi. Je leur laisse le soin de s'en plaindre, s'ils le jugent à propos. Je me borne à ce qui concerne LE PRÊTRE (expression du général).

Il faut avouer, Monsieur le Ministre, que le général a bien mal choisi son temps pour accuser le clergé de manquer de patriotisme. Les hôpitaux, les ambulances, les champs de bataille eux-mêmes, sont là pour lui donner un éclatant et glorieux démenti ; et plusieurs de nos généraux l'ont fait à l'avance, en des termes honorables entre tous. N'a-t-on pas vu, de plus, des journaux habituellement peu favorables au clergé rendre, dernièrement encore, un public hommage au dévouement héroïque des frères, des religieuses, des séminaristes et des prêtres ?

Sans sortir de Dijon, le général italien aurait pu apprendre ce que nos officiers et nos soldats ont vu et acclamé dans les différents combats qui ont eu lieu presque sous nos murs, à dater du 30 octobre dernier.

Je m'abstiens, Monsieur le Ministre, de toute autre réflexion à l'appui de notre plainte. L'exemplaire ci-joint de cette espèce de dénonciation de toute une classe de citoyens, accusés si odieusement par le général Garibaldi, malgré leur honorabilité incontestable, suffira pour vous en montrer l'énormité, et pour vous faire comprendre la justice de la plainte que j'ai l'honneur de vous adresser, ainsi que de la réparation que nous sommes en droit de vous demander.

Agréez, Monsieur le Ministre, etc.

Les membres du clergé de Dijon à Leurs Excellences MM. les ministres de la guerre et des cultes.

Monsieur le Ministre,

Hommes de paix et de concorde, il nous en coûte de faire auprès de Votre Excellence une démarche qui peut lui paraître de prime abord empreinte d'un caractère tout opposé. Pour nous y déterminer, il n'a fallu rien moins que l'attaque doublement calomnieuse dont nous sommes l'objet dans la pièce affichée, hier 29 janvier, par ordre du général Garibaldi sur tous les murs de notre ville.

« Croyez-vous, est-il dit dans cette pièce, que ce que nous faisions étant dix, nous ne le ferions pas mieux étant cent ?

» Croyez-vous que, chassant l'ennemi d'ici à vingt jours, vous ne souffrirez pas moins qu'en le chassant dans vingt mois ?

» Il est inutile d'y penser, si vous prêtez confiance aux paroles du prêtre qui n'a point de patrie, et qui fait aujourd'hui la cour à Guillaume, le chef nouveau du saint empire, de la

vieille rubrique trône et autel, c'est-à-dire chef des *imposteurs*
et des *brigands*.

» Inutile aussi d'écouter ces riches et ces puissants dont. .
. . . . »

Monsieur le Ministre est trop juste appréciateur des personnes comme des choses pour ne pas reconnaître que c'eût
été nous manquer à nous-mêmes, et comme prêtres et comme
Français, de ne point repousser avec indignation la double
flétrissure dont on a prétendu nous marquer aux yeux de nos
concitoyens.

Comment notre patriotisme peut-il être suspect? N'est-il
pas à la connaissance de tous, Monsieur le Ministre, que parmi
nous les uns accompagnent nos soldats sur les champs de
bataille, que d'autres les soignent dans les ambulances,
tandis que ceux que l'âge ou le devoir retient plus près des
foyers consolent les familles en larmes et s'efforcent de relever les courages.

En toute autre circonstance, Monsieur le Ministre (que cet
aveu nous soit permis), nous eussions déféré aux tribunaux
cette odieuse imputation et invoqué contre son auteur l'application des lois qui sauvegardent l'honneur de tout citoyen
français.

Dans l'intérêt de la paix publique et pour ne pas agiter ni
diviser la population aujourd'hui que l'ennemi est aux portes
de notre ville, et que l'union de tous ses habitants est plus
nécessaire que jamais, nous nous bornons à cette simple pro-
testation.

Nous la déposons entre vos mains, avec la confiance que,
dans votre haute équité, vous daignerez en tenir compte, et
que vous ne voudrez pas qu'une classe d'hommes revêtus
d'un caractère respectable et respecté de tout temps parmi les
nations chrétiennes, soit rangée sous la bannière des *imposteurs* et des *brigands*.

Veuillez agréer, etc.

(*Suivent les signatures de tous les membres du clergé de
Dijon.*)

IV.

Lettre du général Bourbaki à M. le curé d'Héricourt.

6e CORPS D'ARMÉE ET 8e DIVISION MILITAIRE.

CABINET DU GÉNÉRAL COMMANDANT.

Au quartier général, à Lyon, le 28 juin 1872.

A M. l'abbé Gatin, curé d'Héricourt.

Monsieur le Curé,

La pensée à laquelle ont obéi les habitants d'Héricourt, en voulant élever un monument à la mémoire des soldats français morts au champ d'honneur, dans les journées des 15, 16, 17 et 18 janvier 1871, m'a grandement touché. J'ai été très sensible également à celle que vous m'exprimez dans votre lettre relative à l'inauguration du monument. Je tiens à vous dire dès aujourd'hui ma gratitude pour l'une et pour l'autre, comme à vous prier d'être l'interprète de mes sentiments près des personnes qui se sont associées à cette œuvre patriotique.

Je regrette vivement que mes occupations me privent de la satisfaction d'assister personnellement à cette pieuse cérémonie. Je ne saurais davantage m'y faire représenter par un officier, comme vous en manifestez le désir. M. le ministre du commerce est d'ailleurs attendu à Lyon dès le 7 juillet prochain ; il ne manquera pas d'y séjourner.

Soyez certain, Monsieur le curé, que je n'en serai pas moins, d'esprit et de cœur, avec vous le 10 juillet, comme avec ceux qui vous entoureront en ce jour. Tous, nous honorerons la mémoire de ces soldats qui sont noblement tombés en concourant à des efforts désespérés pour la défense de notre malheureuse patrie. J'unirai mes prières aux vôtres. Mon vœu le plus ardent sera le vôtre aussi, je n'en doute pas :

nous demanderons à Dieu que le sang versé sur les bords de la Lizaine, au mois de janvier 1871, inspire aux survivants les sentiments dont les nobles victimes de cette lutte contre les éléments et contre l'ennemi étaient animées et auxquels elles ont obéi dans ce moment suprême.

Puissions-nous ne jamais oublier que le premier devoir de tout Français est de ne point hésiter à faire le sacrifice de sa vie, qu'il s'agisse de défendre la société contre ses ennemis intérieurs ou bien le sol de la patrie contre ceux qui tenteraient d'amoindrir sa situation à l'extérieur.

Agréez, Monsieur le curé, l'expression de ma haute considération et de mes plus sympathiques sentiments.

Le général de division, BOURBAKI.

V.

Rapport de l'amiral Penhoat sur le combat de Chenebier.

Combat du 16 janvier.

J'ai l'honneur de vous rendre compte des mouvements exécutés par ma division le 16 janvier et des combats qu'elle a livrés le 16 et le 17 janvier.

La division partie de Belverne vers huit heures du matin arriva à Etobon vers onze heures.

Pendant qu'une partie de la 2ᵉ brigade prenait position sur le revers d'un petit mamelon situé au sud d'Etobon, l'autre partie et la 1ʳᵉ brigade défilaient dans la vallée où passe la route menant de la forêt des Chambreux à Etobon.

Je fis placer une batterie sur ce plateau, en avant de l'infanterie, et une autre en échelon, à gauche, à 500 mètres environ de celle-ci, près du cimetière. La 3ᵉ batterie devait rester en réserve avec la 2ᵉ brigade en arrière du village.

Je faisais en même temps observer la route de Ronchamp

sur mon flanc gauche par un fort détachement. Mon flanc droit s'appuyait à une division détachée du 24e corps, et sur la division Cremer.

L'ennemi s'étendait sur les mamelons sur lesquels est situé le village de Chenebier, et en partie dans le bois des Envers.

Il y avait deux fortes batteries au pied du bois, à gauche du cimetière protestant de Chenebier, et une autre sur un plateau en avant de la position du village appelé la Caroline. Celle-ci prenait à revers les positions de la division Cremer, placée à notre droite et nous menaçait de front.

A peine nos batteries furent-elles établies que l'ennemi commença la canonnade.

Après un feu d'une heure et demie, auquel nous répondîmes avec avantage, mais sans pouvoir éteindre celui de l'adversaire, je plaçai deux pièces sur une butte élevée située à gauche et en avant du village d'Etobon pour prendre d'écharpe la batterie et l'infanterie du plateau la Caroline. Elles parvinrent à déloger celles-ci en peu de temps.

M. le général Billot m'ordonna alors d'attaquer Chenebier avec mon infanterie ; je reçus en même temps un billet du général Cremer pour m'informer qu'il allait tenter la même attaque avec des troupes de sa division.

Je fis porter en avant plusieurs lignes de tirailleurs échelonnées, composées du 12e bataillon de chasseurs, du 92e de ligne.

En même temps un bataillon du 92e se déployait sur la gauche, et 2 bataillons du 52e, passant par la route de Ronchamp, avaient mission de tourner par les bois la droite de l'ennemi.

Mon chef d'état-major, M. de l'Espée, dirigeait cette attaque, et je marchai avec les troupes qui attaquaient de front. Le général Cremer fit attaquer en même temps sur la droite et me prêta ainsi son concours.

Cette manœuvre réussit complétement ; dès que l'ennemi comprit notre intention, il replia immédiatement son artillerie après avoir lancé de nombreux obus sur le 92e sans pouvoir arrêter sa marche, et fit tête avec ses tirailleurs à l'infanterie qui l'attaquait de front.

Repoussé jusque dans le village, où il se défendait vigoureusement derrière des barrières et des abris, il tenait encore, lorsque le 92ᵉ de ligne, colonel Bardin et le général Perreaux en tête, déboucha derrière les barricades et par conséquent sur les derrières de l'ennemi, suivi de deux bataillons du 52ᵉ, qui descendaient de la crête du bois de la colline des Envers.

L'ennemi se retira en désordre, laissant ses blessés et quelques morts, poursuivi vivement par le 92ᵉ à gauche et le 12ᵉ chasseurs à droite.

Il prit la route d'Echavanne par le bois, où les bataillons du 57ᵉ, du 24ᵉ corps et du 92ᵉ se réunirent en tiraillant pour l'inquiéter dans sa retraite. Nous occupâmes alors militairement le village, ainsi que le bois d'Echavanne.

La 2ᵉ division a fait dans cette journée des pertes sensibles; j'aurai l'honneur de vous en envoyer ultérieurement le détail, ainsi que le nom des personnes qui se sont distinguées.

Après la prise de Chenebier, les troupes de la division Cremer qui avaient pris part à cette affaire, retournèrent à leur cantonnement, et une partie de la division prit ses cantonnements pour la nuit dans le village même, en se gardant le mieux possible; les hommes avaient ordre de coucher habillés, la giberne bouclée. Cinq bataillons étaient détachés au loin : trois à Etobon où se trouvait le quartier général du 18ᵉ corps et deux bataillons d'Afrique comme soutien de la division de cavalerie à l'extrême gauche à Clairegoutte; les autres bataillons restaient, comme on vient de le dire, dans le village de Chenebier.

Le village de Chenebier se compose de deux mamelons principaux séparés par un ravin au fond duquel coule un ruisseau, il était fortement gelé à ce moment.

Sur le mamelon le plus au nord, du côté d'Echavanne, se trouvent le cimetière protestant et une église; cette partie du village est entourée de bois de tous côtés, excepté dans la partie est.

Plus au sud, dans le creux qui sépare les deux mamelons,

se trouvent un moulin et plusieurs maisons ; le quartier général était établi dans ce moulin.

Le mamelon placé au sud de ce ravin, sur la route d'Etobon, paraît être le quartier principal du village, il s'y trouve aussi une église et un cimetière, la partie est de ce quartier se nomme la Caroline.

Les troupes occupaient les positions suivantes :

Le bataillon du Tarn, du 77e mobiles, gardait la butte de la Caroline, une compagnie du 12e chasseurs gardait l'église et le petit cimetière du sud. Une autre compagnie du 12e chasseurs, une du 92e, le détachement du génie et le 2e escadron du 8e dragons de marche, gardaient la partie basse, près du pont et du quartier général.

Les autres compagnies du 12e chasseurs à pied gardaient le bois à droite de la route d'Echavanne, avec quatre compagnies du 92e ; enfin le 52e de marche, le reste du 92e de ligne, défendaient la lisière du bois à gauche de cette route avec des réserves des deux régiments dans le village du nord près du cimetière protestant.

La division avait des avant-postes au delà des bois d'Echavanne et de la colline des Envers.

Plusieurs coups de feu tirés par les grand'gardes avaient été entendus vers deux heures du matin. L'ennemi prenait déjà ses positions pour l'attaque, en se dissimulant dans les plis du terrain et dans les bois.

Vers 4 heures du matin, il attaqua les grand'gardes avec tant d'impétuosité que celles-ci, et particulièrement celles de la mobile, furent rapidement repoussées vers le village ; l'ennemi se glissa à leur suite jusque dans les premières maisons de Chenebier et surprit deux compagnies du Tarn, cantonnées dans les maisons de la Caroline.

Les grand'gardes étaient commandées par des officiers très jeunes et tout à fait inexpérimentés, qui ne comprirent pas que les Prussiens préparaient une attaque et ne donnèrent aucun avis, se bornant à tirer quelques coups de fusil, lorsque, dans l'obscurité, ils croyaient apercevoir quelques soldats ennemis. .

Du côté sud commença donc une vive fusillade contre le village... L'ennemi attaquait en même temps la partie inférieure du village, située entre les deux mamelons près du pont, en face du quartier général, avec de nombreux tirailleurs et une ligne d'infanterie ; enfin, dans la partie nord, il lançait un régiment entier en colonne d'attaque sur la route qui traverse les bois d'Echavanne, dans le but de s'emparer de cette partie du village ; l'attaque fut faite sur tous les points à la fois.

Du côté du nord, sur la route du bois de Chavanne, l'ennemi fut repoussé par une compagnie du 92e de ligne, qui, embusquée derrière une barricade, l'attendit à bout portant et ouvrit sur lui un feu terrible; il soutint cependant énergiquement la lutte et continua son mouvement offensif autour du village, avec l'intention évidente de nous couper des autres corps d'armée et de nous envelopper.

Aux premiers coups de feu, j'envoyai mon chef d'état-major, M. de l'Espée, à la gauche pour organiser la défense de ce côté, et je me transportai à la droite, dans le cimetière de la Caroline. Je fis de suite créneler et garnir de défenseurs les maisons faisant face au mamelon du nord, pour soutenir la retraite des troupes placées en avant, en cas de revers.

Les troupes de la 1re brigade résistèrent à la première attaque et rejetèrent l'ennemi hors du village.

Tandis que le 52e de marche, colonel Quenot, et le 92e, colonel Bardin, réunissant leurs efforts, combattaient à la baïonnette, sur le mamelon du nord, pour expulser l'ennemi des bois, la compagnie du génie, l'escadron de dragons, se déployaient en tirailleurs dans le ravin où se trouvait le quartier général, pour soutenir les compagnies de chasseurs et celles du 92e de ligne qui défendaient ce point.

En même temps les tirailleurs du Tarn, embusqués derrière le mur du petit cimetière du sud, exécutèrent sur les colonnes prussiennes un tir d'écharpe qui les mit en désordre.

Un fort détachement d'infanterie ennemie s'était établi dans les rues de la Caroline et remontait le chemin conduisant sur la colliné qui domine le village, sur la route d'Etobon, dans le but d'opérer un mouvement tournant sur nos positions et de nous couper du reste de l'armée; le général Billot, accouru au bruit de la fusillade, accompagné d'un aide de camp, rencontra la tête de cette colonne et faillit être fait prisonnier.

N'ayant pas sous la main suffisamment de troupes pour empêcher ce mouvement de s'effectuer, je fis mettre en batterie contre cette colonne deux pièces : l'une tout près de l'église, à gauche, l'autre à droite. Leur tir eut pour effet d'amener la retraite de l'ennemi, et celle-ci dégénéra bientôt en une fuite précipitée.

Du côté du bois et sur ma gauche, les attaques et les retours offensifs se renouvelèrent jusqu'à trois fois avec acharnement. Je reportai deux de mes batteries en arrière et je fis lancer quelques obus dans les bois des Envers et d'Echavanne, pour mettre fin à ces attaques.

L'infanterie (52ᵉ et 92ᵉ), soutenue par ce feu, finit par avoir l'avantage.

Vers dix heures, l'ennemi avait abandonné complétement ses positions, laissant des prisonniers, des armes et un grand nombre de morts.

D'après le rapport des prisonniers, les forces ennemies pouvaient s'élever à cinq régiments et environ trois batteries d'artillerie.

Nos pertes ont été sensibles : nous avons eu quatre officiers tués, huit blessés; soixante-dix sous-officiers et soldats tués ou blessés environ; quelques gardes mobiles ont été surpris au commencement de l'action et ont disparu.

Malgré l'inexpérience de nos jeunes troupes, il est à remarquer qu'il n'y a pas eu de méprise ni de confusion dans la lutte, qui a commencé de nuit. Le sang-froid des troupes a été très remarquable; le feu, malgré sa vivacité, a pu être plusieurs fois suspendu à la voix. Les soldats n'ont pas employé plus de l'approvisionnement de cartouches contenu dans les gibernes.

Dans l'après-midi, conformément à vos ordres, j'évacuai le

village de Chenebier, ainsi que le bois, et je me repliai en arrière, en ne gardant que la crête parcourue par la route d'Etobon à la Caroline, la droite à la hauteur de ce dernier village.

Ce mouvement se fit progressivement et en échelons et fut achevé vers quatre heures du soir.

L'ennemi, qui, après le combat du matin, avait embusqué une batterie dans le bois et une autre sur la gauche de Frahyer, nous envoya, pendant notre mouvement, plusieurs obus qui n'atteignirent personne. La division passa la nuit sous les armes.

Le lendemain matin 18, elle continua son mouvement par la route d'Etobon et de la forêt, sans être inquiétée.

(*Journal des marches et combats de la 2ᵉ division du 18ᵉ corps.*)

VI.

Rapport du commandant de Vaulchier sur le combat de Saint-Walbert, au lieutenant-colonel de Montravel, commandant le 55ᵉ régiment de marche.

Fallon (Haute-Saône), le 25 janvier 1871.

Mon Colonel,

Le 16 au matin, au moment même où votre régiment se formait dans le ravin en avant du village de Verlans, où il avait été cantonné la nuit précédente, je reçus du général Logerot, devant le général de Polignac, les instructions suivantes. Je devais, avec deux compagnies du 85ᵉ de ligne et deux compagnies de votre régiment, me porter immédiatement dans la direction d'Héricourt, afin d'y soutenir les francs tireurs du commandant de Lupé. Tous ensemble, nous devions faire une attaque simulée sur Héricourt, afin de détourner autant que possible l'attention de l'ennemi, qui devait être attaqué beaucoup plus sérieusement sur notre extrême droite. Je devais ne pas ménager les cartouches afin de faire croire à une attaque des plus sérieuses. Je devais aussi me préoccuper spécialement du cimetière Saint-Walbert, point, disait-on, d'une importance stratégique assez grande par rapport à Héricourt. Le général Logerot termina ses instructions en s'en rapportant à moi quant à l'opportunité de l'attaque, de la retraite et des moyens à employer pour l'effectuer.

J'allai aussitôt chercher les deux compagnies du Jura que je désirais prendre, comme de juste, une par bataillon. Le commandant Michaud m'ayant fait observer que la plupart de ses compagnies n'étaient pas encore assez nombreuses en hommes, vu l'heure encore trop matinale, je me décidai à prendre les deux compagnies dans mon bataillon. Je choisis la deuxième, commandée, en l'absence de son capitaine, par le lieutenant Grenot, accompagné du sous-lieutenant Benoist, et la troisième commandée par son capitaine M. Maguy, accompagné du sous-lieutenant Vannier. Je m'adjoignis en outre, avec le consentement de son capitaine, le lieutenant Martin, de la sixième compagnie du premier bataillon, comptant sur son expérience militaire et sa bravoure éprouvée. J'allai ensuite rejoindre à l'endroit désigné les deux compagnies du 85e. Là, je réunis tous les officiers, leur communiquai mes instructions et entendis leurs observations. Nous nous mîmes aussitôt en marche dans l'ordre suivant : la deuxième du premier du Jura se déploya en tirailleurs en avant sur la droite, soutenue à distance convenable par la troisième. Les deux compagnies du 85e marchaient parallèlement et dans le même ordre, mais sur la gauche. Ces quatre compagnies devaient tourner des deux côtés à la fois le village de Byans, pour prendre ensuite la direction que les circonstances imposeraient. A environ 300 mètres, je trouvai un petit poste de francs tireurs commandé par un capitaine. Ils avaient bivouaqué sur les lieux et m'assurèrent que Byans avait été dès la veille au soir évacué par l'ennemi. Ce capitaine rectifia un peu mon ordre de marche en me faisant connaître d'une manière plus certaine la véritable direction d'Héricourt et du cimetière Saint-Walbert. A ce moment, la position était celle-ci. Immédiatement à nos pieds était Byans. En face de nous, un peu à gauche, était un mamelon peu élevé qui nous cachait Héricourt. Plus à gauche encore, se prolongeait un étroit vallon menant aussi à Héricourt et séparant le mamelon en question de la montagne sur laquelle était rangée notre brigade. Le soleil était à droite et un peu en arrière de nous. Je m'avançai le plus possible sur le bord du ravin et je criai à mes tirailleurs d'appuyer un peu à gauche. L'épais brouillard qui remplissait le petit vallon m'empêcha de bien reconnaître la position de mes troupes. Néanmoins elles entendirent mon ordre et s'y conformèrent. Au même instant, la fusillade s'ouvrit brusquement en face de nous sur le mamelon ; les balles venaient jusqu'à nous, mais je ne pus juger, toujours à cause du brouillard, si les troupes étaient aux prises, ou si l'ennemi seul faisait feu. La fusillade devenant très vive, plusieurs de mes officiers crurent la démonstration suffisante et me conseillèrent la retraite ; je venais de la commander à regret lorsqu'un officier de francs tireurs me fit remarquer à travers le brouillard plusieurs hommes déployés en tirailleurs, qui gravissaient les flancs du mamelon qui nous faisait face. Il m'assura qu'il reconnaissait ces tirailleurs comme appartenant à son bataillon. Je jugeai aussitôt que le commandant de Lupé ayant engagé le feu, il était urgent de le soutenir. Je commandai à la compagnie de soutien du 85ᵉ de se porter immédiatement en avant, et nous courûmes tous ensemble jusqu'au fond du petit vallon. Après l'avoir traversé, nous commençâmes à gravir les premières pentes du mamelon qui nous cachait encore Héricourt. J'y trouvai la compagnie de tirailleurs du Jura, que je lançai en avant pour soutenir les francs tireurs. Les tirailleurs du 85ᵉ faisaient le coup de fusil sur ma gauche. La direction de leur feu me paraissant bonne, je ne m'en occupai pas pour l'instant. Un peu plus haut, nous nous trouvâmes mêlés aux francs tireurs. J'y rencontrai le commandant de Lupé, qui continua son mouvement un peu à ma droite, tandis que je lançai mes troupes dans la direction que je croyais être celle du cimetière Saint-Walbert. Le mamelon

que nous gravissions se composait d'une série de gradins na-
turels formés de vieux murs, carrières et buissons. Plus nous
montions, plus le feu devenait vif. Néanmoins j'avais bon
espoir, car mes hommes montaient encore avec courage.
Arrivé à l'un des avant-derniers gradins qui nous séparaient
encore du sommet, il me parut que le feu de l'ennemi n'était
plus guère qu'à 150 ou 200 mètres. Je croyais apercevoir
par moment, à travers le brouillard, les silhouettes des
hommes qui nous tiraient dessus. A ce moment une grêle de
balles frappa l'endroit où je me trouvais. Plusieurs hommes
tombèrent autour de moi, je reçus moi-même à la poitrine
une balle qui me traversa. Je me relevai, mais pour retomber
aussitôt.

A partir de ce moment, mon colonel, je ne puis vous rendre
un compte bien exact de ce qui se passa. Quoique n'ayant pas
complétement perdu connaissance, la douleur que je ressen-
tais et la perte abondante du sang obscurcirent un peu mes
facultés. Ma chute fut-elle le signal de la retraite ou le mouvement en avant se continua-t-il encore ? Je l'ignore. Il me
semble pourtant que l'on n'alla guère plus haut. Emporté par
des soldats, je me rappelle confusément avoir entendu une
voix que je reconnus pour celle du capitaine Maguy, me demander des ordres, mais je ne sais si je lui répondis, en tous
cas je ne le vis pas. J'aperçus le lieutenant Martin et le sous-
lieutenant Benoist, mais je ne saurais dire ce qu'étaient devenues leurs compagnies. La première fois que je me retrou-
vai en pleine connaissance, j'étais entre les bras des médecins
à Verlans. Par leurs soins, je fus évacué à l'ambulance du
grand quartier général, à Trémoins. Le médecin principal,
sachant que j'avais des parents à Fallon, m'y fit arriver à
grand'peine le surlendemain.

Je n'ai rien à vous dire de particulier, mon colonel, sur la
conduite que tinrent pendant cette affaire les officiers placés
sous mon commandement ; ils me paraissent tous avoir rempli leur devoir. Je reçus personnellement les soins les plus
utiles et les plus empressés de l'aide-major Roy, de votre régiment. Je dois aussi me louer infiniment des bontés du capi-

taine Breune, de la quatrième compagnie du premier bataillon.

Contraint de me cacher ici, j'y suis privé de tout secours médical, excepté de celui que je trouve dans ma famille. Au reste, mes blessures, quoique très graves, suivent un cours régulier. La balle entrée à quelques centimètres au-dessus du sein droit, est sortie par le dos à quelques centimètres plus bas. Elle ne semble avoir lésé aucun organe essentiel, ce qui me permet d'espérer que ma convalescence sera moins longue que je ne l'avais craint d'abord.

Croyez bien, mon colonel, que je ferai tous les efforts possibles pour rejoindre dès que je pourrai de nouveau être utile à mon pays.

VII.

Récit du combat de Saint-Pierre-la-Cluse, d'après les rapports de l'état-major général de l'armée allemande, rédigé par le comte Hermann de Wartensleben.

Les troupes se mirent en marche le 1er février, en se conformant aux ordres reçus : le commandant supérieur passa par Levier et trouva plus à l'ouest le détachement Goltz au rendez-vous indiqué. Bientôt y arriva, venant de Pontarlier, un nouveau parlementaire, le colonel baron de l'Espée, chef d'état-major général du XVIIIᵉ corps. Le point essentiel de sa mission était d'obtenir que l'armée du Sud retardât son mouvement en avant ; mais comme il n'apportait aucune proposition de capitulation, on ne put rien lui accorder de plus qu'à ceux qui l'avaient précédé. En continuant d'avancer vers Chaffois, on reçut la première nouvelle, venue directement de la 4ᵉ division de réserve, qui annonçait que l'avant-garde avait atteint, dès dix heures du matin, les bords du Doubs, et qu'elle voyait derrière elle les longues colonnes du détachement se déployer sur la route de Saint-Gorgon.

Le 2e corps avait reçu dans la matinée des nouvelles de la brigade d'avant-garde du Trossel, datées de Sainte-Colombe ; il y était dit qu'une reconnaissance avait été envoyée vers Pontarlier et qu'elle avait fait quelques prisonniers. Ces derniers racontaient que la ville était encore occupée par 10,000 hommes, que l'on comptait la défendre et que des canons la protégeaient en avant. Nous ne savions pourtant pas si l'on se proposait alors d'opposer une sérieuse résistance ; en tous cas, ce projet, s'il fut formé, dut être bientôt abandonné, car, vers midi, le régiment Colberg enleva la ville après un court engagement d'infanterie, sans que l'artillerie ni les autres troupes soient intervenues. Des armes de toutes sortes et des hommes en grand nombre furent pris à Pontarlier, ainsi que plusieurs centaines de voitures chargées d'approvisionnements : celles-ci, par suite de la précipitation de la retraite, étaient restées sur la route qui conduit aux montagnes ; mais, s'étant engagées les unes dans les autres, elles barraient le passage et rendaient difficile la marche des troupes.

La prise de Pontarlier (1) hâta l'instant décisif où l'armée ennemie se trouva privée de tout point d'appui sur le sol français et de l'espace nécessaire pour se créer un nouveau débouché.

Lorsque le général Manteuffel eut reçu, vers une heure et demie, près de Chaffois, la nouvelle de ce nouveau fait d'armes, il fit cantonner le détachement Goltz autour de Levier ; en effet, la situation, depuis l'arrivée de la 4e division de réserve, permettait de prévoir que ce détachement n'aurait plus à prendre part à aucune action.

La lutte s'était par le fait entièrement transportée dans les montagnes, où la brigade du Trossel, qui s'avançait au delà de Pontarlier, rencontra une résistance acharnée (2). Près de la ville, et sur la rive droite du Drugeon, la chaîne du haut Jura se dé-

---

(1) Pontarlier ne fut ni attaqué ni défendu.

(2) Cette résistance acharnée fut une victoire pour l'armée française. Le mot n'y est pas ; mais la chose est avouée par tous les détails qui suivent.

tache brusquement du plateau qui se déploie sur la gauche
de ce ruisseau. La route de Pontarlier à la Suisse entre, au
sud de la ville, dans l'étroite et profonde vallée du Doubs, et
se divise à une demi-lieue plus loin, près de la Cluse, allant
d'une part dans la direction des Verrières (nord-est) et
de l'autre vers Jougne (sud) ; ces deux villages de la frontière sont distants du point de bifurcation d'une lieue à
vol d'oiseau, et du double en suivant la route. Au delà de
Jougne se détachent vers le sud-ouest les deux routes de Ro-
chejean et de Mouthe, dont souvent nous avons parlé. L'embranchement des routes qui se trouve près de la Cluse est do-
miné, à l'exception du point même de la bifurcation, par
deux redoutes. Celles-ci étaient armées de grosses pièces dont
le tir arrivait jusqu'auprès de Pontarlier, et qui ouvrirent le
feu aussitôt que la brigade du Trossel s'avança sur la Cluse.
L'ennemi, fort, d'après les rapports postérieurs des journaux
français, des trois divisions du 18e corps (1), resté jusqu'alors
presque intact, s'était placé, pour appuyer les redoutes, dans
une position d'arrière-garde munie de mitrailleuses, et dé-
fendit ce point dans le courant de la journée avec une vi-
gueur désespérée, surtout vers l'aile droite, derrière laquelle
s'étendait la route des Verrières.

Une attaque de front contre cette position était d'autant
plus difficile que le feu des forts rendait impraticables les routes de la vallée, et que nos troupes avaient à gravir une pente
très escarpée et couverte de neige. Elles soutinrent une lutte
acharnée autant dans les montagnes que sous bois, et firent
porter tout le temps leurs efforts contre l'aile droite de l'ennemi. Dans de telles circonstances, notre artillerie pouvait à
peine intervenir ; quant au combat d'infanterie, on le continuait avec vivacité, presque sans interruption. Jusqu'à ce que
l'obscurité se fût répandue, les vallées s'emplirent du bruit
incessant des feux de peloton et des salves d'artillerie, auquel
se mêlait le sourd grondement des canons de la forteresse en-

---

(1) La réserve générale, qui formait l'arrière-garde de l'armée, est
oubliée dans ce récit et confondue avec le 18e corps.

nemie. Le général Fransecki reconnut bientôt l'impossibilité qu'il y avait à tourner, par une attaque de front, des forces supérieures. Il fit donc reculer la 5ᵉ brigade d'infanterie, qui se trouvait à son flanc droit, sur les Granges-Sainte-Marie, en passant par les Granges-Narboz, pour s'élancer de là vers Jougne sur la route de retraite de l'ennemi. En outre, le 39ᵉ régiment du 7ᵉ corps, demeuré à Pontarlier sans emploi, fut envoyé par le commandant supérieur pour occuper un des chemins de montagne qui conduit aussi vers le sud et dont nous n'étions pas complétement maîtres. On prenait ces mesures dans le cas, toujours possible, où une partie des forces ennemies essaierait encore de se frayer un passage vers le sud. Mais l'heure avancée de la journée empêcha que ces différents ordres ne fussent exécutés, et l'obscurité qui gagnait ne permit pas aux troupes d'avancer plus loin dans les chemins profondément accidentés de la montagne. D'autre part, le général du Trossel s'empara, fort avant dans la soirée, de l'embranchement des routes de la Cluse. Les pertes de sa brigade dans cette journée dépassaient 400 hommes, dont 350 du régiment Colberg. Celles de l'ennemi ne furent pas constatées ; il eut, tant à Pontarlier qu'à la Cluse, plus de 400 hommes pris.

Dès le milieu de la journée, avant que le combat ne fût terminé, il n'y avait pas à douter du résultat final. L'ennemi était complétement refoulé sur les dernières montagnes de France et ne pouvait, dans cette situation, ayant déjà ses derrières en pays neutre, que capituler ou franchir la frontière. Les derniers événements donnaient à supposer que déjà l'armée ennemie commençait à passer en Suisse ; l'énergique résistance qu'elle opposait à l'aile droite faisait penser que c'était près des Verrières que le gros des forces effectuait cette retraite.

(*Journal des sciences militaires*, livraison de mai 1872.)

Discours du général Pallu de la Barrière au cimetière d'Héricourt, le 10 juillet 1872.

MESSIEURS,

Lorsque j'ai quitté Belfort, il y a quelques heures, et que j'ai revu le champ de bataille où sont tombés nos morts infortunés, j'ai douté de l'utilité de leur sacrifice, et je n'ai pu me défendre d'un sentiment d'amertume et de tristesse. Je suis marin, et j'ai vu flotter dans cent points du monde le drapeau d'une France forte et honorée : c'est avec les images et les comparaisons qui tiennent à ma profession que je sentais le malheur d'une patrie vaincue et humiliée. La piété que les habitants d'Héricourt témoignent envers les morts ; le langage de l'oraison funèbre, qui convient si bien à la gloire des armes, ont une puissance douce et forte qui atténue même la douleur patriotique, la plus poignante des douleurs, et qui relève les cœurs. Je quitterai Héricourt avec des dispositions meilleures : c'est à vous que je le dois, et je vous en remercie.

TABLE.

___

PIÈCES JUSTIFICATIVES.

BESANÇON, IMPR. DE J. JACQUIN.

OUVRAGES DU MÊME AUTEUR.

M. de Montalembert en Franche-Comté, 1 vol. in 12, 3 fr.

L'Homme-Dieu, conférences, 7ᵉ édition, 1 vol. in-12,   3 fr.

    Le même ouvrage, 1 vol. in-8º,   5 fr.

L'Eglise, œuvre de l'Homme-Dieu, 4ᵉ édition, 1 vol. in-12,   3 fr.

Le Décalogue ou la Loi de l'Homme-Dieu, 3ᵉ édit., 2 vol. in-12,   6 fr.

    Le même, 2 vol. in-8º,   10 fr.

Panégyriques et Oraisons funèbres, 2 vol. in-12,   6 fr.

    Le même ouvrage, 2 vol. in-8º,   10 fr.

BESANÇON, IMPRIMERIE DE J. JACQUIN.

www.ingramcontent.com/pod-product-compliance
Lightning Source LLC
Chambersburg PA
CBHW060930030726
47503CB00003B/543